KB059079

용과 제례

― 마법지팡이 장인의 관점에서 ―

츠쿠시 기다베이

그림 Enji

CONTENTS

RYU TO SAIREI

Presented by Ichimei Tukushi

용과 제례

— 마법 지팡이 장인의 관점에서 —

1

츠쿠시 이치메이

가게를 나설 때, 익스는 조금 싸늘하다고 느꼈다. 그것은 무리도 아닌 일이었지만 본인에게는 의외였다. 그 감정에 이끌리듯이 현관에서 한번 돌아봤다.

실내는 휑뎅그렁했다.

낡은 선반이 벽을 따라 늘어서 있었다. 안쪽 방이나 2층에도 가구를 남겨 놓았다. 필요하다면 다음 주인이 사용할 테고, 필요 없다면 부수어서 장작으로 사용할 것이다. 살 사람이 나타날까, 익스는 생각했다. 여하튼 산 속 깊은 곳의 으슥한 마을이다. 하지만 팔리지 않는다면 곤란했다. 양부모를 잃고 직업도 없는 몸이었다. 당장의 생활비는 있지만 여유가 있다고는 할 수 없었다.

살짝 열린 문으로 빛이 비쳐들어 먼지가 흩날리는 것이 보였다.

문득 스승의 쉰 목소리가 되살아났다.

"말레교 녀석들은 말이다, 죽은 뒤에 어떻게 된다고 하는지 너는 아느냐?"

고목 같은 노인은 그리 이야기했다.

이불에 누워서도 얼굴을 이쪽으로 기울이고 필사적으로 말을 자아냈다. 말을 멈출 때가 자신이 죽을 때라고 믿는 것 같았다.

"영혼이 입에서 나와 천국으로 올라간다고 하지 않느냐, 어?"

"그렇구나." 익스는 무관심하게 고개를 끄덕였다.

"흥, 나는 그딴 건 안 믿는다. 세계가 말이다, 그리 그럴싸하게 만들어졌을까 보냐."

"그러면, 죽으면 어떻게 되는데?"

"죽으면 말이다, 나는 먼지가 될 게다."

"먼지?"

"죽으면 말이다, 생물은 크게 부풀어 오르는 게야. 지나치게 커져서 눈에 보이지 않게 되지. 그렇게 가볍게, 가볍—게 되어서 흩어진 먼지가 되고, 살랑살랑 사방으로 떠도는 게야."

단숨에 이야기하더니 노인은 숲을 지나가는 바람 같은 기침을 했다.

"떠도는 것뿐인가, 편해서 좋겠네."

"편할까 보냐." 노인의 입술이 떨렸다. "마지막으로 남기는 게 너 같은 반편이인데 뭘 안심하겠느냐."

"우수한 제자는 따로 있겠지."

"아— 싫구나, 싫어싫어, 이런 게 지팡이를 만든다니 세상도 끝이야, 손님 마법사한테도 재앙이야……."

투덜투덜 중얼거리는 목소리는 점차 줄어들었다. 노인은 간신히 숨을 유지하며 잠에 빠져들었다.

죽을 적의 스승은 그렇게 긴 잠과 허튼소리를 반복했다. 서서히 잠자는 시간이 길어지고, 마침내 더는 눈을 뜨지 않았다. 한 달 전의 이야기다.

방을 떠도는 먼지를 보며 익스가 떠올린 것은 그 이야기였다.

"전설의 지팡이 장인 문지르도 죽으면 먼지인가."

혀 위로 말을 굴리고 문을 닫았다. 이미 간판은 걸려 있지 않았다. 문에 새겨진 문자——〈지팡이는 가져야 할 사람의 손에〉

만이 유일한 흔적이었다.

　가게는 마을 구석에 위치했으니까, 마을을 나갈 때에 다른 주민과 엇갈리지는 않았다. 익스는 등에 진 짐을 가볍게 고쳐 멨다. 아직 아침도 이른 시간이었다. 태양이 몸을 반쯤 드러내어 차가운 대지를 데우기 시작할 무렵이었다.

　우선은 남쪽 도시, 레이레스트로 간다. 도보로도 해가 지기 전까지는 도착하리라.

　짐승을 막기 위한 울타리를 넘어서 마을 입구에 섰을 때, 익스는 익숙하지 않은 그림자를 인식했다. 남쪽으로 뻗은 내리막길 앞, 인간 하나가 이쪽으로 다가왔다. 온몸에 회색 외투를 두르고 얼굴도 후드를 써서 가려져 있었다.

　지금부터 떠난다고는 해도 자신이 자란 마을이다. 사소한 의무감으로 익스는 그 자리에서 기다렸다. 수상한 인물이라면 모두에게 경고해야 한다.

　이윽고 두 사람은 대면했다.

　상대 쪽이 이쪽보다 머리 하나는 작았다. 외투는 무척 질 좋은 소재. 그런 것치고는 짐꾼도 없이 커다란 짐을 혼자서 등에 지고 있었다. 뒤죽박죽인 인상을 주는 인물이었다. 후드가 그늘을 만들어서 얼굴은 보이지 않았다.

　말없이 마주하기를 잠시.

　"저기."

　후드 너머에서 여자 목소리가 들렸다. 살짝 낮은 목소리였다.

　"지팡이 가게는 있나요?" 그녀는 물었다.

"지팡이 가게?"

"이 마을에 있다고 들었어요."

"……아아."

익스는 작게 고개를 끄덕였다.

'그렇구나, 가게 모습을 보러 온 사람인가.'

마을에 살 사람이 없었으니까 산기슭의 도시에도 알려두었던 것이다. 그녀는 사전에 조사를 하러 온 구매자, 혹은 중개인이리라. 이런 불편한 입지에서 무슨 가치를 본 것일까, 그런 의문은 있지만…….

어쨌든 자신의 손님이다. 친절하게 응대하는 편이 낫다.

"그 가게라면 마을에 들어가서 처음으로 보이는 건물이야."

"고마워요."

말하기가 무섭게 그녀는 마을로 사라졌다.

"……장사인가."

익스는 한숨을 내쉬었다. 앞으로는 싫어도 그 세계에 몸을 두게 될 것이다. 지금의 그에게는 약간의 금전과, 그리고 지팡이 장인의 기술밖에 없으니까.

약 20년 전, 익스는 그 가게──문지르의 마법 지팡이 가게 앞에 버려져 있었다. 남겨진 편지 하나도 없이 넝마로 감싼 갓난아기가 집 앞에 방치되어 있었다. 눈이 내리는 날이었다.

물을 길으려고 현관을 나선 문지르는 그 갓난아기를 거두어 자신의 손으로 기르기 시작했다. 아이에게는 눈의 이름이 주어졌다.

놀란 것은 주변의 사람들이었다. 여하튼 문지르는 지팡이 제작 솜씨와 괴팍한 성격으로는 왕국에서 나란히 설 자가 없다는 유명한 장인이었으니까. 그가 아이를 줍고, 하물며 그 아이를 기를 것이라고는 아무도 생각하지 않았다.

어쩌면 그는 죽을 때를 깨달았던 것일지도 모른다.

결국에 그 아이가 문지르 마지막 제자가 되었다. 다른 제자들은 독립하여 그의 죽음을 직접 마주한 것은 익스뿐이었다.

본인의 희망으로 장례는 진행되지 않고, 왕국 최고로 칭송받던 지팡이 장인은 조용히 세상을 떠났다. 지팡이 소재나 자료는 생전에 정리를 마쳤고, 그리고 유언에 따라서 그의 마법 지팡이 가게는 문을 닫게 되었다. 그야말로 먼지처럼 흔적조차 남기지 않고 사라져 버렸다. 이제는 전설과, 그가 기른 제자만이 남았다…….

익스는 걸음을 멈추었다. 이마의 땀을 훔치고 하늘을 올려다 봤다. 태양은 중천에 떠 있었다.

고갯길 아래쪽에서 강풍이 불어들어 머리카락을 마구 휘저었다.

휴식을 취하자는 생각으로 길가에 앉았다.

길 양옆으로는 길게 에스네 숲이 이어진다. 삐죽삐죽한 잎과 단단한 가지가 특징이다. 마력에 반발하는 성질을 지녀서 지팡이 소재로는 적합하지 않다. 대신에 몬스터 침입을 막아준다. 도시 주위에 에스네 인공림이나 울타리가 설치되는 경우는 많다.

이렇게 천연 에스네 숲을 개간한 길이라서 이곳은 옛날부터 가도로 이용되었다. 가도 연선의 마을들은 역참으로 크게 번성했다고 한다.

하지만 50년 전, 왕의 가도──쿠사 츠후가 건설되어서 빙빙 둘러가는 이쪽은 쓸모가 없어졌다. 지금은 통행인 따윈 거의 없었다. 그 증거로 길에는 키 작은 잡초가 무성했다.

휴식도 마치고 익스가 일어섰을 때, 풀을 밟는 소리가 다가왔다.

등 뒤를 돌아봤다. 그랬더니 오늘 아침에 만난 그녀가 이쪽을 향해 종종걸음으로 다가오고 있었다. 불어드는 바람에 흔들리는 후드를 한 손으로 누르고 있었다.

가게 검토는 이미 마쳤을까.

장사의 세계는 바쁜 법이구나, 그리 생각하는데 그녀는 익스 앞에서 걸음을 멈췄다.

무척 서둘렀는지 어깨를 들썩이며 거친 숨결을 흘렸다. 잔뜩 숨을 몰아쉬며 그녀는 외쳤다.

"어째서, 거짓말을, 했나요!"

익스는 고개를 갸웃거렸다.

"가르쳐 준 장소가 맞았을 텐데."

"이미 가게는 없었어요!"

"주인이 죽었으니까."

"뭐요…… 어째서 이야기할 때는 그 말을 안 했나요."

"못 들었나?"

"죽었는지 아직 살아있는지, 산기슭에서는 분명하지 않았어요. 장례는 치러지지 않은 모양이었고."

"안타깝지만 장례는 안 치러. 그걸 확인하러 왔나?"

"그러니까 그게 아니고!"

잔뜩 흥분해서 그녀는 양손을 주먹 쥐었다.

손을 떼자 바람을 받아 부풀어 오른 후드가 휙 벗겨졌다.

푸르스름한 흑발이 흘러내렸다. 그 밑으로는 갈색 피부. 장식으로 보이는 귀고리가 오른쪽 귀에서 금속음을 냈다. 얼굴은 어렸다. 명백하게 미성년이었다.

한순간 깜짝 놀란 표정을 띠었지만 금세 그녀는 험악한 표정으로 바뀌었다.

"어린애?" 익스는 중얼거렸다. "대체 어디서 왔어."

"수도에서, 왔어요."

"굳이 이런 깊은 산속까지?"

"밖으로 나오질 않으면 손에 넣을 수 없으니까요."

"뭘 말이야."

날카로운 시선이 익스를 꿰뚫었다. 그녀는 검지를 내질렀다.

"당신이에요, 지팡이 장인."

"아니야."

"예? 익스가 아닌가요?"

"익스야. 그쪽은?"

"저는 유이예요." 그녀는 가슴에 손을 댔다. "아니, 역시 익스가 맞잖아요."

"맞는데."

"마을사람한테 들었어요. 주인은 죽고 제자인 장인이 오늘 레이레스트로 간다고."

"확실히 나는 그 가게 주인의 제자야. 하지만 장인은 아니야.

조합에 등록하지 않았으니까."

"어, 아, 예……?"

유이는 눈을 끔벅거렸다. 조합 제도를 모르는 것일까. 외모 그대로 역시 동방의 백성인 듯했다. 그리 생각하니 말투도 어쩐지 어색하게 들렸다. 주의해서 듣지 않으면 알 수 없을 정도로 유창하지만.

"조합에 등록하지 않고『장인』을 자칭하는 건 범죄야. 지금 나는 장인 수습생── 아니, 정확하게는 수습도 아닌가. 어느 가게에도 고용되어 있지 않으니까."

"어, 얼버무려도 안 통해요." 유이는 고개를 내저었다. "수습이든 뭐든, 문지르의 가게 관계자잖아요."

"그렇지."

"드, 드디어 인정했군요. 더는 놓치지 않아요."

"처음부터 인정했고, 도망친 사람도 없어."

유이는 익스를 노려보고, 익스는 무표정으로 그와 마주했다.

"그래서 문지르의 관계자한테 무슨 용건이지?"

"처, 처음부터 그렇게 솔직히 말했다면……."

"됐으니까 용건을 말해줘."

"으으으음…… 듣고서 후회하지 마세요."

유이는 외투 안으로 손을 넣었다.

꺼낸 것은 지팡이 한 자루였다.

"이 지팡이, 고쳐줘요!"

"무리야."

Illustrations © Enji

"어, 자, 잠깐, 조금 더 고민해 달라고요…….."

"아까도 말했다시피 나는 장인이 아니야. 장인도 아닌 인간이 멋대로 장사를 하는 건 위법 행위지. 설령 수리라고 해도."

이야기를 늘어 놓으면서도 익스는 그 지팡이를 찬찬이 관찰했다.

마법 지팡이는 길이에 따라 크게 두 종류로 구별된다. 사람의 키 정도인 긴 지팡이와 팔꿈치에서 손끝 정도인 짧은 지팡이다. 길이는 지속력, 순발력과 관련이 있어서 길수록 지속력이 뛰어나다. 반면에 유이가 꺼낸 것은 전형적인 짧은 지팡이였다. 순간적인 출력이 뛰어난 지팡이다.

흔히들 말하는 것은 "대인전에는 짧은 지팡이, 전쟁에는 긴 지팡이"라는 구분일까. "일회용인 짧은 지팡이, 묘비인 긴 지팡이"라고 야유를 당하는 경우도 있다.

그렇다고 해도 유이의 지팡이는 믿을 수 없을 만큼 일품이었다.

아마도 목재는 500년 수준의 노브. 색깔은 검정에 가깝지만 이것은 손때를 타서 변색된 것이다. 오래된 물건이었다. 그러면서도 매끄러운 형상에는 거의 변형이 없었다. 값을 매긴다면 하급 귀족의 자산 정도는 날아갈 것이다.

"그건 문지르가 만든 지팡이인가?"

"아, 예. 아는 지팡이인가요?"

"아니, 본 적 없어. 내가 오기 전에 만든 지팡이겠네."

"당신이 온 뒤로 만든 지팡이는 전부 기억하고 있다, 그런 소리로 들리는데요."

"기억하고 있어."

"허어⋯⋯." 그녀는 미간을 찌푸리고서 이쪽을 봤다.

지팡이의 완성도도 그렇지만, 스승이 만든 것이라면 왕국 백성이라고 해도 좀처럼 손에 넣을 수 없는 물건이다.

그것을 어째서 이런 소녀가 가지고 있는가⋯⋯.

동방의 백성일 그녀가, 도시 근처라고는 해도 굳이 왕국의 이런 산 속 깊은 곳까지 찾아온 것도 이해가 되지 않았다.

의심스럽다는 눈빛으로 쳐다보자 유이는 "뭐, 뭔가요?!"라며 당황했다.

"그렇게 도망치려고 해도 그렇게 두진 않을 테니까요. 저한테는 약정서가 있어요."

"약정이라고?"

"예. 지팡이를 수리해준다는 약속이에요."

"나는 그런 약속 안 했어."

"당신이 안 했더라도──." 유이는 짐을 뒤져서 낡은 봉투를 꺼냈다.

"당신의 스승이 했어요."

"그렇게 적혀 있나?"

"그렇게 적혀 있다, 고 들었어요."

미간을 찌푸리며 익스는 봉투를 받아들었다.

봉랍은 틀림없이 문지르의 것이었다. 스승이 적은 것임에 틀림없었다.

안에는 작은 편지가 한 장 들어 있었다.

문지르 알레프의 이름으로, 앞으로 300년에 걸쳐서 당 지팡이

각인 번호 8305 활(滑)과 관련된 정비 조항을, 한 차례 무상으로 진행할 것을 약정한다.

그리고 문지르가 사망했을 때에는 그가 거느린 문하생 장인이 본 약정을 지킬 것을 약속한다. 이것을 처음으로 본 너 말이다. 멍청이. 내팽개친다면 앞으로 평생 지팡이는 건드리지 마라.

스승은 의외로 간단히, 먼지보다 무겁고 크고 무엇보다 몇 배는 성가신 물건이 되어 돌아온 모양이었다.

1

태양이 저물 무렵, 길 앞쪽으로 레이레스트의 성벽이 보였다.
교통의 요충지인 만큼, 국경 정도는 아니더라도 견고한 만듦새
였다. 지금 있는 장소가 더 높아서 벽 안쪽도 살짝 보였다. 빈틈
없이 지붕이 늘어서 있었다.

"아아, 배고파……."

익스가 등 뒤를 보니 유이가 휘청휘청하는 발걸음으로 따라오
고 있었다. 그녀의 보조에 맞춘 탓에 도착이 늦어져 버렸다. 도
중에 들은 이야기에 따르면 그녀는 어젯밤에 레이레스트를 출
발했다고 한다. 그러니까 만 하루를 계속 걸었다는 소리였다.
마지막 식사는 마을로 가는 도중에 먹은 야식이었다고 하니 체
력이 소진된 것도 어쩔 수 없었다. 게다가 밤의 산길이니 긴장
때문에 피로도 컸으리라.

유이가 따라오는 것을 기다리며 익스는 말했다.

"마수가 나오지 않고 길도 있다지만, 밤중의 산이야. 짐승도
살고, 식사도 그렇고, 너무 무모하잖아."

"어젯밤에는 달빛도 있었으니까 위험하지는 않다고 판단했어
요. 게다가 식사는 마을에서 살 예정이었고요. 서두르고 있었는
데 당신이 적당한 소리를 하니까……."

"적당한 소리를 한 기억은 없어."

"당신은 배려라든지 예의라든지…… 없나요, 그런 거."

"스승님한테 손님에게 대응하는 건 못 배웠어."

"그래서야 장인으로 일할 수 있겠어요?"

"제자 중에서는 난 붙임성이 있는 편이었다고."

"예?"

내리막이 끝난 곳에서 길은 구부러지고 쿠사 츠후와 합류했다. 지면이 돌 포장으로 바뀌었다.

가도에서 조금 떨어진 옆쪽으로는 밭이 펼쳐져 있었다. 밭을 크게 에워싸듯이 간소한 나무 울타리가 세워져 있었다.

"놀랐네." 익스는 혼잣말을 흘렸다.

"무슨 일인가요."

"전에 왔을 때보다도 밭이 더 넓어졌어."

"그런가요. 저는 처음 왔으니까 잘 모르겠지만요." 유이는 고개를 끄덕였다. "근면한 건 좋은 일이에요."

"그럴까……."

성벽이 보인 뒤로도 의외로 거리가 있어서 두 사람이 레이레스트 문에 다다랐을 때는, 이미 해는 벽 너머로 사라져서 보이지 않았다.

거대한 대문은 열려 있었다. 옆에 파수병이 서 있으면서 출입하는 사람들은 위협했다. 상인 등등은 일단 붙들어서 짐을 확인했다.

익스는 품속에서 통행증을 꺼내서 보이도록 목에 걸었다. 유이도 마찬가지로 행동했지만, 추가로 후드를 뒤집어썼다.

"잠깐 기다려라, 너."

문을 지나가려던 순간, 파수병의 목소리가 울렸다. 외친 것은 수염을 기른 남자였다. 익스는 곧바로 멈춰서 그쪽을 봤다. 다른 통행인들도 마찬가지로 긴장했다.

남자는 저벅저벅 걸어오더니 익스 옆을 지나 유이 앞에 섰다. 서로의 키 차이로 남자는 내려다보듯이 날카롭게 쳐다봤다.

"얼굴을 드러내라."

"저, 말인가요?"

"그래. 빨리 해."

"저는……."

"이것 참, 그렇게 불안해하지 말고." 그는 갑자기 다정한 말투로 바뀌었다. "어디까지나 확인하려는 거야. 통행증을 가지고 있으니까 얼굴 가지고 막지는 않아."

"……알겠어요."

유이는 후드를 들고 고개를 숙였다. 갈색 피부, 푸르스름한 흑발이 드러났다.

"어어……?" 남자는 눈썹을 들썩였다. "사절단 선발대인가?"

"아뇨."

"그렇겠지. 이런 어린애가……. 자, 다시 한번 통행증 보여줘."

통행증을 꾹 잡아당겨서 유이는 발끝으로 섰다. 목덜미가 조여지고 그녀는 얼굴을 찡그렸다. 둘러싼 통행인 사이에서 웃음소리가 새어 나왔다. 누구의 목소리인지는 알 수 없었다.

한동안 들여다본 뒤, 남자는 갑자기 통행증을 놓았다. 휘청거렸지만 어떻게든 그녀는 넘어지지 않고 버텼다.

"뭐, 됐어. 가도 된다."

"예."

"어설픈 짓은 하지 말라고. 너희 따윈 무슨 짓을 당하든지 우리는 관여하지 않으니까 말이야."

"……예."

"자, 다른 녀석들도 문 앞에 서 있지 마!"

통행인들은 퍼뜩 떠올랐다는 듯이 걷기 시작했지만, 그러나 조금 전과는 달리 그들의 목소리에는 유이를 향해 소곤거리는 내용이 섞여 있었다.

다시 후드를 뒤집어쓰고 지면으로 시선을 떨어뜨리며 걷는 그녀를 익스는 바라봤다.

왕국에서 동방의 백성이 어떻게 취급당하는지 그는 거의 몰랐다. 스승의 가게에는 다양한 손님이 찾아왔지만 이런 부류의 정보는 굳이 전해지지 않았고, 실제로 만나는 것은 물론 처음이었다. 하지만 파수병의 저런 태도, 그리고 사람들의 반응을 보기에 도저히 환영받는 분위기는 아닌 듯했다.

성문을 지나서 유이는 작게 말했다.

"가죠, 익스."

"그러네." 익스는 어깨를 으쓱였다.

레이레스트는 저녁에도 활발한 모습이었다.

이전부터 교역도시로 발전한 도시였지만 쿠사 츠후가 정비된 뒤로는 나라 안팎을 불문하고 사람과 물산의 집적지로 더더욱 번성하게 되었다. 경제 규모도 인구도 계속 늘어나서 성벽 안은 숨이 막힐 만큼 사람으로 넘쳐났다.

거리를 나아가는 두 사람에게도 행상인들이 잇따라 말을 건넸다. 길 위에 깔개를 펴고 음식부터 보석까지 뭐든 팔아 치우고 있었다. 신기한 무늬가 있는 도구는 놓아 둔 상인 앞에서 유이의 걸음이 한순간 멈췄다. "오, 얼굴 안 보이는 당신! 여기 있는 건 왕국 안의 이미 사라진 신들, 토착 종교의 폐허라는 곳에서……." 틈을 놓치지 않고 수상쩍은 상인이 이야기를 시작하자 허둥지둥 후드를 깊이 덮어쓰고서 빠져나갔다. 익스는 철저하게 무표정으로 지나갔다.

인파에 질려서 골목으로 들어서자 그 순간에 악취가 코를 찔렀다. 도처에 쓰레기나 누더기가 흩어져 있었다.

"……여길 지나가는 건가요?"

유이가 불만스럽게 말했다.

"인파보다는 악취 쪽이 나아, 나한테는. 싫다면 유이는 다른 길로 와도 돼."

"따, 따라갈게요."

그러면서도 그녀는 등 뒤로 매달리듯이 따라왔다. 싫다면 어째서 무리를 하는 걸까, 익스는 생각했다.

"그보다도 어디로 가는 건가요?"

"마법 지팡이 가게야."

"저, 저를 떠넘기려는 건가요? 당신이 고쳐준다라는 약속일 텐데……."

"약속대로 내가 책임을 지고 고칠게. 하지만 고치려면 도구가 필요하고 재료도 필요해. 그 전에 지팡이를 자세히 살펴볼 필요도 있지. 그건 나 혼자서는 무리야. 전용 설비 없이는."

"연줄이 있군요?"

"누님——사저의 가게가 있어. 스승님이 남긴 일이니까 거절하지는 않겠지."

"사저…… 그 사람도 당신처럼 성격이 나쁜 게 아닌가요?"

"실력은 확실해."

"실력은, 말인가요…….." 유이는 뺨에 손을 대고서 생각했다. "하지만 그런 가게가 있었나요? 이곳에서도 수리할 수는 없을지 꽤나 찾아다녔는데."

"그건 처음 듣네. 못 찾았나?"

"거, 검사만으로도 상당한 돈이 든다고 그래서……. 생사불명이라고는 해도 약정서도 있으니까 일단 그쪽으로……."

유이는 부끄러운 듯이 고개를 숙였다.

저런 품질의 지팡이 정도 되면 섣부르게 취급할 수는 없다. 그만큼 추가 요금을 요구할 것이다. 좋은 도구는 사는데 돈이 든다지만 오래 사용하는 데도 돈이 든다. 돈이 드니까 좋은 도구, 그렇게 말할 수도 있다.

기억을 더듬어서 모퉁이를 돌아 골목을 빠져나갔을 때, 익스의 발밑에서 무언가 꿈틀거렸다.

"히얏."

짧은 비명을 터뜨리며 유이가 익스의 등 뒤로 숨었다.

길가를 내려다보니 누더기가 꿈틀꿈틀 움직이고 있었다. 커다란 쥐나 고양이인가 싶었지만 아니었다. 생기 없는 피부에 팔다리가 달려 있었다.

인간이었다.

비쩍 마른 부랑민이 길가에 주저앉아 있었다. 생기 없는 눈으로 허공을 바라봤다.

두 사람은 종종걸음으로 그 자리를 벗어났지만 그 후로도 부랑민을 몇 명 목격했다. 어떤 자는 몸을 움츠리고, 또 어떤 자는 말라붙은 손을 뻗어 길을 가는 사람에게 구걸을 했다. 나이도 성별도 관계없이 굶주림에 허덕이는 인간이 넘쳐났다.

"여기에 있는 건 큰길에서 구걸을 할 체력도 없는 녀석들이야." 익스는 중얼거렸다. "이 골목에 이만큼 있다면 도시 전체에는 대체 몇 명이나 있을까."

"수도는 이렇게까지 심각하지 않았는데……."

"몇 년 전에 왔을 때도 이렇게까지 심하진 않았어. 이야기로는 들었지만, 그런가, 수도에는 부랑민은 없나."

"없지는 않겠지만 대다수는 구빈원으로 보내거나 일자리를 주거나, 그렇지 않은 사람들도 구걸로 연명하고 있어요."

"당대 국왕은 빈민 구제 행정에 적극적이라고 그러니까. 눈앞에 있는 수도에서는 열심이겠지."

하지만 왕의 눈길이 닿지 않는 장소에서는, 부랑민은 무시당할 뿐이었다. 애당초 구하려고 해도 재원이 없다. 특히 이곳, 상업 도시 레이레스트에서는 빈민 구제를 위한 증세가 파문을 부를 것은 자명했다. 다른 도시도 사정은 대동소이할 것이다. 말레교의 권세가 강한 도시라면 이야기도 또 다르겠지만……

옆을 걸으며 유이가 우울하게 한숨을 내쉬었다.

"왕국은 부유하고 번성한 국가라고 들었어요."

"번성하고 있어. 부랑민이 늘어났다는 건 그만큼 인구가 늘어났다는 의미야."

"가난한 백성이 늘어서는 의미가 없어요. 어째서 이렇게 계획 없이 증가하는 거죠?"

"글쎄. 반동 같은 거겠지."

"무슨 반동이요?"

"파뇌병(破腦病), 소니므는 아나?"

"예, 지식은 있어요."

소니므. 대략 20년 전, 국민 셋 중 하나를 죽였다는 전염병이다. 이 병으로 왕국은 멸망 직전까지 내몰렸다. 병은 왕국 안으로 그치지 않고 인근 국가들에게도 파멸적인 타격을 주었다.

산 속 깊은 곳의 작은 마을이라고는 해도 스승의 가게를 찾아오는 손님 충도 있어서 익스는 이쪽 사정에는 상세한 지식이 있었다.

이것은 다른 사람한테 들은 이야기지만 말이야—— 그렇게 서두를 떼고 그는 이야기를 시작했다.

"소니므로 말도 안 될 만큼 사람이 죽은 결과, 귀족의 세력이 쇠하고 농노는 돈과 자유를 얻었지. 작게 부자가 된 농민도 나왔어. 그러자 그런 녀석들이 잇따라 자식을 만들기 시작하고,

그 결과로 왕국의 인구는 폭발적으로 증가했지. 지금도 한창 늘어나고 있어. 뭐, 그 때문에 주변 나라들보다 한발 앞서서 왕국은 부흥했지만. 인구가 늘어나면 단순히 일손이 증가해."

"하지만 그렇다면 어째서 빈민도 늘어나나요?"

"그것도 단순해. 식량 부족이야." 익스는 고개를 내저었다. "사람이 늘어도 식량은 늘릴 수 없어. 그러니까 식량 가격이 올라가지. 먹을 게 없어서 신세를 망치는 녀석, 흩어진 가족도 나와. 갈 곳을 잃어 길거리에서 지낼 수밖에 없는 거야. 지금 필사적으로 경작지를 넓히고 있는 모양이지만── 사람 하나 늘어나는 속도와 비교하면 도저히 따라갈 수가 없겠지."

흠, 유이는 고개를 숙였다. 숙였다고는 해도 익스에게는 후드가 가볍게 움직인 것으로밖에 보이지 않았다.

"그럼 가난한 사람을 경작지 개척으로 돌리는 건 어떤가요?"

"한계가 있어." 익스는 곧바로 대답했다. "알고 있나? 농지를 넓힌다는 것은, 다시 말해서 이제까지 경작지로 적합하지 않았던 땅으로도 진출한다는 의미야."

"토양의 문제인가요?"

"그것도 있지만, 가장 큰 문제는 마수야."

"……아, 그렇군요." 유이는 한숨을 내쉬었다. "지금 경작지가 아닌 땅이라는 건, 즉 마수가 출몰하는 땅이군요. 넓히려고 해도 넓힐 수가 없다고. 우리나라에 마수는 그다지 없지만 비슷한 이야기는 들은 적이 있어요."

"그래서 최근에는 모험가라는 녀석들이 인기가 있다던데."

"모험가——."

"원래는 자치단 같은 녀석이었다고 그러는데, 최근에는 제도를 갖추어서 순조롭게 마수를 사냥하고 있다나. 경작지에 나오는 마수를 퇴치하고는 농가나 관청에서 보수를 받는다고. 무기를 가지고 돌아다니는 위험한 녀석들이지만 최근에는 모험가 조합의 규모가 점점 확대되고 일부 수렵권이나 채집권도 거두어들이는 탓에, 나라에서도 좀처럼 단속하지를 못한다고…… 유이?"

익스는 의아한 표정으로 유이를 바라봤다. 그녀는 팔로 자신의 몸의 끌어안고서 중얼중얼 작은 목소리로 무언가 중얼대고 있었다.

어깨에 손을 얹자 그녀가 파르르 몸을 떨었다.

"뭔가요! 유이 라이카에게 무슨——."

"그건 내가 할 말이야. 그렇게나 배가 고픈가?" 익스가 물었다.

"아, 어어……." 유이는 정신을 차린 것처럼 말했다. "미안해요. 조금 정신이 팔려 있었나 봐요."

"그런가. 그래서, 어느 숙소에서 묵는데?"

"수수수, 숙소?! 제, 제가 언제 보수에 몸을 내놓겠다고 그랬나요——!"

"허?" 익스는 한쪽 눈썹을 들썩였다.

"……저기, 마법 지팡이 가게에 가는 거 아니었나요?"

"이미 해가 지려는 참이니까 무리야. 누님은 해가 떠 있는 시간에만 만났을 수 있어. 해가 지면 가게를 닫으니까."

눈을 몇 번 깜박인 뒤, 유이는 이제까지 본 적이 없는 기세로 고개를 숙였다. 후드를 꽉 붙잡고 허둥지둥 입을 움직였다.

"그, 그런 이야기는 먼저 하라고요."

"말했잖아, 레이레스트로 오는 도중에. 지쳐서 못 들었나?"

"으……."

"근처 대중 여관이면 될까? 유이가 잡아둔 숙소가 있다면 거기라도 괜찮은데."

"저는 어디든 상관없어요. 아, 하지만 큰 방이 아니라 개인실이 있는 여관으로 부탁해요."

"개인실이라……. 그건 이미 대중 여관이라고 부르지는 않겠지만 선처하지."

"이, 1인용 개인실이라고요? 2인실이 아니니까요?"

"당연하잖아. 2인실이라니 누구랑 같이 묵으라고."

"어, 아뇨……."

그녀는 더더욱 후드를 깊이 뒤집어썼다.

2

유이 라이카는 졸린 눈을 비볐다.

외투를 침상에 벗어 던졌다. 최근에는 점점 기온이 올라가고 있었다. 상당히 후텁지근해서 불쾌했다. 그렇다고 해서 피부와 얼굴을 감추지 않고 돌아다닐 수 있을 만큼 그녀는 대담한 신경의 소유자가 아니었다.

무너지듯이 주저앉자 몸이 뿌리를 내린 것처럼 더는 움직이지가 않았다. 어젯밤부터 계속 걸었던 피로로 다리는 뻣뻣하게 굳은 상태였다.

"크, 흐——."

엄지로 장딴지를 주무르자 통증과 시원한 느낌이 혼연일체가 되어, 입에서 한숨으로 변해서 새어 나왔다. 하루만의 식사로 공복은 해소되었다. 그녀는 하품을 했다.

익스라는 그 남자는 신용할 수 있을까, 생각했다.

문지르의 이름은 알고 있었다. 동방에도 널리 알려진 마법 지팡이의 명장으로 다양한 전설이 그럴싸하게 언급되었다. 그의 지팡이로 어린아이가 전사를 쓰러뜨렸다든지, 망가진 지팡이를 손가락 하나로 고쳤다든지, 숲에 조난을 당했을 때에 마른 나뭇가지에서 지팡이를 만들어 냈다든지. 물론 그것은 아무리 봐도 과장일 테지만, 그의 지팡이가 얼마나 굉장한지 잘 알고 있었다. 편집적일 만큼 쓸데없는 부분을 제거하여 그저 더없이 정밀도가 높았다. 자연스럽게 손에 익었기에 처음에는 그것이 얼마나 굉장한지 깨닫지 못했다. 우연히 다른 지팡이를 사용했을 때, 너무나도 큰 차이에 망가진 것은 아니냐는 착각을 하고서야 간신히 알게 된 것이었다.

하지만 그의 제자를 얼마나 신용할 수 있을지——실력의 측면에서도 인격의 측면에서도——의심스러웠다. 전혀 변하지 않는 무표정도, 바랜 것 같은 먹색 머리카락도 그녀의 눈에는 이상하게 비쳤다.

문을 두드리는 소리가 들렸다. 황급히 몸을 일으키고 대답했다.

"누구세요?"

"익스야. 들어갈게."

"예?"

그녀가 무어라 말하기 전에 문이 열리고 익스가 얼굴을 내밀었다. 깜박하고 잠가두지 않은 것이었다.

"으아아아아아, 무무무무무슨 짓을……."

얼른 외투를 손에 들고, 입을 여유는 없었으니까 몸에 휘감았다. 휘감은 뒤에, 익스는 자신의 정체를 알고 있으니까 감추어도 의미가 없다는 사실을 떠올렸다. 그러고 보니 그는 자신이 동방 출신이라는 사실에 특별히 반응하지 않았다.

익스는 그녀를 흘끗 보고는 방 안으로 들어왔다. 손에는 사각 상자를 들고 있었다. 가늘고 긴 나무 상자이고 상부에 금속 손잡이가 달려 있었다. 크기는 그의 가방에 아슬아슬하게 들어가는 정도. 짐 내용물은 이것이었나, 유이는 생각했다.

익스는 방 한가운데 앉았다. 상자에서 금속음이 들렸다.

유이는 고개를 갸웃거렸다. 아무래도 남녀지간의 분위기가 아니었다. 『밤중에 남자가 방문하는 것은 그런 의미다』라고 할머니한테 배웠지만 왕국에서는 그렇지 않은 것일까.

외투에서 얼굴만 내밀고 그녀는 말했다.

"밤늦게 여성의 방으로 찾아오다니, 당신은 무슨 생각을 하는 건가요!"

"지팡이를 좀 보고 싶다는 생각이야."

"게다가 대답도 안 기다리고 방으로 들어오다니, 예의라는 게 대체—— 지팡이?"

"수리해야 되니까 말이야. 자세한 확인은 내일 하겠지만 간단하게 조사해 두고 싶어. 그러는 편이 이야기가 빠르겠지."

"어, 예……."

"졸린다면 나는 돌아가겠는데."

"아, 안 졸려요."

"그런가."

익스는 고개를 끄덕이고 상자를 열었다. 기묘한 도구를 꺼내어 바닥에 펼쳤다. 한바탕 준비가 끝나자 이번에는 얼굴에 무언가 감았다. 그가 고개를 들자 망원경을 반대로 돌려서 줄여놓은 것 같은 기계를 왼쪽 눈에 장착하고 있었다. 마지막으로 양손에 하얀 장갑을 꼈다.

숙련된 전사가 보여주는 검무처럼 일련의 동작은 매끄럽고 아름다웠다.

"음." 익스는 말없이 손을 내밀었다.

"……?"

"지팡이를."

"어, 아, 예."

스스로가 멍하니 있었다는 사실을 깨닫고 유이는 얼굴을 붉혔다. 춤을 추자고 권유받은 것이 아니었다.

지팡이를 받아들기 전에 익스는 양팔을 높이 들었다. 손을 벌려서 손바닥과 손들을 유이에게 보여줬다. 그런 다음, 그는 유

Illustrations © Enji

이의 지팡이를 소중하게 받아 들었다.

나무 받침대에 가느다란 바늘이 튀어나와 있는 것 같은 도구가 있었다. 신중한 동작으로 바늘 위에 지팡이를 얹었다. 지팡이는 잠시 흔들렸지만 이윽고 바닥과 완전히 평행하게 놓였다. 익스가 끝을 가볍게 밀자 빙글빙글 돌기 시작했다.

진지한 표정으로 관찰하는 익스를 유이는 침상에서 바라보고 있었지만 이윽고 쭈뼛쭈뼛 말을 꺼냈다. 그대로 있다가는 잠기운에 패배할 것 같았다.

"아까 그건 무슨 의식인가요?"

"의식?" 왼쪽 눈의 기계를 만지작거리며 익스는 대답했다.

"팔을 들고 뭔가 했잖아요."

"아, 지팡이를 건드리기 전의── 맹세? 선언? 뭐라고 부르는지는 모르겠지만 그런 거야."

"의미가 있는 거군요?"

"지금부터는 내 목숨보다 지팡이를 우선하겠다, 그런 의미야. 마음에 들지 않는 것이 있다면 팔을 잘라버려도 된다──고."

"그렇군요, 그런 전통이 있었나요."

"있었던 게 아니야. 지금도 있어." 익스는 시선을 움직이지 않고 말했다.

"예?"

"내 작업에 불만이 있다면 언제든지 팔을 잘라도 상관없다. 손님에게는 그럴 권리가 있다. 그리고 만에 하나 지팡이가 손상된다면 나는 죽음으로 사죄를 대신하겠다."

그리 이야기하는 그의 눈에 농담이나 거짓말을 하는 기색은 없었다.

"진심인가요?"

"진심이야."

"……죽고 싶나요?"

"죽을 생각은 털끝만큼도 없어. 하지만 지팡이는 마법사에게 제3의 팔이야. 남의 팔을 다루는 것은 그런 각오로 할 일이라고 스승님한테 배웠어── 닦는다."

"예, 닦아요?"

곤혹스러워하는 유이를 무시하고 익스는 마른 천을 꺼냈다. 지팡이를 부드럽게 닦았다. 표면의 오염을 제거하고 다음에는 작은 병을 손에 들었다. 뚜껑을 열자 희고 끈끈한 고약 같은 것이 나왔다. 상자에서 또 다른 천을 꺼내어 고약을 조금만 묻혔다. 그 천으로 닦자 지팡이는 몰라볼 정도로 깨끗해졌다. 손때가 사라져서 본래의 나뭇결이 보이게 되었다.

"……그러고 보니." 유이는 문득 입을 열었다. "조합에 등록하지 않고서 수리를 하면 위법이 아니었나요?"

"이런 건 수리가 아니야. 일상적인 손질의 범위지."

"그, 그런가요……."

자신을 책망하는 것 같아서 유이는 고개를 숙였다.

양초 불빛이 익스의 얼굴에서 일렁거렸다. 불과 하루의 사이라고는 해도 이제까지의 감정 없는 얼굴에서는 상상할 수 없을 만큼 그는 진지한 표정을 띠고 있었다. 목숨보다 우선하겠다,

그 말은 정말인 듯했다.

일단 지팡이 장인으로서는 신용할 수 있겠다, 유이는 그리 생각했다.

'……굉장한 표정이야.'

귀기가 어렸다고 할까. 그가 진심으로 목숨을 걸고 있다는 것이 분명하게 전해졌다.

그건 그렇고, 그래, 저 표정은 누군가와 겹쳐 보이는 것 같은 기분인데——.

문득 그 얼굴이 이쪽으로 향했다.

"심재(芯材)는?"

"어, 예?"

유이는 잠들려던 머리를 움직였다. 입가에 손을 댔다. 흘린 침을 봤을까.

"이 지팡이의 심재는 뭔지 알고 있나?"

익스는 지팡이를 들어올렸다.

지팡이에 삽입해서 그 성질을 결정하는 것이 심재다. 사용되는 소재는 천차만별이라서 마수의 뼈나 이빨, 광석, 식물, 때로는 인체의 일부를 사용하는 경우마저 있다. 이 심재와 사용자의 상성이 좋을수록 지팡이는 힘을 발휘한다. 마법 지팡이의 심장이라 할 수 있다.

유이의 지팡이 심재는 붉은 보석 같은 것이었다. 특수한 소재라서 만졌더니 희미하게 열기를 띠고 있었다.

하지만 그 보석에 지금은 금이 가 있었다.

유이가 어느 마법을 구사한 참에 으득, 기분 나쁜 소리를 내며 깨져버린 것이었다. 그럼에도 마법은 사용할 수 있지만 대폭적으로 성능은 떨어져 버렸다. 불꽃 대신에 나오는 것은 불씨, 손가락 피부조차 절단하지 못하는 꼴이었다.

"목재가 노브라는 것도, 제작 방법도 대략 알겠어. 하지만 중요한 심재가…… 미묘하거든."

"모르는 소재인가요?"

"아니……." 익스는 무어라 형용할 수 없는 표정이었다. "십중팔구 적성괴(赤聖塊), 신이 알레츠겠지. 하지만……."

신이 알레츠는 고급 심재로 유명한 보석이다. 이만한 지팡이에 삽입할 재료로는 손색이 없겠지, 익스는 그리 이야기했다.

"그럼 뭘 고민하는 건가요?" 유이가 물었다.

"그런 것치고는 작은 느낌이야. 아니, 물론 가격을 생각하면 이것도 충분히 노력했다고 할 수 있겠지만…… 스승님답지 않아. 게다가──."

"게다가?"

"아니, 음. 성질이 말이지……."

"그렇게 말을 얼버무리면 신경 쓰이는데요. 분명하게 말해주세요."

"──극단적이야. 더없이 선량한 지팡이야."

지팡이에 강한 성질을 부여하는 것이 문지르 문파가 만드는 지팡이의 특징이었다. 강한 성질이라는 것은 다시 말해 사용자를 가린다는 의미다. 상성이 일치한다면 큰 힘을 주지만, 상성이 일치하지 않거나 성질과 어긋나는 방식으로 사용한다면 성능을 절반도 발휘하지 못한다. 그렇기에 〈지팡이는 가져야 할 사람의 손에〉——였다.

그런 지팡이에 익숙한 익스의 눈으로 봐도 이것은 이상하다고 한다. "잘도 이런 지팡이를 제대로 다룰 수 있군" 하고, 감탄과 어이없다는 심정이 뒤섞인 말투로 중얼거렸다.

"스승님이 만들었다는 사실을 제외하더라도 이건 평범하지 않아. 신이 알레츠를 어떻게 가공했는지도 신경 쓰이고, 혹시 상성이 나쁜 마법사가 사용한다면 어떻게 될지——."

"마법을 쓸 수 없게 되나요?"

"혹은 더욱 심각한 일이 되겠지."

"신이 알레츠 이외에 후보가 있나요?"

"음……." 익스는 손을 펼쳤다. "하나 더 떠오르는 건 있는데, 하지만 아무리 그래도 그건 말이지……. 아니, 어쨌든 아는 인간한테 물어보면 될 일이야. 어때, 알고 있나?"

"아뇨…… 몰라요." 유이는 고개를 가로저었다.

"모르나? 장인한테 받을 때, 틀림없이 설명을 들었을 텐데. 이 지팡이를 만든 장인이라면 특히. 손님이 완전히 기억할 때까지 끝도 없이 이야기했을 테지."

그건 그것대로 어떨까, 그런 생각을 하며 유이는 입을 열었다.

"이 지팡이를 주문한 건 저희 아버지니까요."

"그렇다면 아버지한테 물어보면 되겠네. 어디 있어?"

"없어요." 유이는 숨을 내쉬었다. "죽었어요. 저는 유품으로 그 지팡이와 약정서를 물려받았을 뿐이에요."

"그런가."

익스는 무표정하게 고개를 끄덕였다.

"그렇다면 어쩔 수 없지. 내일, 가게 설비로 알아낼 수 있길 기도하자."

"아…… 예."

심재 조사를 포기하고 익스는 또 자잘한 도구를 꺼냈다. 시험 삼아서 유이가 물어보자 의외로 시원스럽게 무엇을 하고 있는 지 가르쳐 주었다.

이해가 안 되는 이야기도 있었지만 아무래도 지금은 지팡이의 상세한 상태를 조사하는 모양이었다. 작은 손상 유무나 변형, 열화 정도를 조사해야 정비에 도움이 된다고 한다. 평소에 사용하는 도구라도 모르는 내용이 많다보니 유이는 그만 푹 빠져서 질문을 던지고 말았다.

약 한 시간 정도로 익스는 확인을 마쳤다.

"조금 더 조사하고 싶지만 졸린 모양이니까."

"졸리지는…… 않아요."

조금 전부터 저절로 눈꺼풀이 내려왔지만 딱히 졸려서 그런 것은 아니다, 유이는 그리 주장했다. 말하려는 것에 입이 따라 가지 못하는 느낌이었다.

"그런가."

그만큼 늘어놓았던 도구를 재주도 좋게 수납하고 익스는 일어 섰다. 손잡이를 붙잡고 문 앞까지 걸어갔다.

"이제 돌아가는 건가요…….“

"나도 이제는 졸리니까 말이야."

"잠깐만요……. 그렇지, 하나 물어보고 싶은 게…….“

멈춰 서서 익스가 이쪽을 내려다봤다.

"뭐지?"

"시험 마법은 못 쓰나요?"

"그래." 익스는 작게 고개를 끄덕였다.

"어째서?"

시험 마법은 지팡이의 상태를 조사하기 위해서 사용하는, 효과는 없는 마법이다. 미량의 마력을 흘려 넣어서 지팡이의 감각에 길을 들일 수 있다. 지팡이 장인이 정비하기 전에 사용하는 것 말고 마법사도 준비 운동 대신에 사용하는 경우가 있다.

"나는 마법을 못 쓰니까."

"……예?"

정말로 자신은 졸린 것일지도 모르겠다…….

유이는 멍하니 생각했다.

잘못 들은 것일까.

지금, 뭐라고 그랬지?

"아, 그리고."

익스의 낮은 목소리가 귓전을 때렸다.

"들어올 때는 내가 잘못했어. 다음부터는 문을 두드린 다음에 대답을 기다리기로 하지. 스승님은 그런 걸 안 했으니까…… 미안해."

문이 닫히고 발소리가 점차 멀어졌다.

유이는 눈을 감았다.

'아, 역시 잘못 들었네.'

침상의 온기에 몸을 맡기고 그녀는 입가를 느슨히 풀었다.

익스가 사과했다?

배려도 예의도 모르는 저 남자가?

거짓말, 말도 안 돼…….

3

다음 날 아침이 되었다.

유이는 주위를 둘러보며 익스 뒤에 바짝 붙어서 걷고 있었다. 평소처럼 후드를 깊이 뒤집어써서 시야는 그의 등밖에 보이지 않았다. 길이 복잡한 데다가 통행량도 많아서 자칫하면 미아가 될 것 같았다. 그러니까 이건 어쩔 수 없는 일이다, 그녀는 생각했다.

하지만…….

"저기, 정말로 맞나요?" 유이는 물었다.

"뭐가."

"여기에 가게가 있다고요?"

"있으니까 가잖아."

"아뇨, 그게 아니라……."

도시 중앙에서 떨어진 거리를 둘이서 걷고 있었다. 중산층 이

하의 사람들이 사는 구역이었다. 길가에 서 있는 것은 대부분 민가이고 가끔씩 보이는 가게도 술집이나 작은 잡화점뿐이었다.

마법 지팡이는 고급품이다. 귀중한 소재가 사용되고 장인의 숫자도 많지 않아서 필연적으로 고가가 되어버린다. 그렇지 않더라도 고도의 교육을 받지 않으면 마법은 제대로 사용할 수가 없고, 국가도 시민이 마법 지팡이——강력한 무기를 지니는 것은 환영하지 않는다. 시민의 입장에서도 평소 생활하며 마법을 볼 기회는 일단 없다. 무언가 뒤숭숭한 힘 정도의 인상으로, 오히려 기피하는 사람도 있을 정도다. 따라서 마법 지팡이를 구매할 수 있는 것은 일부 모험가나 연구자, 군인, 귀족, 그리고 마법을 배우는 학생 정도. 다시 말해서 부자를 상대로 하는 장사인 것이다. 일반 시민과는 관계가 없는 물건이다.

그런 이유 때문에 마법 지팡이 가게는 도시의 고급스러운 구역에 있는 것이 보통이다. 가게 안은 귀족의 저택도 이럴까 싶을 만큼 호화롭고, 훈련받은 점원이 고용인처럼 접대해 준다. 이전에 유이가 마법 지팡이 가게를 찾을 때도 부유층이 사는 지역에 있는 가게를 돌았던 것이다. 돈이 없는 그녀를 상대로도 다들 정중하게 대응해 주었다. 문지르의 가게가 있는 곳을 가르쳐 준 것도——이제는 사라졌지만——그들이었다. 동업자에게 조차 그가 죽었다는 이야기는 퍼지지 않은 모양이었다.

하지만 지금 있는 이곳 일대는 어찌 보아도 그런 고급스러운 가게가 있을 장소가 아니었다. 마법 지팡이 따위를 꺼냈다가는 순식간에 도둑맞을 것 같았다.

유이의 불안을 헤아렸는지 익스가 말했다.

"여긴 땅값이 싸니까. 밑천이 없어도 개업할 수 있지. 손님도 별로 안 와. 스승님의 이름은 유명해도 제자의 이름은 아는 사람만 안다는 소리야."

"손님이 안 온다니, 그건 문제 아닌가요……."

"괜찮아. 그 대신에 실력은 발군이니까. 아는 손님만으로도 충분히 벌어."

"발군이라고 하면 어느 정도인가요."

"제자 중에서 최고라는 의미야." 익스는 당연하다는 듯이 이야기했다. "그리고 스승님의 제자 중에서 최고라면 다시 말해 왕국에서 최고라는 의미지."

"그, 그렇군요."

"재능이라고 할까……. 마지막에서 두 번째인 제자였는데도 굉장한 속도로 기술을 익혀서 순식간에 다른 제자를 넘어섰지."

앞에 선 그의 얼굴은 보이지 않았지만 목소리에서는 존경이 배어 나왔다. 유이는 어라, 그러면서 고개를 갸웃거렸다.

"마지막에서 두 번째라면 익스 위인가요?"

"그렇게 되겠지. 내가 같이 생활한 건 그 사람뿐이야. 그보다 위의 제자들은, 나를 거두었을 때에는 독립했으니까."

"허어……." 익스처럼 무뚝뚝한 인간이라면 싫은데, 유이는 생각했다. "그분의 성함은?"

"모르나 벨."

아침 햇살이 비치는 거리를 걸어가는 사이, 물이 고인 수로가 보였다. 부서질 것 같은 나무다리를 건넜다. 악취가 올라와서 유이는 기분이 나빠졌다.

수로를 따라서 걷다가 도중에 길이 꺾였다. 허술한 오두막이 늘어선 곳에 딱 한 채, 조금은 제대로 된 구조의 가옥이 있었다. 제대로 되었다고 그래도 쾌적한 마구간, 정도의 겉모습이었지만.

"…………."

유이는 어안이 벙벙해서 그 건물을 바라봤다. 현관 위에 '모르나 지팡이'라는 간판이 있다는 사실이, 이곳이 점포라는 유일한 증명일까.

익스는 주저 없이 문을 열고 안으로 들어갔다.

"아, 기, 기다려요."

그의 등을 쫓아서 유이도 가게 안으로 들어갔다.

곰팡이 냄새가 코 안으로 날아들어 그녀는 무심결에 외투로 코를 덮었다. 미간을 찡그리고서 방을 둘러봤다. 어스름해서 눈이 익숙해질 때까지 시간이 걸렸다.

이윽고 눈이 적응되자 가게 안은 바깥 모습 그대로, 아니, 그 모습보다도 더욱 지독하다는 것을 알 수 있었다.

우선 시야에 날아든 것은 대량의 통나무였다. 다양한 색깔의 통나무가 벽 한쪽을 뒤덮고 있었다. 그 탓에 햇빛이 들어오지 않아서 아침인데도 방을 어둡게 만들었다. 방 중앙에 양초 불꽃이 일렁이고 있었지만 거의 의미가 없었다.

살며시 안으로 들어갔다. 방 한쪽 구석에 기묘한 산이 있어서 유이는 그쪽으로 다가갔다.

집중해서 살펴보니 그것은 마수의 시체였다.

"……윽."

순간적으로 고개를 돌렸다.

크기도 종류도 다른 마수가 마구잡이로 쌓여 있었다. 탁한 눈동자가 그녀를 바라보고 있었다. 방부, 방취의 마법은 사용했을 테지만 기분이 좋은 광경은 아니었다.

그런가 싶었더니 안쪽에는 마법 지팡이가 질서정연하게 놓여 있었다. 이곳만큼은 깨끗하게 청소하고 긴 지팡이도 짧은 지팡이도 하나하나 정성스럽게 진열되어 있었다.

긴 지팡이 한 자루가 그녀의 시선에 들어왔다. 전체를 하얗게 칠했고 상부에서는 푸른 보석이 빛을 발했다. 이런 아름다운 지팡이는 본 적이 없었다. 성녀가 들고 있어도 위화감이 없으리라. 더러운 가게 안과의 차이가 엄청났다.

이제까지 유이가 방문한 어떤 마법 지팡이 가게보다도 초라하고 난잡하고 기묘한 가게였다.

'이건 지팡이 장인이 이상하다, 그렇다기보다…….'

유이는 곁눈질로 익스를 쳐다봤다. 자신이 무엇을 하러 왔는지 잊은 것처럼 그는 늘어놓은 통나무 하나에 못 박혀 있었다. 그녀는 한숨을 내쉬었다.

문지르의 제자는 다들 이런 느낌일까? 그렇다면 스승 본인은 얼마나 이상한 사람이었을까…….

"각인 번호 0070 정(停)."

갑자기 귓가에서 목소리가 들렸다.

"후왓?!"

소리를 지르며 유이는 뒤로 펄쩍 뛰었다.

알아차리지 못한 사이에, 그녀 옆에 소년이 서 있었다. 나이는 열 살 정도일까. 키가 작았다. 옅은 색의 금발을 흔들며 입가에는 어렴풋이 웃음을 머금었다.

"양질의 아르테를 사용. 심재는 찬화석(燦花石). 순수하면서 비뚤어진 걸 선호한다."

"저, 저기……."

"내구성이 우수하지만 끈기에 다소 문제 있음. 종합 평가는 우량. 매입 약정 완료."

말을 가로막으려고 해도 소년은 유이의 목소리가 전혀 들리지 않는지 눈을 빤히 바라보며 미소 그대로 입을 계속 움직였다.

"어, 오토. 실례할게."

조금씩 뒤로 물러나는데 옆에서 목소리가 날아들었다.

한 손을 들고서 익스가 다가왔다. 오토라고 불린 소년은 그쪽으로 시선을 향하더니 몇 초 정지한 뒤, "익스"라고 중얼거렸다. 여전히 미소는 가시지 않았다.

"유품 정리 때는 고마웠어." 익스가 말했다. "갑자기 가게에 와서 미안해."

"정리. 나도 물건을 받았어."

"그래, 배려에 감사할게."

익스는 기분 좋게 말했다. 손님도 그런 태도로 대한다면 어떨까, 유이는 불만스럽게 생각했다.

"오토, 소개할게." 그런 그녀의 모습을 깨닫지 못하고 익스는 양팔을 벌렸다. "내 손님이야. 이름은 유이. 지팡이 수리를 의뢰하러 왔어."

눈을 깜박깜박하더니 오토는 이쪽을 바라봤다.

"아, 안녕하세요. 유이에요." 일단 머리를 숙였다.

"나는 오토."

"아, 예. 잘 부탁해요, 오토."

"손님이 아니야." 오토는 말했다.

"예?" 유이는 고개를 갸웃거렸다. "무슨 소리를……."

그녀의 말을 가로막고 익스가 입을 열었다.

"그러네."

"지금은 무리."

"내가 할게."

"알았어."

유이로서는 영문을 알 수 없었다. 도움을 바라며 대화가 가능한 모양인 익스를 봤지만 통역해주지는 않았다.

"저기, 모르나—— 씨의 제자 분인가요?" 그녀는 물었다.

"아니, 제자 같은 건 아니야. 근처에 있는 집의 아이라고 그러는데, 누님을 도우러 오는 것뿐이야." 익스는 설명했다. "처음에는 신기해서 놀러왔다고 그러는데, 지금은 지팡이 제작 이외의 일, 그러니까 접객이나 영업이나 회계나, 그런 업무를 전부 맡고 있지."

"어린아이로 보이는데요."

"연령은 유이 쪽이 위겠네. 하지만 두뇌로 따지자면 아마도 이 도시에 있는 누구에게도 지지 않아."

"두뇌?"

"천재거든, 괴물처럼 머리가 좋지. 오토가 없었다면 지금쯤 이 가게는 망했어."

"저기, 미안하지만 믿을 수가 없어요." 유이는 솔직하게 이야기했다. "그 아이가 무슨 이야기를 하는지 저로서는 알 수가 없었어요."

"배려라든지 표정이라든지, 그런 쓸데없는 걸 떼어 냈으니까 말이야, 오토는. 천재가 아니라면 그렇게는 못 하겠지." 밝은 목소리로 익스는 말했다. "믿을 수 없다면, 그러네⋯⋯. 아, 혹시 싫지 않다면 그 후드를 걷어보면 돼. 재미있는 걸 가르쳐 주지."

"하지만 이건⋯⋯."

"험한 소리를 하는 인간으로는 안 보이겠지?"

슬며시 주위를 확인했다. 가게 안에 자신들만 있다는 것을 확인한 뒤, 유이는 후드를 걷었다. 특징적인 머리카락과 피부가 드러났다.

오토의 미소가 이쪽을 향하고 몇 초 정지했다.

"오토. 유이는?" 익스는 한 손으로 입가를 가리고 물었다.

"시푸쿠, 타크두, 마사카쿠, 나다므." 오토는 노래하듯이 말했다.

유이는 숨을 삼켰다. 지금 그가 언급한 것은 그녀의 고향 주위에 존재하는 도시의 이름이었으니까.

익스한테도 이야기하지 않았던 사실을 어떻게…….

그리고 오토의 말은 멈추지 않았다.

"귀고리는 특징이 하비족 왕가의 물건과 유사. 금속 가공에 조잡한 부분. 복수 촌락, 마을에 가까운 부분이 있다. 이상."

"어, 어떻게……."

무심코 귓불을 만지고 있었다. 차가운 감촉을 유이는 느꼈다. 확실히 그 귀고리는 그녀의 혈통을 증명하는 물건이었다. 하지만 그 의미를 아는 사람이 왕국에 있을 리가 없다.

후드를 다시 뒤집어쓰고 그녀는 익스에게 설명을 요구했다.

"기억과 대조를 하고 있는 모양이야." 그는 그렇게 대답했다.

"무슨 이야긴가요?"

"닮은 사람과 만난 적이 있다, 닮은 물건을 본 적이 있다──그런 이야기야. 꽤 하지?"

"그건, 하지만……."

"말했잖아, 오토는 천재거든." 익스는 양쪽 손바닥을 위로 향했다. "평범한 수준을 벗어난 기억량, 관찰력을 지니고 있지. 얼굴이나 골격을 보는 것만으로도 상대의 출신지나 부족, 친척 관계까지 간파한다. 복장이나 동작을 바탕으로 지위나 신분도 알아내고 만다. 옛날부터 계속 그랬던 모양이야. 이 도시에는 나라 안팎에서 온갖 신분의 인간이 모여드니까. 정보를 비축하기에는 아주 적절하지. 그 힘을 이용한다면──."

"제가 루크타의 작은 부족 출신이라는 사실도 알 수 있다, 그런 건가요."

유이는 자신의 몸을 내려다봤다.

루크타는 동방에 있는 국가다. 몇 년 전에 왕국의 침공을 당하고 격렬히 저항했지만 끝내는 황폐해진 국토를 뒤로하고 항복했다. 왕국의 표현으로는 '동쪽의 우호국'이라고는 하지만, 사람도 토지도 자원도 빼앗겨서 사실상은 무력한 속국이었다.

태양이 움직이며 가게 안으로 약간의 햇빛이 비쳐들었다.

달그락, 소리가 났다. 쳐다보니 오토는 지팡이를 정리하고 있었다. 바쁘게 움직이며 하나하나 배치를 미세하게 조정했다. 이쪽에게는 흥미를 깨끗하게 잃어 버린 모양이었다. 아니, 처음부터 그는 유이에게 흥미 따윈 없었다. 이것과 그것은 닮았다. 그런 사실을 그저 지적했을 뿐이었다.

어쩐지 맥이 빠져서 유이는 한숨을 내쉬었다.

어깨를 으쓱이고 익스는 "가자"라며 그녀를 재촉했다. 가게 안쪽의 문을 열었다.

"오토는 게다가, 그거야. 착한 녀석이니까. 본인은 저런 분위기니까 그다지 이해받지 못하고, 집에서도 귀찮은 녀석 취급을 당하는 모양이지만 착한 녀석이야."

무슨 변명인가, 익스는 빠른 말투로 말했다.

"괜찮아요. 악의가 없다는 건 이해했으니까."

"어, 그래……."

평소의 무뚝뚝한 모습은 어디로 갔는지, 싶을 만큼 익스의 표정은 이리저리 바뀌었다. 유이는 쓴웃음 짓고서 그를 바라봤다.

"그러니까 내가 무슨 소리를 하고 싶으냐면 말이지."

"예."

"오토 같은 천재가 필요해질 만큼, 누님은 지팡이 제작에 특화되어 있다는 이야기야. 그게, 누님은 해가 떠 있을 동안에만 만날 수 있다고 그랬잖아?"

"들었어요."

"그건 그러니까, 오토는 해가 떠 있는 동안에만 가게에 있다는 의미야."

4

창고 같은 방을 나아갔다. 이쪽은 의외로 정리되어 있고 선반에 자잘한 물건이 수납되어 있었다. 들어가자마자 왼쪽으로, 안뜰로 나가는 문이 있었다. 지금은 아무도 없었다. 막다른 곳에 작은 창문이 있어서 하얀 빛이 눈부셨다. 안쪽의 왼편으로도 다른 문이 있었다. 아무래도 이 건물은 가게 부분, 창고, 안뜰, 그리고 안쪽의 방만으로 이루어진 구조인 듯했다.

유이가 보는 앞에서 익스는 문을 두드렸다.

"누님, 익스야."

대답은 없었다.

익스는 이쪽으로 눈짓을 보냈다. 고개를 끄덕여서 답하자 그는 문에 손을 댔다.

거슬리는 소리를 내며 문이 맞은편으로 열렸다. 그와 동시에 우수수 무언가 떨어지는 소리.

개의치 않고 익스는 방으로 걸음을 내디뎠다.

"실례합니다."

작은 목소리로 말하고 유이는 방으로 들어가려 했지만——.

"어, 어?"

발을 내디딜 장소가 보이지 않아서 그녀는 한쪽 다리를 든 자세 그대로 휘청휘청 흔들리는 신세가 되었다.

입구 양옆으로 나무상자와 종이다발이 산더미같이 우뚝 서 있었다. 그중에 하나가 무너지며 산사태가 벌어진 것처럼 근처의 바닥을 뒤덮었다. 넘어간 곳에도 검은 천 같은 것이 떨어져 있었다—— 자세히 보니 그것은 옷이었다.

일단 창고로 돌아가서 방 전체를 둘러봤다. 그녀는 무어라 형용할 수 없는 숨을 내뱉었다.

가게의 어질러진 모습에서도 지독하다고 생각했는데, 이렇게 보니 저것은 이 방을 몇 배나 희석시킨 상태에 불과했다.

우선 바닥이 전혀 보이지 않았다. 생활용품이나 의복을 시작으로 다수의 신기한 도구, 물론 목재에 마수의 시체나 그 밖의 소재로 보이는 물건, 더러운 색깔의 쓰레기 같은 무언가. 기타 등등이 한 덩어리가 되어 혼돈을 구성하고 있었다.

유일하게 정리되어 있다고 할 수 있을 법한 것은 방 안쪽에 있는 작업용 책상 주위였다. 의자에는 아무것도 놓여 있지 않고 책상에는 만들던 것으로 보이는 지팡이가 몇 자루, 그리고 가공용 날붙이가 몇 가지. 근처 바닥에도 비슷한 도구가 굴러다녔다.

익스는 참상을 신경 쓰지도 않고 어질러진 물건을 태연하게 짓밟으며 방 중간 정도까지 들어갔다.

그는 허리를 숙여서 작업용 책상 근처에 있는 넝마 무더기로 손을 뻗었다. 잡동사니에 가려서 그곳에 무엇이 있는지 유이에게는 보이지 않았다.

손은 무더기에 닿자 삼켜져서 안으로 들어갔다. 팔꿈치까지 가려졌을 때, 무더기가 한 번 크게 흔들렸다.

"좋아, 낚았네."

익스가 손을 당기자 쓰레기랑 천을 바닥으로 후두둑 떨어뜨리며 인간 하나가 모습을 드러냈다.

"으앗."

몸을 움츠린 유이 앞에서 햇빛에 비쳐 그 모습이 잘 보이게 되었다.

머리카락이 긴 여성이었다.

허리까지 자란 머리카락이었지만, 버석버석하게 사방팔방으로 삐친 상태였다. 입고 있는 것은 커다란 천에 머리가 나올 구멍을 뚫고는 그것을 몇 번이나 기워놓은 것 같은 의복이지만 천이 얇고 애당초 몸에 비해서 작은 것이리라, 가슴 부분에서 부풀어서는 밑으로 툭 떨어지는 얼빠진 모습이었다. 게다가 천이 부족해서 바닥 가까이는 맨다리가 엿보였다. 작은 나뭇가지처럼 비쩍 마른 발목이었다. 똑 부러질 것만 같았다.

보기에 키는 컸다. 익스와 같은 정도일 테지만 고양이처럼 등을 구부린 탓에 살짝 손해를 보는 모습이었다. 눈은 패기 없이 반만 떴다. 입 아래로 침 흘린 자국이 보였다.

"으으……." 그녀는 낮게 신음했다.

자다 깼다고 할까, 지금도 반쯤 잠들어 있는 것 같았다. 그녀는 익스의 팔을 끌어당겨서 자기 얼굴을 북북 문질렀다. 얼굴을 씻으려고 하는 것일까. 도료라도 묻어 있었는지 그의 소맷자락은 검게 더러워졌다. 무표정한 입가가 살짝 일그러지는 것을 유이는 놓치지 않았다.

그렇구나── 그녀는 생각했다.

예시는 불과 두 사람뿐이지만 문지르의 제자가 어떤 인간인지 유이는 알게 된 느낌이었다.

"일어나."

"아아아아아아아…… 우아."

익스가 팔을 흔들자 그녀는 잠시 버텼지만 이내 바닥으로 털퍼덕 떨어졌다. 강타당한 뒤통수를 누르며 상반신을 일으켰다.

"아야……." 눈을 비비고 주위를 둘러봤다. "……아?"

"좋은 아침이야, 누님." 익스가 평탄한 말투로 말했다.

"이, 잇 군."

잇 군? 유이는 까무러칠 뻔했다.

그녀──모르나는 몇 초 정도 입을 떡 벌리고 있었지만 익스의 얼굴을 바라보더니, "휘휴"라며 숨소리인지 목소리인지 모를 소리를 냈다. 입가가 기묘하게 일그러졌다.

"어, 어, 언제……."

"어젯밤이야. 말했잖아, 정리가 끝나면 한 번 얼굴을 비추러 오겠다고."

"그, 그래? 흐헷."

"잊어 버렸구나. 그럴 거라고 생각했어."

"히, 히히히히……."

꺼림칙한 목소리를 흘리고 모르나는 어깨를 들썩였다.

아무래도 조금 전부터 나오는 저 목소리는 그녀 나름대로 웃는 것임을 유이는 깨달았다. 흐리멍덩하면서 힘없는 발성도 자다 깨서 그런 것이 아니라 그녀의 원래 모습인 듯했다.

모르나는 휘청휘청 일어섰다. 갓난아기처럼 목을 흔들어 방을 둘러봤다. 입구로도 시선을 향했다. 유이와 눈이 마주쳤다.

갑자기 모르나의 얼굴이 창백하게 질렸다. 입을 반쯤 벌리고서 몇 걸음 물러났다. 등 뒤의 벽에 몸이 부딪히고 "그에"라며 신음했다.

"이, 잇 군, 저, 저, 저, 저 사람……."

무서울 정도의 기세로 모르나는 벌벌 떨었다. 낯가림의 긴장치고는 도를 넘었다. 이 지경까지 오니 도리어 미안한 기분을 느끼는 유이였다.

"뭐, 신경 쓸 것 없어." 방을 나가려는 그녀를 보고 익스가 말했다. "첫 대면인 상대한테는 항상 이래. 한동안 같이 있으면 나아져."

"아, 예……."

"저, 저기, 잇 군, 무시, 무시하지 말고."

익스의 옷자락에 매달려서 모르나는 눈물을 글썽였다.

"스승님의 손님이야. 죽은 다음에 나한테 왔어." 익스는 간결하게 설명했다. "지팡이 수리 겸 정비야. 도구 몇 개랑 누님의 힘을 빌리고 싶어."

"소, 손님?"

"그래. 스승님의 약정서를 가지고 있어."

두 사람의 시선이 이쪽으로 향했기에 한 걸음 나서서 머리를 숙였다.

"유이라고 합니다. 이렇게 실례해서 죄송해요, 모르나…… 씨."

"유이……."

"예."

"…………."

촉촉한 눈으로 모르나는 이쪽을 바라봤다.

투명한 에메랄드 눈이다, 유이는 그리 생각했다.

마주보기를 몇 초. 적막이 흐른 뒤, 그녀는 격렬하게 시선을 헤맸다.

"아, 그게, 으, 으음…… 차, 차, 차를."

"아뇨, 저는 걱정 마시고."

"어, 어디어디──."

"진정해. 내가 내올 테니까."

재주도 좋게 그 자리에서 우왕좌왕하는 모르나의 머리를 익스의 오른손이 눌렀다. "흐휴"라며 숨을 흘리고 그녀의 동작이 멈췄다.

털썩 의자에 앉더니 익스를 그대로 올려다봤다.

"부, 부탁할게."

"그래."

"아, 제가 준비할게요. 장소를 가르쳐 줄래요?"

유이는 도망치듯이 방을 나왔다. 아무리 그래도 단둘이 있을 배짱은 없었다.

5

첫 대면인 상대가 사라져서 모르나는 차분함을 되찾은 모양이었다. 바쁘게 방 여기저기로 시선을 향하고 절지동물처럼 손가락을 움직였지만 이것이 평상시의 그녀였다.

그런 모습을 바라보고 있었더니 어떻게 받아들였는지 누님은 겁먹은 것처럼 몸을 움츠렸다. 쭈뼛쭈뼛 이쪽을 올려다봤다.

"어, 미, 미안해."

"뭐가 말이야?"

"어, 으, 으응. 아무것도 아니야……."

"그런가."

"응."

"…………."

"아……."

모르나는 입을 뻐끔뻐끔 움직이고 말인지 뭔지 모를 소리를 냈다. 다른 사람과 대화하는 것은 서툴지만 그렇다고 침묵을 견디지도 못하는, 그녀의 성가신 성격이었다.

"그, 그, 그래." 굳은 목소리로 모르나가 말했다. "그, 그거 보여줘."

"어느 거."

"아, 야, 약정서, 이, 있잖아?"

걸출한 지팡이 제작 실력과 치명적으로 낮은 대인 능력, 그런 의미에서 모르나와 스승은 닮았다. 오히려 스승보다 지독할지도 모른다. 적어도 문지르는 자신의 가게를 혼자서 꾸려 나갔다. 다만 누가 상대라도 공격적인 스승과 겁먹는 그녀는, 방향성은 정반대지만.

문서를 훑어본 모르나는 신중한 손놀림으로 책상에 놓았다.

"그, 그렇구나······."

"정말이지, 남한테 어지간히도 폐를 끼치는 약정을 두고 가셨단 말이지. 간신히 유품 정리도 끝났다고 생각했는데."

"뭐, 뭐어, 수리하면 되는── 거잖아?"

"그래. 심재가 망가졌는데······."

하지만 그 심재가 무엇인지 모르겠다고 이야기하자 모르나는 고개를 갸웃거렸다.

"이, 잇 군이 모르겠다고?"

"내가 조사할 수 있는 범위는 한정적이니까 말이야. 여하튼 마력도 없으니까."

"그건, 그럴지도 모르겠지만······." 모르나는 약정서를 집어들었다. "으, 응. 그럼, 이건 내가 받아둘 테니까."

"허?"

"어?"

두 사람의 의아해하는 시선이 교차했다.

"저, 저기, 그게."

"아니, 화 안 났어." 눈물을 글썽이며 바들바들 떠는 모르나를 향해 한 손을 펼쳐 들었다. "그게 아니라, 어째서 누님이 받느냐고 물었어. 거기에 적혀 있잖아? 바라는 바는 아니지만 일단 내가『처음으로 본 멍청이』니까──."

"하, 하, 하지만──." 그때 그녀가 새삼 끼어들었다. "장인, 이잖아?"

"아……."

무심코 맥 빠진 목소리가 새어나왔다.

확실히 그 말 그대로, 약정서에는『그가 거느린 문하생 장인』이라고 적혀 있었다. 지팡이 수리를 하는 것이니까 그것은 당연한 내용이라 할 수 있지만── 그러나.

익스는 장인이 아니다.

그 스스로가 유이에게 이야기했다시피.

그러니까 지팡이를 수리하는 것은 모르나의 일이고 자신은 이제 아무런 관계도 없는 것이었다. 그녀 쪽이 압도적으로 실력은 확실하고, 애당초 주머니에 여유가 없는 인간이 무상 의뢰나 받고 있을 상황이 아니었다. 유이를 위해서라도, 현실적으로도 그것이 최선.

하지만──.

"아니, 누님한테 부담을 줄 수는 없지."

생각하는 것보다도 먼저 익스는 그렇게 입을 움직이고 있었다.

"어? 하, 하지만."

"수리는 내가 할게. 조합에 장인 등록을 하면 되잖아?"

"괜찮겠어?"

"그래. 누님과 달리 맡은 일도 없으니, 처음만 도와주면 돼."

"응⋯⋯."

수긍하기는 했지만 모르나는 불안한 표정을 띠고 있었다.

"뭐, 누님이 걱정하는 것도 알 수 있지만." 익스는 가볍게 코웃음을 흘렸다. "나 따위의 실력으로도 심재 교환 정도는 어떻게든 돼."

"어, 아니, 잇 군의 기술은 문제없어⋯⋯."

"아, 돈인가? 다행히도 지금이라면 목돈을 가지고 있으니까 괜찮아."

"아니, 돈은, 그게, 돈 문제도, 응, 그렇지만, 그게 아니라⋯⋯."

그녀는 작게 고개를 가로저었다.

"어, 어, 어째서?"

"그러니까, 누님의 부담이 될 테니까──."

"따, 딱히 그렇게 부담되는 거 아니야. 스승님의 지팡이라면, 나, 나도 살펴보고 싶으니까."

"아⋯⋯." 익스는 미간을 찡그렸다. "뭐, 어떠냐고. 기껏 처음 맡은 일이니까 나한테 맡겨도."

"그, 그런가? 처음 맡은 일⋯⋯. 히히⋯⋯."

무엇이 우스운지 모르겠지만 어쨌든 그것으로 모르나는 납득했는지 그 이상은 묻지 않았다.

하지만 막상 익스는 그 자리에서 생각에 잠겨 있었다.

'어째서——인가.'

처음 맡은 일이라는 것은 이유가 되지 않는다. 모르나에게 맡기는 편이 낫고 맡겨야 하는 일이었다. 그러니까 이것은 어디까지나 자신이 제멋대로 구는 것이었다.

스승이 남긴 귀찮은 일을 제멋대로 받아들였다? 자신의 판단을 스스로도 이해할 수 없었다.

잠시 미간을 찡그리고 있었지만 이윽고 익스는 한숨과 함께 그 의문을 잊어 버리기로 했다. 내뱉은 한숨은 대기 중의 먼지를 휘젓고는 흩어져 버렸다.

6

유이는 제각각인 그릇에 음료를 준비해서 방으로 돌아왔다.

소리를 내어 홀짝이고 모르나의 겁도 조금은 줄어든 모양이었다. 그럼에도 시선을 마주치지는 않고 이쪽의 발밑만 바라보며 말했다.

"그, 그럼, 그, 지팡이를……."

"부탁할게요."

"흐이, 헤헤헤……."

엉거주춤한 자세로 모르나는 지팡이를 받아들었다. 양손으로 살며시 집어 들어 작업용 책상에 내려놓았다. 흐르듯이 예의 의식을 마쳤다.

익스의 세련된 동작과는 다르게 모르나의 의식은 꺼림칙한 움직임이었다. 점점 더 심하게 등을 구부리고 핥듯이 지팡이를 검사했다. 몸은 크게 좌우로 흔들리고 이따금 "히힛" 하는 웃음소리를 냈다.

"알겠어?" 익스는 그녀의 귓가로 얼굴을 가져다대고 낮게 속삭였다. "제작년도는── 전파(傳播) 효율은── 채용 방식은 레드노프 관변식(管變式) 2종── 성질은 극히 선량── 추정 요굴률(撓屈率)은……."

콕콕 얼굴에 닿는 머리카락은 귀찮지 않을까, 유이는 멍하니 생각했다.

약 한 시간이 경과했을 무렵에는, 모르나는 복잡한 기계를 사용해서 지팡이를 조사하고 있었다. 곁에서는 익스가 서서 작업을 도왔다. 슬슬 검사도 대단원일까.

하지만 두 사람의 표정은 밝지 않았다. 미간에 깊은 주름을 새기고 연신 고개를 갸웃거렸다. 지금은 중앙에 커다란 수정이 박힌 기계에서 지팡이를 꺼내는 참이었다.

"역시 그런가?" 익스가 중얼거렸다. "신이 알레츠치고는 주기가 이상하지?"

"레, 레, 레드노프 계열로 설명할 수 있어." 모르나를 고개를 가로저었다. "분기점을 빠르게 해서……."

"친화성을 극한으로?"

"그, 그래."

"아니, 그야 이치에도 맞고 재미있는 이야기지만. 그런 정밀도를 확보하는 건 스승님이라도 무리겠지. 애당초 지팡이로 기능하지 않아."

"아, 그런가……."

모르나는 목을 빙글 돌렸다. 완전히 지팡이의 세계에 들어갔는지 유이 쪽을 보고도 반응하지 않았다.

"쓸 수밖에 없을까……."

"괜찮겠어?" 익스가 물었다.

"으, 응, 아마도. 될 거야."

"알았어."

고개를 끄덕이고 익스는 이쪽으로 걸어왔다. 옆에서 벽에 몸을 기대고 팔짱을 꼈다. 굳은 표정으로 모르나를 응시했다.

"미안한데 지금 뭘……."

"시험 마법을 사용할 거야. 다가가지 마, 위험해."

"마법을?"

"이 기계를 사용하는 건 오랜만이니까. 누님도 마법이 특기는 아니니까 폭발할지도 모르지."

자세하게 물어보기 전에 모르나의 목소리가 울렸다.

"하, 하, 할게."

조금 전의 기계에 지팡이를 다시 장착하더니 그녀는 눈을 감았다. 이것은 유이도 잘 아는 모습이었다. 익숙하지 않은 인간이 마법을 사용할 때, 이렇게 집중하곤 한다.

숨을 스읍 들이마시고 모르나는 마법을 사용했다.

시험 마법은 빛도 소리도 발생하지 않는다. 마력의 흐름만을 유이는 느꼈다. 양도 질도 나름대로 괜찮았다. 마법사 소질은 충분히 있다고 할 수 있었다. 다만 사용법은 거칠어서 훈련을 받은 사람이 아님은 명백했다.

몇 초의 마법 구사를 마치고 모르나는 숨을 내쉬었다.

"끝났어." 이쪽을 보고 그녀가 말했다.

"그런가." 익스는 턱을 살짝 당겼다.

"어땠어?"

"으, 응……."

모르나는 기계를 흘끗 보더니 "흐잇" 하고 입술을 일그러뜨렸다.

"누님?"

"후휴휴휴……."

"무, 무슨 일인가요? 모르나 씨!"

물어봐도 대답하지 않고 그녀는 계속 어깨를 들썩였다. 입가에 흐르는 침이 보였다.

무심결에 유이가 익스의 얼굴을 보자 그는 깜짝 놀란 표정을 띠고 있었다. 하지만 그 표정이 서서히 밝아지고 끝내는 환희의 외침을 흘렸다.

"말도 안 돼!"

"히, 저, 정말……."

"하하핫." 익스가 히죽거렸다. "설마 스승님의 농담이 실존할 줄이야. 어쩐지……."

"조, 좀 더 조사해야 돼. 정형하면 재이용도, 가, 가……."

"아니, 잠깐만. 내 손님의 지팡이야. 우선은 내가——."

두 사람은 지팡이를 둘러싸고 기분 나쁜 웃음을 띠었다.

유이는 쭈뼛쭈뼛 말을 건넸다.

"미안한데요, 두 분. 뭘 기뻐하는 건가요?"

"아, 아아, 유이." 익스는 그녀의 존재를 간신히 떠올렸다, 그런 표정을 띠었다.

"요컨대, 이 지팡이의 심재를 알아냈어."

"신이 알레츠가 아니었군요?"

"그래, 정체는 전혀 다른 물건이야. 가능성으로 생각하기는 했지만 설마 정말 그랬을 줄이야."

"뭐였나요?"

"그건 말이지…… 듣고서 놀라지 말라고."

"잰 체 말고 가르쳐 줄래요?" 유이는 어이없다는 표정을 띠었다. "제 지팡이 이야기예요."

"용의 심장이야."

"예?"

유이는 자신의 귀를 믿을 수 없어서 몇 번이나 눈을 끔벅거렸다.

"용이야——. 용의 심장이라고." 익스는 감개무량하게 이야기했다. "그런 건 스승님의 헛소리라고만 생각했어. 그걸로 지팡이를 만든 적이 있다고. 하지만 실물을 봤으니 이건 이제 믿을 수밖에 없겠네."

"용……?"

"그래. 틀림없어. 그렇지, 누님?"

모르나는 기세 좋게 고개를 끄덕였다.

"그, 그, 그것밖에 없어. 틀림없이 그래. 이런 거, 달리 없어."

"허어……." 유이는 고개를 갸웃거렸다. "그래서 두 분 다 기뻐하는 건가요?"

"당연하지. 오히려 어째서 그런 미묘한 반응인데. 터무니없는 지팡이라고, 이거. 네 아버지는 대체 어떤 사람이었어?"

"아뇨, 제가 묻고 싶은 건……, 그건 쉽게 얻을 수 있는 소재인가요?"

"그럴 리가 없잖아." 익스는 곧바로 대답했다. "이야기를 들었던 나랑 누님조차 이제까지 믿지 않았다고? 이것 말고는 현존할지도 알 수 없을 정도야."

"저기…… 그럼 어떻게 수리할 생각인데요?"

"어?"

익스는 모르나를 봤다.

그녀는 묵묵히 시선을 받아들였다.

몇 초의 침묵 후, 두 사람은 동시에 이쪽을 봤다.

유이는 믿을 수 없다는 심정으로 말했다.

"설마 그저 진귀한 소재를 볼 수 있었다고 기뻐하던 건가요?"

그녀의 지식이 옳다면, 용은 천 년 이상 전에 멸종되었다.

1

사흘이 지났다.

유이가 마법 지팡이 가게로 들어오자 안에는 오토의 모습만 있었다. 진열된 통나무를 하나씩 손에 들고는 나무망치로 두드려서 소리를 확인했다. 건조 상태를 살피는 모양이었다. 각각 다른 지팡이로 마법을 걸어서 성능 확인과 재료 제작을 동시에 진행하는 듯했다.

오토는 문이 열리는 소리에도 반응하지 않고 집중해서 작업을 진행했다.

"다녀왔어요⋯⋯."

작게 말하며 유이는 안고 있던 바구니를 놓았다. 안에는 이상하게 두꺼운 뼈가 몇 개 들어 있었다. 마수의 등뼈였다. 구입을 부탁받은 물건이었다.

평소에는 며칠 정도에 한 번, 상인이 와서 모르나의 주문을 받아간다나. 지팡이 소재에 있어서는 돈을 아끼지 않고 구매해 주는 손님이니까 직접 가게까지 가져다준다. 방 한구석에 쌓여 있던 시체더미는 그렇게 완성된 것이라고 한다. 그때그때 해체해서 각 부위마다 다양한 용도로 사용된다.

하지만 이번에는 심재 수복이라는 특례로 평소와는 다른 마수의, 그것도 특정한 부위만이 필요했다. 직접 사러 가는 편이 빠르겠다고 그래서 유이가 손을 들었다. 최근 사흘은 거리와 가게를 왕복하는 나날이었다.

손님에게 도움을 받을 수는 없다, 마음대로 지내면 된다고 익스는 말했다. 확실히 레이레스트는 각지의 문화가 모이는 도시라서 큰 길을 구경하러 다니는 것만으로도 즐거워 보였다. 하지만 동방의 백성이 태평하게 관광을 할 수 있을 것 같지는 않았다.

부탁받은 소재가 그리 유쾌한 물건들은 아니었지만, 호기심이나 모멸의 시선보다는 마수의 뼈를 보고 꺼림칙하게 여기는 편이 훨씬 나았다. 적어도 후드를 벗으라고 그러지는 않으니까.

돌아왔다고 말하러 가려던 그때, 가게 안쪽에서 둔탁한 폭발음이 울렸다.

"……바쁜 모양이니까 조금 더 있다가 갈까요."

한숨을 내쉬고 가게 안의 의자에 앉았다. 폭발음 따윈 이 가게에서는 일상다반사라 무시하면 그만이었다. 무슨 일이냐고 방으로 뛰어들어서는 지독한 꼴을 당한 적도 한 번 있지만.

지붕 위에서 퍼덕퍼덕 날갯짓 소리가 들렸다.

손님이 나타날 기미는 없다. 그녀가 이곳에 온 뒤로 한 사람도 본 적이 없었다. 아는 손님만 온다고 그랬는데 그게 정말일까, 의심하고 싶어졌다.

문득 고개를 들자 가게 중앙에서 오토가 이쪽을 응시하고 있었다.

"유이 라이카."

"예, 안녕하세요. 오토."

"질문은?"

"예? 아, 예. 그러네요……." 턱에 손을 대고 생각했다.

함께 지내는 동안에 깨달은 것은, 오토는 요점만 뽑아서 대화를 한다는 것이었다. 이 경우, 최근 며칠 유이가 몇 가지 질문을 했으니까 "오늘도 물어보고 싶은 게 있느냐"라는 의미이리라.

"아, 그렇죠." 유이가 가슴 앞으로 손을 맞댔다. "이전에 익스는 마법을 못 쓴다고 자기 입으로 이야기했었는데, 그건 정말인가요?"

"정말이야."

"아니, 하지만……. 마법을 못 쓰는 사람에 대한 이야기는 들어본 적이 없어요. 어떤 인간에게도 마력이 있고―― 물론 양이나 질에 차이는 있지만―― 지팡이만 있으면 마법을 쓸 수 있을 텐데요."

"소니므의 증상 중에 그런 예시가 있어."

"예?"

오토는 거침없는 말투로 이야기했다.

"임산부가 소니므에 감염되면 대다수는 사망해. 생존해도 사산. 하지만 지극히 드물게도 영아가 살아있는 경우가 있어. 생존한 아이는 마력을 지니지 않아서 마법 구사도 불가능해. 국내에 기록이 단 한 건 있지."

"그 한 건이―― 익스라고?"

"아니. 그건 귀족 아이였고 후에 사망했어. 익스의 부모는 불명. 따라서 소니므 환자였는지는 알 수 없음."

병으로 공황 상태일 때, 하물며 마법을 사용할 기회가 없는 서민의 생사 따윈 기록될 리도 없나. 그리 납득했다.

"그런가요……. 고마워요, 오토."

유이가 고개를 끄덕이자 오토는 입을 다물고 업무로 돌아갔다. 쌓아올린 마수의 시체 중 한 마리를 꺼내어서 안뜰로 나갔다. 가죽을 벗겨서 가공하는 것이리라.

익스가 마법을 쓸 수 없다는 이야기는 사실이었나. 유이는 한숨을 내쉬었다.

확실히 그는 스스로 시험 마법을 사용하지 않았고 모르나가 구사한 마법도 느끼지 못하는 모습이었다. 그런 인간이 있을 리가 없다, 그리 생각했는데…….

그래서야 마법 지팡이 장인으로 일할 수 있을까, 유이는 남의 일인데도 그렇게 불안해졌다. 만든 지팡이를 스스로 조정할 수 없는 것이다. 혀가 없는 요리사 같은 존재다.

그때 한층 더 커다란 폭발음이 울렸다.

"와앗."

몸을 움츠리고 유이는 주위를 둘러봤다.

충격으로 건물이 삐걱삐걱 진동하고 천장에서 먼지가 떨어졌다. 통나무도 몇 개 쓰러진 듯했다. 마법 지팡이만큼은 고정되어 있어서 가볍게 흔들리는 것으로 그쳤다.

잠시 그 반동처럼 방이 조용해졌다.

그러는가 싶었더니 문이 열리는 소리가 들리고 안쪽에서 익스가 얼굴을 내밀었다. 벌레라도 씹은 것 같은 표정을 띠고 있었다. 최근 사흘 동안 변변히 쉬지도 않았으리라, 눈 밑은 시커멓게 물들었고 옷은 너저분했다.

가게 바닥에 앉아서 그는 메마른 기침을 했다.

"괘, 괜찮아요?" 유이는 저도 모르게 말을 건넸다.

"응? ……유이냐."

무기력하게 눈을 비비고서야 간신히 익스는 유이의 존재를 알아차린 모양이었다.

"부탁한 거, 사왔어요."

"부탁한 거?"

"저기, 뼈……." 바구니를 보란 듯이 들어올렸다.

"아, 그건가……."

수면부족 탓이리라, 묘하게 멍한 대답이었다.

"쓸 거죠?"

"아니, 필요 없어졌어. 실패했으니까."

"예? 뭐가 말인가요?"

"방법이 없다는 소리야." 익스는 시원스럽게 말했다. "좀 전의 실험이 결과가 좋았다면 그걸 썼을 테지만 제대로 안 됐어. 그러니까 이제 필요 없어."

"그건 그러니까──."

"두 손 들었어. 그 심재는 수복할 수 없어. 안타깝게도."

너무나도 담담한 말투라서 유이는 이해에 다소 시간을 필요로 했다.

'그러니까── 수리는 불가능하다는 소리?'

입을 뻐끔뻐끔 움직이는 그녀를 보고 익스는 덧붙였다.

"뭐, 성과가 없었던 건 아니야. 신이 알레츠를 핵으로 두고 아그나스석을 비롯한 심재를 합성하면 한없이 가까운 성질로 만들 수는 있었어. 지팡이 제작 기술로서는 재미있는 방향성이겠지, 대체할 수 없는 소재 따윈 보통은 사용하지 않으니까. 『혼성심재』라는 이름이라도 붙일까. 책으로 쓴다면 지팡이 장인 사이에서는 퍼질 거야. 누님은 그런 일 안 할 테지만⋯⋯."

"그건 아무래도 상관없으니까요."

"그런가? 무척 굉장한 발상이라고 생각하는데."

어흠, 유이는 기침을 했다. 그에게는 지팡이가 전부인 것이었다. 일일이 어울려줄 때가 아니었다.

"가까운 성질── 그거로는 안 되나요?"

"그래, 압도적으로 출력이 부족해. 역시 용의 심장이야. 다른 심재 따위로는 그야말로 격이 달라."

"완전한 재현은 불가능하다고."

"게다가 문제는 하나 더 있어."

"허어, 뭔가요?"

"역사상 첫 기술이니까 성공한다는 보증이 없어."

"⋯⋯저기. 가볍게 이야기하는데, 실패해서 지팡이가 망가진다면 당신은 죽음으로 사죄하는 거라고요?"

"이론상으로는 잘 될 거야."

"⋯⋯그런가요."

"내 힘이 충분하지 못해서 미안하네."

익스는 힘없이 말하더니 크게 하품을 했다. 전설 속 용의 소재니까 처음부터 어렵다는 것은 알고 있었지만, 하지만 화를 내야 할지 달래야 할지 망설여지는 태도였다.

"그래서, 어떻게 하고 싶어?" 익스가 물었다.

"어떻게 할 수 있는 건가요?"

"성질만 재현하게 되긴 하겠지만 혼성 심재와 교환한다. 용의 심장은 팔아치운다. 나라의 보물 창고에라도 들어 있을 법한 물건이니까 한몫 챙길 수 있겠지. 실패한다면—— 그러네, 같은 건 무리지만 유이를 위해서 가능한 한 최고의 지팡이를 만들고 나는 죽는다."

"……죽고 싶은가요, 당신은?"

"그럴 리가 없잖아." 익스는 진지한 표정으로 고개를 가로저었다. "나는 죽기 위해서 지팡이를 만드는 게 아니야."

'죽기 위해서——.'

그 얼굴이 한순간 누군가와 겹쳐져서 유이는 입을 다물었다.

"…………."

"왜 그래?"

"아, 아뇨." 서둘러서 표정을 다잡았다. "어쨌든 실패하는 건 곤란해요. 저는 어떻게든 그 지팡이가 필요해서——."

"뭐, 잠깐만."

양팔을 펼치고 익스는 의미심장하게 말을 멈췄다.

그는 또 하품을 했다. 뺨이 홀쭉해서 여윈 모습임을 유이는 깨달았다. 용의 심장을 보고 그만큼 흥분했던 것이다. 제대로 식사도 하지 않았으리라.

"하나 더, 방법이 없는 것도 아니야."

익스는 검지를 세워 들었다.

"예에…… 그건?"

"용의 심장을 찾는 거지."

"……용은 이제 없어요."

"살아있는 용과 만날 필요는 없어. 심장만 있으면 돼. 아니, 그것도 아니네. 이것과 같은 소재를 찾는다면 그걸로 충분해."

"같은 소재──? 기묘한 표현을 쓰는군요."

"좀 더 정확하게 말하는 것뿐이야. 『용의 심장』이라고 불리기는 하지만 정말로 그런지는 모르잖아?"

"저기, 문지르 씨가 그렇게 말씀하지 않았나요?"

"스승님한테 배운 건 용의 심장이라는 단어와 특징, 판별하기 위한 특성, 그것뿐이야. 그것이 진짜 용이라는 보증은 없어. 『젊을 적에 왕성에서 용의 뼈를 조사한 적이 있다. 그만큼 닮았거든. 그 심재는 용의 심장이야』라고 스승님은 그랬지만…… 어디까지 진실인지는 의심스러워. 그것 말고는 뭐라고 부르는지 몰랐으니까, 그저 희소하고 고성능인 보석일 가능성도 있어. 실제로 이 소재는 어떤 점에서는 광석 같은 느낌이야."

"그래서 당신은 어떻게 생각하나요?"

"글쎄." 익스를 어깨를 으쓱였다. "뭐, 용하고 무언가 관련이 있다…… 정도의 관계성은 있을 테지만."

"예?" 그 대답이 의외라서 유이는 가볍게 눈을 끔벅였다. "그건 또 어떤 근거로."

"스승님의 이야기 따윈 맞지 않겠지만 뭐, 의미도 없는 헛소리를 늘어놓는 인간도 아니니까. 심장까지는 아니더라도."

나쁘게 말하는 것치고는 신뢰하는구나, 그리 생각했지만 입에 담지는 않았다.

"하지만 무언가 관련이 있다고 그래도 용은 이미 멸종했으니까 도저히 방법이 없는 것 같은데요."

"하지만 절대로 불가능하다고 단정할 수는 없지. 나는 그렇게 생각해." 익스는 벽에 손을 대고 일어섰다. "애당초 이런 소재가 있다는 걸 아는 인간이 몇 명이나 될 거라고 생각해?"

"용의 전설은 누구라도 알겠죠."

"그렇지. 어떤 나라의 전설에도 반드시 용이 나타나지. 하지만 실존한다고 믿느냐면 대답은 그렇지 않겠지. 전설은 어디까지나 전설. 용은 있었을지도 모른다, 그렇게 생각하는 사람은 있어도 용이 있었다고 확신하는 녀석은 일단 없어. 당연하지, 천 년 전의 이야기 따윈 누구도 보증해주지 않으니까. 하지만 우리는 아니야."

"여기에 실물이 있으니까⋯⋯."

"그래. 뭐, 우리로서도 이게 진짜 심장인지는 알 수 없지만 어쨌든 말이야. 이 소재를 진심으로 찾는 인간은 아마도 세상에 그 누구도 없어. 그러니까 희망은 있어. 『그것이 있다』라는 사실을 안다면 반은 끝난 셈이야."

"하지만 설령 발견한다고 해도——그걸 팔거나 양보해 줄지 알 수 없는데——그리 간단히 손에 넣을 수 있을까요."

"뭐, 그러네. 나도 누님도 그런 돈은 없어. 유이도——."

"없어요"라며 어깨를 으쓱였다.

"찾는다고 해도 손에 들어올지는 알 수 없어. 얼마나 시간이 걸릴지, 그것도 알 수 없지. 현재로서는 단서 하나조차 없고. 수십 년 단위를 낭비하고는 결국 실패했다, 그런 결론이 될 가능성도 있어."

"꽤나 불안한 이야기네요."

"그래서, 어떻게 할래?"

익스는 손바닥을 마주 대고 비비더니 이쪽을 응시했다. 선택지는 제시했다, 그러니 손님이 자유롭게 선택하시라. 그런 의미인 듯했다.

몇 초 정도 유이는 생각에 잠겼지만 크게 고민할 법한 문제는 아니었다.

"……기간을 정하죠." 그녀는 말했다.

"그렇군?"

"제게는 그다지 시간이 없어요. 언제까지고 제 지팡이가 없는 건 곤란해요. 따라서 처음에는 용의 소재를 찾겠지만 기한이 지나면 포기하고 타협할게요. 혼성 심재를 쓰죠. 그것도 일반적인 지팡이의 성능은 나오는 거죠?"

"그래. 하지만 귀중한 지팡이야. 뭣하면 한동안 대신 사용할 지팡이를 제공할 수도 있어. 그러면 천천히 찾을 수도 있겠지. 이 지팡이는 강력하지만 이게 필요해질 정도의 상황은 좀처럼 없을 테니까……."

"아뇨, 이 지팡이가 필요해요."

"그렇게나 절박한 사정이 있나? 전쟁이라도 치른다면 모르겠지만."

"아, 아무리 그래도 그런 화려한 일은 안 해요. 으음…… 그래요, 저한테 이건 아버지가 남겨준 유일한 유품. 그걸 장식처럼 취급하고 다른 지팡이를 사용한다는 건, 어쩐지 아버지한테 죄송하다고 생각하니까요."

"……그런가, 알겠어."

익스는 표정을 바꾸지 않고 가볍게 고개를 끄덕였다.

빙글, 발길을 돌려서 그는 또다시 안쪽 방으로 걸어갔다. 유이도 함께 향했다. 그녀는 익스를 올려다보고 물었다.

"사실은 용의 소재를 찾고 싶었던 거겠죠?"

"손님의 요청이 우선, 그것이 장인의 철칙이야."

아쉽다는 심정은 있을 테지만 익스는 딱 잘라서 대답했다. 아무래도 진심으로 하는 말인 듯했다. 그런가요, 라며 유이는 입을 삐죽였다.

안뜰에는 오토의 모습이 보였다. 작은 손으로 손도끼를 휘두르고 있었다. 주위의 땅바닥에 잘라놓은 부위가 널려 있었다. 해체는 순조롭게 진행되는 모양이었다.

안쪽 문은 활짝 열려 있었다.

한 걸음 들어서서 유이는 있는 힘껏 얼굴을 찌푸렸다.

"어떻게 된 건가요……."

모르나의 방은 더더욱 지독한 참상이었다.

물론 이전에도 어질러져 있었지만 그것은 어느 정도 통제가 된 느낌이었다. 적어도 마수는 마수, 도구는 도구로 정리되어 있었다.

하지만 지금 이 방은 더 이상 무어라 형용하면 좋을지 알 수 없었다. 질서라는 말에서 가장 먼 공간이라 할 수 있었다.

주의를 줄 기력도 없어서 유이는 조용히 포기하는 길을 선택했다.

그녀가 체념에 잠겨 있는 동안, 익스가 앞으로의 방침에 대해서 모르나와 논의를 진행했다.

"……그러니까 어쨌든 정보가 필요해. 연줄 같은 걸 없을까, 누님?"

"으—응." 병적으로 하얀 피부의 모르나가 손뼉을 짝 쳤다. "아, 그렇지. 이, 이, 잇 군. 도서관에 가면, 어, 어떨까."

"도서관? 그건 책이 잔뜩 있는 거긴가?" 익스는 고개를 갸웃거렸다.

"으, 응, 그런 곳."

"그러네……. 용에 대해서 적혀 있는 책을 찾을 수도 있을까."

"그, 그래!"

"그건…….."

분위기를 탄 두 사람을 앞에 두고 유이는 홀로 신음했다.

아무래도 그들은 도서관을 잘 모르는 모양이었다.

왕국에서는 도서관이 유행하는지 최근에는 지방의 유력 도시가 차례차례 짓고 있다는 이야기를 유이도 들은 적이 있었다. 도서관이 있다는 것만으로 격이 올라간다고 한다.

하지만 아무리 훌륭한 도서관을 만들더라도 그 안에 수납된 책 따위 대단치 않은 것이 실정이었다. 거대한 서고는 여기저기 비어 있고, 수상쩍은 주술서나 문서를 채워서 많아 보이게 만들었다는 나쁜 소문도 돌았다. 제대로 된 장서는 고작해야 말레교 성전 정도라나.

말레교는 서방에서 널리 믿는 종교로, 현재 왕국에서는 국왕이 교황을 겸하는 국가 종교이기도 했다. 백 년 정도 전에 국교회를 설립하여 토착 신앙 따위를 일소했는데 그때 배포된 성전이 도서관으로 흘러들었다고 한다. 하지만 그것으로 열성적인 신도가 늘어나나 싶었더니, 국교회는 성전을 따르지 않는다며 반발하는 새로운 파벌이 세력을 부풀리며 왕국을 소란스럽게 만드는 중이라고 한다.

어쨌든 좋은 소문은 없어서 큰 기대를 할 수가 없는 유이였다.

"앗, 앗, 하지만……." 문득 모르나가 손가락을 깨물었다. "도서관은, 정해진 사람만 들어갈 수 있는 게 아니었나……."

"이용증이 필요해요."

유이가 끼어들자 두 사람의 시선이 이쪽으로 향했다. "아……" 라며 그녀는 눈을 피했다.

"잘 아는 건가?" 익스가 물었다.

"이용증은 도서관장한테 요청하면, 심사를 진행하고 발행돼요. 관장을 맡고 있는 건 대부분 은거한 귀족이니까, 뭐, 시민에게 열려 있다고 말하기는 어렵지 않을까요.”

익스와 모르나는 얼굴을 마주봤다.

거북한 침묵이 내려앉았다.

“……다른 수단을 생각하자”라며 익스가 한숨을 내쉬었다.

“그, 그, 그러네.” 모르나는 손을 맞대고 고개를 끄덕였다. “아…… 어, 언니한테 물어보는 건, 어떨까. 펴, 편지로.”

“……그 사람—— 큰 누님한테? 진심으로 하는 소리야?”

“으으……. 아, 그렇지, 소, 손님 중에, 그런 거 잘 아는 사람이 주문을 해서…….”

“흐응, 언제 오는데?”

“아, 아마도, 곧 올 거야, 틀림없이.”

익스는 말없이 고개를 내젓더니 이쪽을 봤다.

“그렇지, 유이한테 물어보지 않은 게 있었어.”

“뭔가요.”

“기한을 정하겠다고 그랬는데 구체적으로는 언제까지야? 그에 따라서 찾는 방법도 바뀌겠지.”

“여름이 끝날 때까지로 부탁해요.”

“올해?”

“그래요.”

“짧은데…….” 익스는 미간을 찌푸렸다. “그렇다면 미리 정해두고 찾을 수밖에 없어. 완전히 도박이야. 그렇게까지 서두를 이유가 있나?”

“어어…….” 그가 조금 더 질문하려는 모습을 보고 유이는 이야기를 돌렸다. "저기—— 조금 전의 도서관 말인데요, 제가 같이 갈까요?"

"이용증을 가지고 있나?"

"이용증이 없더라도 공립도서관을 이용할 수 있는 제도가 있거든요. 어떤 조건을 충족한다면, 말이지만요."

"조건?"

"왕립학교의 학생일 것이에요."

"어?"

익스는 처음 보는 표정을 띠었다. 깜짝 놀란 표정, 일까. 유이는 고향에 사는 얼빠진 얼굴의 새를 연상했다.

"그렇다면." 익스는 한 손을 펴고 이쪽으로 눈짓을 던졌다. "학생?"

"학생이에요." 유이는 미소를 머금고 고개를 끄덕였다.

"여름이 끝날 때까지, 그 이야기는……."

"학교 방학 중으로 어떻게든 부탁할게요, 익스. 지팡이가 없으면 마법학 강의를 받을 수가 없어요."

"방학?" 익스는 시선을 비스듬히 위로 향하고 잠시 침묵한 뒤, 작게 입을 벌렸다. "있잖아, 역시 대신 쓸 지팡이를 주는 건 안 될까?"

"저기, 장인의 철칙은?"

2

누런 종이에 검은 글자가 빼곡하고, 그런 물건이 몇 페이지나 이어진다——. 솔직히 말해서 기분 나쁜 광경이었다. 책이란 정말 기묘한 물건이고, 그것이 모여 있는 도서관은 더더욱 정체를 모를 공간이었다. 어째서 권력자들은 이런 시설을 귀하게 여기는 것일까. 전혀 의미를 모르겠다. 혹은 의미를 모르기 때문에 귀한 것일까…….

페이지를 넘기고 익스는 한숨을 내쉬었다. 역사서를 기대했지만 역대 국왕의 공적이 나열되어 있을 뿐, 용과 관련된 기술은 없었다.

글자를 읽는 방법은 스승이 가르쳐 주었다. "일단은 가르쳐 주마"라면서 익스가 완벽하게 기억할 때까지 헛간에 감금하기도 했다. 그는 그 이외의 교육법을 몰랐나 보다. 번번이 갇혀서는 펑펑 울면서 공부했었다.

"가져왔어요…… 영차."

작은 몸이 보이지 않을 만큼 책을 품고서 유이가 돌아왔다. 털썩, 이미 존재하는 책 더미 옆에 내려놓았다.

익스를 포위한 책 더미는 어느 것이든 그의 허리 정도까지 쌓여 있었다. 끝까지 읽은 책을 덮어서 다른 더미에 얹었다.

"여기까지는 전부 읽었어. 돌려놓고 와줘."

"……알겠어요."

어깨를 풀썩 떨어뜨리고 그녀는 그쪽 더미를 안아 들었다.

미덥지 못한 뒷모습이 멀어지는 것을 배웅했다.

한 권을 새로 들고 페이지에 좀이 슨 곳을 털어냈다. 이것도 별로 기대가 안 되는데, 익스는 생각했다.

유이의 신분을 이용해서 도서관에 들어올 수는 있었지만 이렇다 할 성과는 올리지 못했다. 우선 최근에 발행된 책에는 용과 관련된 기술이 전혀 없었다. 그래서 옛날에 쓴 동화나 전설 종류로 시선을 돌렸지만, 그런 책에는 용은 등장하지만 익스가 원하는 정보——구체적인 지명, 인명, 연대 따위——가 적혀 있지는 않은 것이었다.

당연하다면 당연했다. 용은 진즉에 멸종된 전설의 마수. 그런 상세한 정보가 남아 있을 리는 없었다. 동화에서 정보를 바라는 것이 도리어 이상했다.

"……어?"

문득 '용'이라는 글자가 시야에 날아들었다.

하지만 거기서 앞뒤 부분을 읽고 익스는 실망했다.

"상상할 수 있는 모든 것을 마법으로 실현할 수 있는가"……이 명제는 이상의 논의를 통하여 부정되었다. 생물의 마력량은 체구에 따라서 제한되고, 엘프 등등 특수한 체내 구조를 가졌을지라도 허용량은 반드시 일정한 수치에 이르러 무한히 얻을 수는 없기 때문이다. 이 결론이 나온 뒤, 마법 연구는 크게 두 가지 분야로 나뉘게 된다. 다시 말해 인간의 마력량을 제약한 일반 마법학과, 무한한 마력량을 전제로 둔——이른바 〈용의 마법〉인——특수 마법학으로.

그것은 마법 입문서로 무언가를 설명하기 위해서 용을 언급했을 뿐이었다.

"뭐냐고."

시강 아이마라는 저자명을 손가락으로 튕겼다.

도서관이라도 책이 무진장 있는 것은 아니고, 이미 용과는 그다지 관계가 없을 법한 서적에도 손을 대고 있었다.

도서관에 다니기 시작한 뒤로 이미 상당한 기간이 경과했다. 무모하다는 것을 아는 조사라고는 하지만 초조한 기색도 드러난다.

"오늘도 허탕이었나요."

"예?"

고개를 들자 반짝반짝 빛나는 눈동자가 익스의 모습을 비추고 있었다.

노파──로 보였다.

보이지만 아무래도 확신을 가질 수가 없었다. 무척 쉰 목소리였고 작은 체구도, 긴 백발도 늙은 사람의 그것이리라. 등줄기도 굽어 있었다. 하지만 이쪽을 응시하는 눈동자──금색 두 눈은 생생해서 마치 다섯 살 어린아이처럼 천진난만하게 빛나고 있었다.

"최근에 매일 오셔서. 열심히 무언가를 찾고 계시더군요. 예, 이렇게까지 열심히 읽으시는 분은 좀처럼 안 계시죠." 이쪽이 어리둥절한 사이, 그녀는 시원시원하게 계속 말했다. "하지만 좀 더 정성을 들여서 읽어 주셨으면 좋겠어요. 그렇게 아무렇게나,

대충 훑어보는 건 말이죠. 책한테 미안한 일이라고 생각해요."

누구냐, 그리 물어볼 틈을 살피는 사이에 그녀의 눈이 또 빛났다.

"아, 저 말이군요. 이 도서관의 관장을 맡고 있어요. 그건 그렇고 도서관이란 말이죠, 굉장한 시설이 아닌가요?"

"……그러네."

익스는 그녀를 찬찬히 바라봤다.

항상 도서관 입구에 있던 것은 중년 남자라서 그가 관장이라고 생각했다. 이 도시에서는 은거한 귀족이 아니라 가문 상속에서 밀려난 귀족이 관장을 맡고 있는 것이라고.

하지만 눈앞의 노파는 어떨까. 의복을 보기에 귀족은 귀족일 테지만 도저히 은거한 분위기로 보이지는 않았다. 오히려 가장을 마구 휘두르며 일족의 실권을 조종하는 여걸의 풍격이 있었다.

"이렇게나 막대한 정보가, 머리가 아닌 장소에 있다니 과거에는 도저히 상상할 수 없었어요. 그렇지만 뭐——." 흐르는 것 같은 말투로 그녀는 말했다. "당신은 책이 싫은가 보군요."

그 말에 힐문하는 기색은 없었다. 그저 담담하게 사실을 이야기하는 말투이고, 실제로도 그랬다. 익스는 입을 다물었다.

"뭐, 당신이 책을 좋아하는지 싫어하는지 알 수는 없죠. 그저 그렇기 때문에 서툴러요. 무엇을 조사하는지, 어째서 조사하는지. 그런 건 흥미 없지만요, 당신이 찾고 있는 건 책이 아니라 정보. 그래서는 찾을 수 없어요."

"무슨 뜻인지 모르겠는데……."

"예, 당신에게는 무리겠죠. 다른 것을 찾든지, 다른 방식으로 찾을 수 있는 사람을 데려오는 것이 빠르지 않겠느냐는 말씀을 드리는 거예요."

일방적으로 이야기를 마치더니 그녀는 타박타박 빠른 걸음으로, 책장 너머로 사라졌다.

귀찮은 상대였다며 한숨을 내쉬는 사이, 반대쪽 책장에서 유이가 걸어왔다. 품에 새 책을 들고 있었다.

"저기, 무슨 일이었나요? 저 분……."

"이 도서관 관장님이라는데."

"관장님? 어, 정말인가요?"

"본인 말에 따르면 말이야." 익스는 미간을 찌푸렸다. "그보다도 유이, 숨어 있었지?"

"뭐, 당연한 대처겠죠. 관장님인 줄은 몰랐으니까요……. 익스야말로 저한테 책을 나르게 시켜놓고, 용에 대한 정보는 찾았나요?"

"아니."

"봐요, 그쪽도 엉망이잖아요."

"정보를 찾으니까 안 된다고 그러던데."

"……무슨 의미인가요?" 유이는 고개를 갸웃거렸다.

결국에 오늘도 성과는 없이, 익스와 유이는 귀로에 올랐다. 익스는 익숙하지 않은 독서로, 유이는 책을 나르는 작업으로 둘 다 지친 표정을 띠고 있었다. 시각은 아직 오후였다. 평소라면 저녁 때까지 매달리겠지만 오늘은 가게 정리를 돕기 위해서 빨리 나온 것이었다.

숙소에 묵을 돈은 없어서 둘 다 모르나의 가게에 머무르고 있었다. 침상은 없으니까 모르나와 함께 잡동사니 위에서 잠드는 나날이었다. 유이의 노력으로 이전보다 무척 청결해지고 있기는 했지만.

돌아가는 도중, 문득 익스가 멈춰 섰다.

"왜 그래요?" 지나친 유이가 돌아봤다.

"잠깐 볼일이 있었던 게 떠올랐어."

"하지만 가게를 돕는 건……."

"아니, 그렇게 시간이 걸리지는 않아. 잠깐 확인하러 가는 것뿐이니까."

"그런가요? 그럼 저는 먼저 돌아갈게요."

"조심해서 가."

"예, 익스도요."

뒷골목을 걸어가는 유이를 배웅하고 익스는 발길을 돌렸다.

다시 도서관이 있는, 도시의 고급 지구로 돌아갔다. 낮 시간이기도 해서 길은 통행인으로 북적였지만 서서히 인파는 드물어지고, 그 대신에 보기에도 고급스러운 복장의 사람들이 오가게 되었다. 고급스럽다는 것은 다시 말해 쓸데없는 장식이 많다는 의미였다. 한산한 산속 마을에서 자란 익스에게는 익숙하지 않은 광경이었다. 주문에 따라서 지팡이를 치장하는 경우는 있었지만 그렇게까지 기능성을 무시한 물건은 만든 적이 없었다. 지팡이와 복식은 다르다고 해도 무척 흥미가 깊어서 그만 빤히 쳐다보고 말았다.

우선 그가 향한 곳은 마법 지팡이 조합이었다.

마법 지팡이 조합은 지팡이 장인을 시작으로 마법 지팡이 장사와 관련된 일체를 관리하는 조직이다. 원 재료가 되는 목재나 심재 매입, 마법 지팡이 가게의 영업 등등은 그들의 허가를 얻어야만 한다. 단독 제품으로 이렇게까지 대규모 조합이 운영되는 경우는 드물다고 한다. 그만큼 지팡이는 시장 규모가 큰 고급 상품이라는 의미이리라. 현재 최대의 조합은 모험가 조합이라고 그러지만…….

익스의 용건은 이전에 모르나에게 이야기했다시피 장인 등록이었다. 조합의 말로는 "저품질의 마법 지팡이를 단속하기 위해서" 그들이 인정하지 않으면 마법 지팡이의 제조, 판매를 할 수는 없다. 용의 심장에 너무 몰두해서 잊고 있었지만 앞으로 지팡이로 생계를 꾸려가기 위해서라도, 유이의 의뢰를 위해서라도 빨리 장인이 되어야만 한다. 이제까지는 문지르의 가게 수습생으로 등록되어 있었다.

하지만 익스의 요청은 간단히 거부당했다.

그는 몰랐던 일이지만 장인으로 인정받기 위해서는 자신의 점포를 꾸릴 필요가 있었던 것이다. 최근에서야 새로이 지정된 기준이라고 하는데 원칙상 한 점포에 장인은 하나로, 다수의 장인을 거느린 큰 가게는 매번 허가가 필요해진다고 한다. 대단한 기량도 없는 '장인'을 대량으로 채용하여 조악한 상품을 양산하는 가게를 규제하기 위해서라고 한다.

직원에게 정중한 설명을 듣고 익스는 의기소침하게 조합을 나왔다.

"점포인가……."

가게를 가질 수 있을 만큼의 돈은, 그에게는 없었다. 스승의 유산으로 물려받은 것은 몇 개월 치 생활비 정도였다. 하지만 돈을 모으려고 해도 지팡이를 만드는 것 말고 자신이 할 수 있는 일 따윈 떠오르지 않았다.

어딘가 마법 지팡이 가게에서 수습으로 일하든지, 혹은 큰 가게에 고용되어서 장인으로 등록해 달라고 할까. 그러면서 한숨을 내쉬었다. 스승이 말한 그대로였다. 장인도 될 수가 없다니 그야말로 반편이라고 할 수 있으리라. 자립은 아직 먼 이야기가 될 듯했다.

어깨를 떨어뜨리고서 향한 곳은 도시 중앙에서 살짝 벗어난 곳, 중산층 계급 대상의 상점이 늘어선 곳이었다. 좋게 말하면 활기가 있는, 나쁘게 말하면 난잡한 분위기였다.

자세한 장소를 모르니까 불안했지만 큰길을 걷고 있으니 금세 발견했다. 무기점이 많은 방향, 무기를 든 인간이 많은 방향으로 걸어가면 자연스럽게 다다른다.

모험가 조합을 방문한 것은 처음이었다.

상당히 큰 건물이었지만 그럼에도 안은 모험가로 북적거렸다. 어디를 봐도 가죽갑옷, 철갑옷, 검, 창, 활, 그리고 드물게도 마법 지팡이까지 뒤숭숭하기 그지없었다.

그들에게 부딪히지 않도록 조심해서——익스 따윈 꼼짝도 못하게 찌그러져 버린다——안으로 나아갔다. 커다란 나무판자에 종이 몇 장이 붙어 있었다. 종이에는 마수의 간단한 그림, 밑에 금액과 지명이 적혀 있었다.

'이게 의뢰서인가.'

시끌벅적 떠드는 모험가한테서 거리를 두고 뒤쪽에서 의뢰서를 살펴봤다. 어느 종이든 최근의 의뢰들뿐이었다.

어쩔 수 없지, 그러면서 시선을 움직였다. 안쪽의 벽을 따라서 접수처가 있었다. 직원 여성과 남성이 각자 모험가를 응대하고 있었다. 각각 앞으로 긴 줄이 늘어서 있었다.

잠시 관찰했는데, 붐비는 시간대이기도 해서 그런지 많은 모험가는 의뢰 달성 보고를 하러 오는 모양이었다. 점수에 따라서 업무가 다르다든지 그렇지도 않은 모양이었다.

이래서는 의외로 시간이 걸릴지도 모르겠다, 그리 생각하며 적당한 줄 최후미에 섰다. 금세 뒤로 다른 모험가가 뒤따랐다. 평범한 옷에 체격도 보통인 익스는 무척 붕 떠 있었다.

줄은 길었지만 하나하나는 짧게 끝나는지 의외로 흐름은 빨랐다.

그리고 몇 명만 더 마치면 익스의 차례가 돌아올 무렵.

"무슨 소리야, 그건."

"아뇨, 하지만——."

접수 쪽에서 무언가 말다툼을 하는 소리가 들렸다.

갑자기 실내는 조용해졌다. 모험가들은 일제히 그쪽을 바라봤다.

익스가 선 줄 앞에서 2인조 남자 모험가가 팔짱을 끼고 접수 여성에게 침을 튀겨댔다. 둘 다 억센 체격이고 허리에 두꺼운 검을 찼다.

"어디에 불만이 있다는 거야." 한쪽 남자가 위협했다.

"누가 봐도 의뢰 그대로인 물건이잖아, 어?" 다른 한쪽 남자도 책상을 두들겼다.

반면에 여성은 눈썹 하나 꿈쩍하지 않고 차가운 눈빛으로 그들을 응시했다. 보기에는 어린 것 같은데 무척 배짱이 있었다. 그녀는 평탄한 말투로 말했다.

"하지만 에네드한테 무리를 짓는 성질은 없습니다. 한 번에 이만한 엄니를 채취할 수 있었다는 사실에는 의문이 남습니다."

"그렇다면 이 엄니를 어떻게 설명할 거야? 의문이 남든 어쨌든 엄니가 있다는 건 변함없을 텐데?"

"그러니까 잠시만 기다려 주십시오, 그렇게 말씀드렸습니다. 현재 대응을 검토 중이오니."

"우리도 지금부터 예정이 있다고. 그 시간을 어떻게 보상해 줄 거야?"

"기다릴 필요는 없다고도 이야기했습니다. 확인증을 드릴 테니까 나중에 다시 방문해 주셔도 상관없습니다."

"나는 상관이 있다고. 하루 벌어 하루 사는 게 모험가의 꽃인데 말이야."

"당신이 살아가는 방식을 조합은 관여하지 않습니다."

"어어?"

모험가와 그녀가 불꽃을 튀기는 아래로, 접수 책상에 낡은 주머니가 놓여 있었다. 한 아름 정도나 되는 크기였다. 주둥이가 살짝 벌어져서 하얀 것이 튀어나와 있었다.

그들의 대화를 듣기에 저것이 에네드의 엄니이리라. 익스는 고개를 갸웃거리며 관찰했다.

에네드라는 것은 대형 육식 마수다. 몸의 표면이 붉고 성격은 살짝 거칠다. 특징은 크게 구부러진 엄니이고 장식 등에 즐겨 사용된다.

하지만 저것은——.

뭐, 상관없나. 익스는 어깨를 으쓱였다.

말다툼은 길게 평행선을 그리며 해결의 징조를 보이지 않았다. "적당히 좀 해라"라며 주위의 모험가도 떠들기 시작했다. 조합은 살기등등한 분위기로 뒤덮였다.

어쩐지 귀찮아졌으니까 오늘은 포기하고 돌아갈까, 익스가 그리 생각하는데 뒤에 서 있는 모험가가 느닷없이 이야기를 건넸다.

3

"어떻게 생각하나요?"

"예?"

의아해하는 표정으로 익스는 상대를 돌아봤다. 온화한 미소를 띤 남자였다.

어리다—— 그것이 가장 첫 인상이었다.

얼굴에는 어린 느낌이 남아 있고 키도 익스보다 작았다. 자세히 보니 근육질이지만 아직 성장하는 중인 느낌이라 성년에 이르지는 못한 듯했다. 하지만 허리에 찬 검은 고급스러운 칼집에 들어 있었다.

"아, 미안해요. 갑자기 말을 걸어서"라며 머리를 숙였다. 그는 되풀이했다. "하지만 저거, 어떻게 생각해요?"

"어떻게 생각하느냐, 라는 건?" 익스는 되물었다.

"형씨, 모험가가 아니죠?" 그는 이쪽의 몸을 내려다봤다. "평범한 옷이고, 무기도 없고, 체격도 우락부락한 느낌은 아니다. 의뢰를 하러 왔나요?"

"뭐, 그런 참이야."

"역시. 난 토마라고 해요. 친구랑 파티를 짰는데, 오늘은 내가 접수 줄을 설 차례라서. 그랬더니 소동이 벌어졌으니까 재수도 없네요. 아, 저기 저 사람들이 친구예요."

그러면서 가리킨 곳, 벽 쪽으로 여성 엘프와 남성 부코드락(늑대인간, 웨어울프를 가리키는 세르비아어)이 대화를 나누고 있었다. 양쪽 모두 토마와 마찬가지로 어렸다. 노려보는 것 같은 시선을 주위로 보내며 다른 모험가들과 살짝 거리를 두고 있었다.

보기 드문 조합인데, 그리 생각하며 익스는 한쪽 눈썹을 들썩였다. 긴 귀가 특징인 엘프, 늑대가 직립보행을 하는 것 같은 외모인 부코드락, 양쪽 모두 왕국이 과거에 침략한 부족──루크타보다 훨씬 전의 이야기지만──이었다. 왕국에 융화된 뒤로 그럭저럭 시간이 지났지만 아직 존재는 드물어서 거리낌 없이 시선이 모이고, 그들을 얕잡아보거나 지독한 취급을 하는 자도 있었다.

하지만 다소 흥미를 끈다고 해도 익스는 그것을 적극적으로 물어볼 법한 성격은 아니었다.

그 침묵을 어떻게 받아들였는지 토마는 "저기……"라며 머뭇거렸다.

"아, 괜찮다면 나한테 의뢰하지 않을래요?" 그는 농담처럼 말했다.

"무슨 말이지?"

"조합 중개료는 꽤 비싸다고요? 중개료는 의뢰인 지불로 4할 추가였던가. 뭐, 편리하니까 쓸 수밖에 없지만요. 하지만 모험가와 직접 거래한다면 나쁠 건 없다. 그렇죠?"

"…………."

입을 다문 익스를 앞에 두고 토마를 양손을 위로 향했다.

"어, 아니, 미안해요. 물론 진심은 아니에요."

"심심풀이라면 딴 데서 해주겠어?"

"아니, 아니. 그게 아니라……." 토마는 진지한 표정을 띠더니 접수 쪽을 턱으로 가리켰다. "저거, 어떻게 생각해요? 저런 식으로 에네드를 단번에 몇 마리나 잡을 수 있을까요?"

"어째서 나한테 그걸 묻는데."

"의외로 그런 정보, 평범한 사람이 더 잘 알기도 하거든요. 마수 바로 옆에서 매일 생활하고 있으니까요."

"그런 거, 알아서 어쩌게?"

"그게 말이죠, 혹시 에네드 무리가 있다면 엄청 벌 수 있잖아요." 토마는 순수한 눈빛으로 말했다.

"돈이 필요한가."

"예, 뭐……. 친구가 좀, 돈 들어갈 일이 생겨서……. 그래서, 어떤가요. 뭔가 아는 건 없나요?"

"없어." 익스는 즉답했다.

"그런가요…… 어쩐지 의미심장하게 반응하던 것처럼 보였는데. 예를 들자면 말인데요, 저 모험가랑 아는 사이라든지?"

이제 슬슬 귀찮아져서 익스는 한숨을 내쉬었다.

"아니야."

"미안해요, 넘겨짚어서……." 토마는 어깨를 떨어뜨렸다.

"그런 의미가 아니야." 익스는 그 부분에서 목소리를 낮추었다. "저건 채취한 엄니가 아니라고 한 거야."

"예?" 토마의 표정이 굳었다. "무슨 말인가요, 그거."

"어떻게 봐도 단면이 이상해. 에네드 엄니는 단단해서, 보통은 쇠망치로 깨뜨려서 얻지. 어지간히 날카로운 날붙이를 사용한다면 또 다르겠지만, 그래도 단면에는 요철이 남아. 저건 세로로 깨지는 성질이 있으니까."

에네드의 엄니는 심재로 사용한 적은 없다. 다만 지팡이 장식으로 사용한 적은 있어서 익스는 그것을 떠올렸다. 가공이 어려운 소재인 것이다.

"하지만 저기 있는 엄니의 단면—— 지나치게 매끄러워."

"그래도 가게에서 파는 건 저런 느낌이라고요?"

"보기 좋도록 연마해서 그렇게 만드는 경우도 있지만, 그건 가게에서 팔 때 이야기야. 접수 쪽에서 위화감을 느낀 건 그 부분이겠지." 익스는 가볍게 고개를 내저었다.

"그럼 저 엄니는 뭔가요?"

"글쎄. 어디서 파는 걸 손에 넣었을 테지. 샀는지 훔쳤는지는 모르지만 뭐, 나랑은 관계없어. 귀찮은 일에 말려들고 싶지도 않고……."

문득 주위가 조용해진 것을 느끼고 익스는 고개를 들었다.

주위의 모험가들이 입을 다물고서 이쪽을 보고 있었다. 미묘한 표정을 띠고, 서로 얼굴을 마주봤다.

정신이 드니 익스와 토마는 조합 전체의 시선을 모으고 있었다.

물론 접수 담당이나 2인조 모험가도 주목했다.

"……뭐, 그건 농담이야."

익스는 입을 다물고 시선을 피했지만 역시나 전혀 얼버무릴 수는 없었다.

"저기, 죄송합니다." 곧바로 접수 담당이 말했다. "지금 이야기 말입니다만, 조금 더 자세히——."

"허, 헛소리 지껄이지 말라고, 인마!"

그녀의 목소리를 지워버리듯이 2인조 모험가가 화를 냈다. 그들은 어깨를 들썩이며 이쪽으로 걸어왔다.

하지만 그때 익스의 앞을 막아서는 그림자가 있었다.

"불평이 있다면 거기서 말해! 일반인한테 손을 댈 생각이냐?!"

토마가 그들을 향해 호통을 친 것이었다. 다소 어색하기는 했지만 무심코 몸이 움츠러들고 말 정도로 큰 목소리였다. 2인조는 겁먹은 기색을 드러냈다.

그러자 그에 동조하듯이 다른 모험가들도 소리를 높이기 시작했다. "불평은 조합에 하라고." "정곡을 찔려서 그러는 거 꼴사나워." "나한테 넘겨."——등등.

중과부적을 깨달았는지 2인조는 주춤주춤 후퇴하더니.

"시끄러워! 알았다고, 오늘은 이만 물러나주마!"

그러더니 엄니가 든 주머니를 낚아채고 조합을 나갔다.

그 후로 익스는 다른 모험가를 넘어서 조합 안쪽의 방으로 인도되었다. 딱히 불평하는 목소리는 없었기에 그는 가슴을 쓸어내렸다.

그다지 큰 방은 아니었다. 대신에 고급스러운 의자가 놓여 있었다. 앉았더니 몸이 천천히 가라앉았다. 익숙하지 않은 감각이라 익스는 오히려 피곤할 것 같다고 생각했다.

"정말 감사합니다."

조금 전의 접수 담당 여성이 맞은편에 앉아서 머리를 숙였다. 이름은 미샤라고 한다나.

"아니, 조사해 보면 알 수 있는 일이겠지. 게다가 토마가 없었다면 위험했어."

"어느 분 말입니까?"

"그때 나를 지켜 준 모험가야."

"아, 예. 나중에 그분께도 감사를 드리도록 하죠." 그녀는 허벅지 위로 손을 맞잡았다. "사절단 일도 있어서 저희도 인원 부족이라……. 본래는 좀 더 잘 아는 사람이 접수 업무를 담당하고 있습니다만."

"사절단?" 그러고 보니 성문의 파수병도 유이를 보고 사절단 선발대가 어쩌고 했지, 익스는 생각했다. "그게 어쨌다는 거지."

"예, 동방 백성의 사절입니다. 모르십니까? 전날, 수도로 가는 사절이 이 마을을 통과해서. 상당히 소동이 벌어졌다고 생각합니다만."

"아니…… 여기는 얼마 전에 왔으니까 말이야."

"현실은 어쨌든 명목상으로는 우호국이니까 조합도 호위에 협력해라—— 그렇게 되어서 근처 마수에 대한 정보 제공 등의 업무를 하느라 조금 어수선한 상황입니다. 돌아갈 때에도 또 이곳을 통과한다고 그래서…….

그런가, 익스는 고개를 끄덕였다. 사절단이라는 이름뿐인, 복속국을 구경거리로 삼는 행사임은 쉽게 상상이 갔다. 유이가 겁먹는 것도 미루어 짐작할 수 있으리라.

"그래서 오늘은 의뢰를 하러 오셨습니까? 폐를 끼친 사죄와 답례를 겸해서 편의를 봐드리겠습니다."

"의뢰가 아니야. 보고 싶은 게 있어."

"말씀하시죠."

"묵혀둔 의뢰를 확인하고 싶어."

"……무슨 말씀이실까요." 미샤는 고개를 갸웃거렸다.

"밖에 나와 있는 의뢰서는 최근 것들뿐이겠지?"

"예, 의뢰서를 붙여두는 것은 최장 일 년으로 정해져 있습니다. 확실히 그 후로도 의뢰서는 창고에 보관됩니다만⋯⋯."

"그걸 보여줄 수 없을까? 창고에 들여보내 주는 것만으로 충분해. 수고비도 지불하지."

"아마도 문제없을 거라 생각합니다만, 어째서입니까?"

"어째서——?"

"예. 그런 것을 보려고 하는 분은 이제까지 안 계셨으니까요."

"⋯⋯⋯⋯."

"어, 아뇨. 죄송합니다. 단순히 제 흥미입니다. 잠깐 상부에 확인을 하고 와도 괜찮겠습니까?"

"⋯⋯그래."

미샤는 방을 나갔다.

'어째서—— 인가.'

익스가 입을 다문 것은 설명하기 어려운 탓이 아니었다.

그녀의 물음에 대답하는 것은 간단했다. 용의 소재를 찾는 의뢰가 과거에 있지는 않았을까. 그런 생각이 떠올랐기 때문이었다. 물론 달성되었으리라 여겨지지는 않으니까 묵혀둔 의뢰로 정리되었을 것이다. 하지만 의뢰자가 진심으로 의뢰했다면 용에 대해 자세히 조사를 했을 터였다. 그렇다면 의뢰서에 무언가설명을 달아 두었을지도 모른다. 지명이라든지 모양이라든지, 그런 것에 대해서. 그것을 보면 무언가 단서가 될 수도 있다.

그가 대답할 수 없었던 것은 그 물음이 다른 의미로 들렸기 때문이었다.

그것은 어째서—— 이런 일까지 하는 것이냐, 그런 의미.

지팡이 장인의 업무는 지팡이를 만들고 고치는 것이지 소재를 찾는 것이 아니다. 그것은 모험가나 상인의 일이다. 지금의 자신 같은 일을 하는 장인은 달리 없으리라.

아니, 애당초 자신은 지팡이 장인조차 아닌 것이었다. 그저 반편이에 불과했다.

그래서 그런가, 익스는 자조하듯 입가를 일그러뜨렸다. 형제자매 같은 재능이 없으니까 재료를 찾는다든지, 그런 장인의 업무가 아닌 일을 할 필요가 있는 걸지도.

반편이 수습생이 할 수 있는 일은 고작해야 그 정도.

어쩌면── 그래서 자신은 유이의 의뢰를 받아들인 것일까?

지팡이 장인을 대상으로 지정된 의뢰를 완수한다면 스스로도 장인이라 생각할 수 있으니까, 그런 유치한 이유로──?

잠시 후에 미샤가 돌아왔다.

"허가가 내려졌습니다. 무료로 보셔도 괜찮다고 합니다."

"그런가. 어디에 있지?"

"아뇨, 안내하겠습니다."

무척 길게 돌아가는 귀갓길이 되어버렸다, 그런 생각을 하며 익스는 그녀를 따라갔다.

창고는 또 다른 건물에 있는지 한 번은 조합을 나설 필요가 있었다.

조금 걸어간 장소에 돌로 만든 건물이 있었다. 주위에는 비슷한 건물이 늘어서 있었지만 인기척은 없었다. 한 곳만이 열려 있고 한창 화물을 내고 들이는 중인 듯했다.

커다란 자물쇠에 열쇠를 꽂고 미샤가 문을 열어젖혔다.

"······이건."

"자유롭게 보도록 하시죠."

'자유롭게, 라고 그래도······.'

실내는 상상 그대로의 창고라는 느낌으로 잡다한 잡동사니가 가득 차 있었다. 석재나 부서진 가구, 녹슨 무기 따위도 있었다. 곰팡내 나는 공기가 감돌았다.

벽을 따라서 나무 찬장이 늘어서 있었다. 천장에 거의 닿을 높이에 사다리가 달려 있었다. 안에는 종이다발이 채워져 있었다. 예상을 웃도는 분량이었다. 딱히 이렇게나 진지하게 보관할 것까지야, 익스는 생각했다.

"저는 조합으로 돌아갈 테니 전부 보고 나면 문을 잠가 주십시오. 돌아가시기 전에 접수처로 한마디 건네주시면 됩니다."

"어, 어어."

애매하게 고개를 끄덕여서 대답하자 미샤는 입구로 돌아갔다. 창고 안에 발소리가 크게 울렸다.

그녀는 밖으로 나가더니 문에서 살짝 얼굴을 내밀고 말했다.

"물론 며칠이든 오셔도 괜찮으니."

"그런가······."

"그럼 실례하겠습니다."

문을 살짝 열어둔 상태로 두고 그녀는 떠났다.

잠시 멍하니 있었지만 이윽고 마음을 다잡고 익스는 의뢰서를 조사하기 시작했다.

대략적인 연대별로 대충 살펴봤다. 마수가 너무 위험한 것, 장소가 지나치게 먼 것, 그 밖에 단순히 의뢰비가 낮은 것 등등. 묵혀두게 된 이유는 다양한 듯했다.

반쯤 체념한 심정으로 조사했는데, 하지만 용의 소재와 관련된 의뢰는 간단히 발견되었다.

조금 뒤진 것만으로 '용의 뼈' '용의 심장' '용의 눈' '용의 유해', 끝내는 '용과 관련된 정보'를 원하는 요구까지 차례차례 발견되었다. 물론 이곳에 있다는 것은 달성되지 않은 의뢰라는 의미이지만 꿈을 꾸는 인간은 상상보다 더 많은 듯했다.

다만 의뢰서는 있어도 단서가 되겠느냐고 하면 이야기는 달랐다.

의뢰서에는 지명도 그림도 없이 그저 금액만 기재된 것이 대부분이었으니까. 게다가 최근으로 올수록 줄어들었다. 오랜 세월이 지나는 사이에 사람들이 용의 존재에 회의적이 되었다, 그런 의미일까.

그래서 시대를 상당히 거슬러 올라가는 의뢰에 한정해서 조사하기로 했다. 그 무렵에는 조합도 지금 같은 규모가 아니라서 묵혀둔 의뢰의 숫자도 그다지 많지 않았다. 한편으로 좀이 슬거나 낡은 문법 등등, 열화 때문에 읽기 어려운 의뢰서는 늘어났다. 그만큼 옛날이라면 누런 종이 외에도 목판에 문자를 새긴 의뢰서도 보이게 되었다. 여하튼 선명하지 않아서 하나하나 해독하는 것만으로 시간이 걸렸다.

하지만 그 의뢰서는 금세 눈에 띄었다.

이유는 단순해서 그것만이 종이와 나무 사이에 끼어서도 한층 이채를 띠고 있었기 때문이었다.

그야말로 색이 달랐다.

그 의뢰서는 검었다.

살짝 손을 대어봤다. 종이나 나무보다도 훨씬 무거웠다. 표면에서 하얀 문자가 춤을 췄다.

문자가 새겨진 얇은 석판이었다. 문자의 매끄러운 곡선을 보기에는 마법으로 적힌 것이리라.

"……어떻게 된 거야."

일회용인 의뢰서에 석판을 사용한다니 의미 불명이다. 게다가 마법이 사용되었다. 다시 말해서 의뢰자는 귀족이나 그런 부류일 테지만, 그런 경우로 생각되지도 않았다. 최근이라면 모를까 과거의 모험가 조합 따윈 지극히 소규모의 심부름꾼 집단에 불과했다. 귀족이 의뢰를 낼 법한 상대가 아니었을 터. 모든 것이 기괴했다.

이상한 의뢰서가 지닌 수상함에 떨면서 익스는 문장으로 시선을 떨어뜨리고——.

"아그나스 산에, 용?"

작게 그리 중얼거렸다.

〈의뢰 아그나스 산 용의 조사〉——단락이 없는 옛 문법으로 의뢰서에는 그리 적혀 있었다.

아그나스 산, 이라면 익스도 들은 적이 있었다. 레이레스트에서 동쪽에 있는 화산이다. 지금도 자주 검은 연기가 올라오는 활화산이다. 높이는 그다지 높지 않고, 그곳에서부터 북동쪽을 향해 긴 산맥이 뻗어 있다.

아그나스 산은 이름 그대로 '아그나스석'을 얻을 수 있는 특수한 광맥을 품고 있다. 그 덕분에 산기슭의 도시인 아그나스루즈는, 인구는 적지만 풍요로운 소도시라고 한다.

아그나스석은 익스에게도 익숙했다. 적당한 심재로 지팡이에도 자주 이용되기 때문이다. 일반적인 보석 심재와 다르게 소량으로도 높은 성능을 발휘하는 특징이 있다. 마침 최근에도 예의 혼성 심재를 만드는 과정에서 소재의 일부로 사용한 참이었다.

이 도시에서는 다른 언덕에 가려져서 보이지는 않지만, 문지르의 가게가 있던 산에서는 날씨가 좋은 날에 산 능선이 어렴풋이 보였던 것이다.

하지만…….

아그나스 산에 용이 있었다——?

그런 소문은 들은 적이 없었다.

다만 아예 생각할 수도 없는 이야기는 아니었다. 전승에 따르면 용이 사람 앞에 모습을 드러낸 경우는 지극히 드물고, 그 이외의 시간에 어디 사는지는 전혀 불명이었다고 한다. 인간이 좀처럼 드나들지 않는 산 속 깊은 곳에 있었다면 납득이 갔다.

주변의 의뢰서를 뒤졌지만 그 밖에 아그나스 산, 그리고 용과 관련된 것은 없었다. 그렇다면 싶어서 의뢰자의 이름을 봤지만 어째선지 적혀 있지 않았다. 보수 금액도 미미한 수준이라 잘도 의뢰를 수락했구나 싶었다.

하지만 신기하게도 마음이 끌리는 의뢰서였다. 의뢰서 그 자체의 이상함도 그렇지만 어쩐지 그리운 인상을 받았다. 이유는 전혀 알 수 없지만——.

아그나스 산으로 갈 가치는 있을지도 모르겠다. 익스는 그리 생각했다. 하지만 곧바로 진정하자며 스스로를 타일렀다. 가봐야 그 이상의 단서는 없다. 찾을 수 있었던 것은 누구의 것인지도 모를 수상쩍은 의뢰서뿐. 그저 장난으로 붙였을 가능성도 있다. 어쩐지 신경이 쓰이니까 가보자, 유이한테는 그렇게 설명할까?

손에 든 의뢰서에 문득 그늘이 드리웠다.

올려다보니 창고에 비쳐들던 빛이 어느샌가 가라져 있었다. 밖은 완전히 깜깜해졌다. 주위는 어둠에 잠겨 슬슬 밤을 맞이하려는 시간이었다.

"……아."

익스는 그제야 모르나를 돕기로 한 것을 떠올렸다.

몇 초 생각했지만 딱히 해결책은 떠오르지 않았다. 진즉에 가게 정리는 끝났을 것이다. 지금 바로 가더라도 이미 늦었다.

뭐, 늦었다는 것을 안다면 그것으로 충분하다. 변명을 생각하거나 대책을 세울 수고가 줄었다고 생각하기로 하자.

흩어진 의뢰서를 정리하고 창고를 나섰다. 직원의 말대로 문을 잠갔다.

빨리 안 가면 조합이 문을 닫을지도 모른다. 서둘러서 골목으로 나왔을 때였다.

"여어."

그의 앞에 두 남자가 나타났다.

"……뭐냐."

"뭐냐, 가 아니잖아!" 남자가 화를 냈다. "좀 전의 답례를 하러 왔다. 알겠나?"

"답례?"

익스는 고개를 갸웃거렸다. 애당초 주위가 어두워서 그들의 얼굴이 잘 안 보였다.

"모험가한테 싸움을 걸다니, 폭력 사태에 휘말려들 각오는 있다는 소리겠지?"

"싸움은 안 걸었고, 그런 각오도 없어." 익스는 담담하게 대답했다. "돈을 원하나?"

"어어? 우리 울분을 풀려는 거라고 그랬잖아!"

"그런 말은 안 했어."

"일일이 억지나 써대기는……."

"억지는 안 썼어."

대화로 시간을 벌면서 익스는 그들이 누구인지 떠올렸다.

에네드 엄니의 2인조였다.

토마한테 넘어가서 그런 소리를 하는 게 아니었다, 그리 후회했다. 역시나 귀찮은 일에 말려들고 말았다.

'……도망칠까?'

무리다, 스스로 부정했다. 확실히 상대는 무거워 보이는 검을 차고 있지만 아무래도 거리가 너무 가까웠다. 뒤로 돌더라도 목덜미를 붙잡히고 끝이리라. 당연히 싸우는 것 따윈 선택지에서

논외였다. 숫자로도 체격으로도 승산은 없었다.

몇 초의 사고를 거치고 익스는 깊이 한숨을 내쉬었다.

"알았어."

"어?"

"저항 안 할 테니까 적당히 복수해." 익스를 양팔을 펼쳤다.

2인조는 잠시 어리둥절한 모양이었지만 얼굴을 마주 보더니 실실 웃었다.

"뭐야, 이 녀석?"

"머리가 이거겠지." 남자는 머리 위로 손을 펼쳤다. "뭐, 그렇게 말씀하시니 기꺼이 따라드릴까."

큭큭큭 어깨를 들썩이고 그는 허리춤의 검을 뽑았다.

그것을 보고 익스는 한 손을 폈다.

"아, 깜박 말을 안 했는데, 죽이는 건 곤란해. 살려서 돌려보내줘."

"허어? 너 대체 뭔 소리야."

"목숨을 구걸하고 있어."

"……정말이지. 진짜 목숨이란 걸 모르는 녀석은 이러니까……."

남자는 한숨과 함께 절레절레 고개를 내저었다.

"이해해 주었나?" 익스가 물었다.

"그런 얼빠진 목숨 구걸, 알 바 아니니까 말이야."

"그런가, 아쉽군."

"정말이지, 서로 아쉬운 날이야."

익스는 뒷골목으로 시선을 움직였다. 통행인의 모습은 없었다. 소리쳐 봐야 도움은 기대할 수 없었다.

포기하자, 그리 생각했다.

전투가 벌어진다면 틀림없이 진다. 그것을 알면서도 주의를 게을리 한 자신의 책임이다. 죽어도 자업자득이라 할 수 있으리라.

"이봐, 정말로 죽일 셈이야?" 검을 들고 있지 않은 남자가 당황한 기색으로 말했다. "빨리 안 하면——."

"딱히? 그렇게까지 밉지는 않은데 말이야. 그저, 뭐——." 남자는 검을 크게 들어 올렸다. "적당히 해도 죽어 버릴 허약한 녀석이라면 알 바 아니지만!"

검의 두꺼운 칼등이 다가오는 것을 익스는 봤다.

4

유이는 이마의 땀을 훔치고 한숨 돌렸다.

"후우……."

오전 중에는 책을 옮기고 오후에는 마수의 시체를 옮기고, 슬슬 팔이 안 올라갈 지경이었다.

방을 둘러봤다. 오토는 평소의 미소로 가볍게 마수를 나르고 있었다. 그는 항상 그 표정이니까 정말로 여유가 있는 것인지는 알 수 없지만.

한편으로 훤히 보이는 것은 모르나였다.

"허억, 허억, 허억……."

"괘, 괜찮아요, 모르나 씨?"

"괜, 찮, 아……."

그녀는 휘청휘청하며 통나무를 굴러서 옮기고 있었다. 앞머리가 이마에 들러붙어서 평소보다 더더욱 꺼림칙한 외모가 되어 있었다.

나이를 따지자면 모르나, 유이, 오토일 테지만 체력에서는 완전히 역전된 상태인 듯했다.

적어도 익스가 있었다면, 생각했다. 그의 체력에도 기대할 것은 없겠지만 세 사람보다 네 사람이 그래도 순조로웠으리라.

"용건이 길어지는 걸까요……." 유이는 중얼거렸다.

익스와 모르나가 틀어박혀서 연구한 결과, 혼성 심재 이외에 터무니없이 어질러진 방이 탄생했다. 그리고 모르나가 지팡이 제작을 재개하려던 그때, 필요한 도구랑 재료를 찾을 수가 없다는 당연한 사태가 발생했다. 어쩔 수 없이 먼저 정리를 하게 되어서 유이도 협력을 제안했다. 그녀는 관계자도 뭣도 아니지만 성실하게 책임을 느낀 것이었다.

일단 마수를 둘 장소, 통나무를 둘 장소, 도구를 둘 장소로 방을 분할해서, 방은 이전의 상태까지 회복되었다. 그럼에도 어질러져 있다는 사실에 변함 없지만 이 이상 계속할 기력은 없었다.

한바탕 청소를 마치자 오토는 콧노래를 부르며 가게를 나갔다. 밖은 이미 저녁때니까 집으로 돌아간 것이었다. 물론 인사 따위는 없었다. 그런 쓸데없는 행위를 그는 하지 않는다.

모르나도 그것이 당연하다는 얼굴로 "수고했어"라는 한마디도 없었다. 다만 그녀의 경우, 너무 지쳐서 말이 나오지 않았을 뿐일지도 모른다.

그 증거로 청소를 마치고 쓰러져 있던 모르나는 잠시 후, 유이의 발밑까지 기어와서 죽을 것 같은 목소리로 말했다.

"고, 고, 고, 고……마, 워."

"제 지팡이 연구로 어지럽혀졌으니까 돕는 건 당연해요."

"더, 덕분에 살았어……. 이걸로, 지팡이를 만들 수 있으니까."

"예. 좋은 지팡이를 만들어 주세요."

"지, 지금은……." 모르나는 자신의 몸을 내려다봤다.

"팔, 안 움직이는데."

"어, 예."

어색한 대화가 끊어졌다.

가까운 거리에서 서로 마주보고 있었더니 갑자기 모르나의 얼굴이 잔뜩 일그러졌다.

"이, 이이이이……." 그녀는 고개를 숙이고 말했다. "이, 이상하지, 나……. 다른 사람이랑 대화한다든지, 몸을 움직인다든지, 와, 완전히 엉망이라……."

"그렇지는——." 그리 말하려다가, 유이는 고개를 내저었다. "그러네요. 확실히."

"……응."

"모르나 씨도 익스 씨도, 예, 제가 이제까지 만났던 어떤 사람과도 달라요. 정말로 이상한 분들이라고 생각해요……. 실례되는 표현이겠지만요."

"아, 아니. 사실, 이니까."

"문지르 씨의 제자 분——이라면 다들 그런가요?"

그렇게 묻자 모르나는 어쩐지 기뻐하며 고개를 끄덕였다.

"그, 그래. 다들, 이상한 사람뿐."

"그건 또 어째서……."

"그, 그게 말이지, 스승님이 이상한 사람이니까……." 모르나는 자기 머리카락을 만지작거리며 대답했다. "평범한 사람은 그런 사람의 제자라니, 틀림없이 못 버티니까……. 애당초 평범한 사람이라면 달리 일할 곳이 있으니까, 제자가 될 필요도 없거든, 아마도."

그녀가 자연스럽게 이야기할 수 있다는 사실을 유이는 깨달았지만 말하지 않았다.

"나 같은 건, 다른 곳에서는 살아갈 수 없으니까……. 거기서는, 지팡이를 만들 수 있다면 누구도 화내지 않아. 스승님은 엉망진창이었지만, 처음부터 엉망진창이라는 걸 알았으니까 무섭지 않았어. ……나 있지, 남이 이야기하는 거, 반도 못 알아듣거든." 그녀는 온화한 말투였다. "응, 다른 사람들도 그런 느낌이었다고, 생각해."

"그래서…… 그럴까요."

"어, 어? 뭐가?"

"익스 말이에요." 유이가 한숨을 내쉬었다. "매일같이 도서관에 다니고 있는데, 문득 생각했거든요. 그는 어째서 제 의뢰를 받아들였을까——."

"저기, 그건——."

"예, 약정서겠죠? 하지만 약정서를 쓴 장본인은 돌아가셨어요. 어긴다고 해도 그를 벌할 사람은 없어요. 아니면 죽은 뒤에조차 절대복종을 강요할 법한—— 그런 무서운 분이었나요, 문지르 씨는?"

"······아니. 오히려 잇 군뿐, 일지도. 스승님의 말을 전부 들었던 건······. 다른 사람들은 다들 적당히 무시하거나, 제대로 못 알아듣거나, 그랬을까."

"저기, 그건 그것대로 좀 어떠려나요······?"

"그러니까, 응, 확실히 잘 모르겠어······. 어째서 잇 군은 의뢰를 받아들였을까?"

"모르나 씨도 알 수 없나요······."

"이, 잇 군 스스로도 모르는 모양이지만."

"예?"

좀 더 이야기를 듣고 싶었지만 그녀는 대화를 끝낼 생각인지 이미 일어서 있었다.

"이야기를 했더니 체력이 돌아온 것 같아."

그녀는 작업용 책상에 앉았다.

의식 후, 아무런 거침도 없이 모르나는 지팡이를 만들기 시작했다. 직전까지 같은 일을 하던 것처럼 자연스러웠다. 그녀 안에서는 지난번 작업에서 중단 없이 이어지는 것이리라.

방해하는 것은 미안하다. 소리를 내지 않도록 조용히 방에서 나왔다.

가게 안은 캄캄했다.

몇 안 남은 양초에 불을 붙였다.

익스는 아직 돌아오지 않았다.

살짝 서늘하게 느껴졌다.

어째서—— 그는.

그녀는 또다시 익스를 생각했다.

단순한 흥미가 아니다, 그런 자각은 있었다.

물론 스승과 아버지라는 차이는 있지만.

이미 죽은 사람의 명령을, 어째서…….

계속 지키는가.

계속 지킬 수 있는가.

자신은——.

직접 물어보면 그는 대답해줄까.

'빨리 돌아오지 않을까…….'

책상에 뺨을 괴고 유이는 흔들리는 불꽃을 바라봤다.

몸 안에서 피로가 보글보글 거품처럼 솟구쳐서 머리 쪽으로 올라왔다. 거품은 모이고 거대한 덩어리가 되어 그녀의 머리를 서서히 침식했다.

"……웃."

문을 두드리는 소리에 그녀는 눈을 떴다.

턱에 흐르던 침을 옷소매로 훔쳤다. 돌아가지 않는 머리로 주변의 정보를 정리했다.

불은 꺼져 있었다. 창밖만이 밝았다.

얼마나 자고 있었을까……?

그녀는 불안한 발걸음으로 창가를 향해 다가갔다. 올려다보듯이 달의 위치를 확인했다. 밤하늘에 뚫린 구멍 같았다. 움직임이 빠른 구름에 가려 있었다.

아직 심야다, 그리 생각했다.

눈이 어둠에 익숙해지지 않았다.

그리고서야 간신히, 그녀는 문을 두드리는 소리를 깨달았다. 계속 들리고는 있었지만 의식 위로 떠오르지 않았다.

익스일까, 그리 생각하고는 금세 고개를 가로저었다. 그였다면 큰 소리로 이름을 불렀을 터.

어쨌든 외투를 걸쳤다. 팔을 뻗어 가구를 확인하며 문으로 향했다.

목 상태를 확인한 뒤, 유이는 입을 열었다.

"누구신가요?"

"……유이냐."

"익스?!"

"그래."

거의 신음소리에 가까운 익스의 목소리였다.

서둘러서 문을 열자 어렴풋한 달빛을 받으며 얼굴이 온통 시퍼렇게 부어오른 남자가 서 있었다.

"늦어져서 미안해." 그는 말했다.

"대, 대체 무슨 일이 있었나요——!"

문을 크게 열자 익스는 쓰러지듯이 가게로 들어왔다. 그의 몸을 유이는 받아내어 근처 의자에 살며시 앉혔다.

익스는 팔을 들어서 현관 밖을 가리켰다.

"……답례를."

"예?"

그쪽으로 시선을 향했다.

가게에서 조금 떨어진 장소에 세 사람 정도가 서 있는 모습이 보였다. 달빛이 푸르게 외곽선을 두르고 지면에 옅은 그림자를 떨어뜨렸다.

"나를, 여기까지 데려다주고…… 치료도." 익스는 쉰 목소리로 말했다. "길에서 다른 사람한테 습격을 당했거든."

"그, 그건……."

자세한 사정은 알 수 없었지만 익스를 구해 주었다, 그 사실은 전해졌다.

어두워서 얼굴이 보이지 않아 유이는 시선을 집중하여 그들을 바라봤다.

문득 주위가 밝아졌다. 주변의 모습이나 그들의 얼굴이 자세하게 떠올랐다.

하지만 그녀가 현실을 확인할 때까지는 몇 초의 차이가 있었다.

세 사람은 경악한 표정을 띠고서 이쪽을 보고 있었다.

남성이 둘, 여성이 하나. 유이와 비슷하게 어렸다.

"유이……." 토마가 중얼거렸다. "어째서 여기에——?"

목에 무언가 막힌 것처럼 유이는 말이 나오지 않았다. 사고가 깨끗하게 표백되어 숨 쉬는 방법조차 떠오르지 않았다.

"유이?"

Illustrations©Enji

옆에서 들린 낮은 목소리에 그녀는 정신을 차렸다.

익스와 시선을 마주하고 머릿속을 정리했다. 그동안에 그는 조용히 이쪽을 지켜봤다.

"아뇨, 아무것도 아니에요."

유이는 애써 평탄한 말투를 명심했다. 입구로 돌아가서 세 사람을 내려다봤다.

"유, 유이──."

다른 남자가 입을 열었다. 머리에 있는 커다란 개 귀가 바짝 섰다. 하지만 유이는 한 손을 펼쳐 그를 막았다.

"토마 씨, 단 씨, 로자리아 씨. 저 사람을 도와주셔서 감사합니다."

"아니, 그게 아니라……." 같은 남자──단이 말했다.

"걱정했잖아! 갑자기 사라졌으니까…… 아아, 하지만, 다행이야. 무사해서……."

"지금 저는 당신들과는 관계가 없어요." 유이는 말했다. "오늘은 늦었으니까 다음에 또 이야기하죠. 답례에 대해서도 그때."

"답례라니, 어째서 그렇게 쌀쌀맞게 구는 거야……." 귀가 시무룩하게 늘어졌다.

"어쨌든 오늘은 이만 물러가 주세요."

"물러가라니, 너, 여기서 묵고 있어?" 단이 물고 늘어졌다. "여기가 여관이라면, 우리도 같이──."

"여관이 아니에요. 제가 개인적으로 신세를 지고 있을 뿐."

"……그런가."

"지팡이——?"

유일한 여성, 로자리아가 고개를 갸웃거렸다. 머리카락으로 가려진 긴 귀가 흘끗 엿보였다. 그녀는 가게 간판을 올려다보고 있었다.

"여기, 지팡이 가게인가요?"

"예, 그래요." 유이는 긍정했다.

"세상에, 그건 소중한 지팡이였죠? 유이, 확실히 저희는 이미 모험가로서는 관계가 없어요. 하지만 같은 학교의 학생으로서 그냥 못 본 척할 수는 없어요. 아무리 돈이 없다고 해도 이런 가게에 부탁할 일은 아니에요. 당신이 우리를 의지하고 싶지 않다는 심정은 알겠지만, 적어도 좀 더 제대로 된——."

"로자리아, 그만해."

그녀의 어깨에 손을 얹고 토마가 말했다.

"하지만, 토마."

"익스 씨는 우수한 지팡이 장인이야. 이야기했잖아? 얼핏 본 것만으로 그 엄니가 어떻게 이상한지 알아차렸으니까." 토마는 고개를 끄덕였다. "게다가 유이가 신뢰하고 있어, 틀림없이 좋은 가게겠지. 그런 표현은 좋지 않아."

"……예, 제가 잘못했어요, 유이." 로자리아는 머리를 숙였다.

"신경 쓰실 것 없어요." 유이는 냉담하게 대답했다.

"정말로, 또 이야기할 기회를 만들어 줄 거지?" 토마가 진지한 표정으로 말했다. "약속해 주겠어?"

"거짓말은 안 해요."

"그런가. 그럼 유이를 믿고 오늘은 돌아가기로 할게. 우리는 중앙 거리에 숙소를 잡았어. 간판에 새 부조가 있는 가게야—— 혹시 네 쪽에서 만나러 와준다면—— 거기로 방문해줘."

"알겠어요."

"익스 씨 말인데, 로자리아가 응급 치료 마법을 걸어 줬어. 목숨에 별다른 지장은 없을 거야."

"뇌가 망가지지 않았던 게 다행이었어요." 로자리아가 말했다. "위험하게 베인 상처에 제가 할 수 있는 만큼은 이어두었지만, 정착될 때까지 시간이 걸려요. 빠뜨린 곳이 있을지도 몰라요. 2, 3일은 안정을 취하고 상태를 봐주세요."

"로자리아 씨의 기술은 신용해요. 고마워요."

"그리고 이거…… 그 사람이 떨어뜨린 거." 토마가 울퉁불퉁하게 부푼 주머니를 건넸다.

"전해 둘게요."

"차갑네." 그는 시선을 떨어뜨리고 훗, 미소 지었다. "그럼 또봐, 유이. 익스 씨한테 사죄를 전해 줘."

세 사람은 길 저편으로 걸어갔다.

조금 의아하게 생각하고 조금 전 토마의 시선을 따라갔더니 자신의 오른손을 보고 있었음을 깨달았다. 내려다보고 그녀는 한숨을 내쉬었다.

"……후우."

어깨에서 힘을 뺐다. 지금은 익스 쪽이 중요했다.

힘껏 움켜쥔 탓에 유이의 오른손은 새하얬다.

5

도서관으로 들어선 오토는 몇 걸음 나아가더니 갑자기 움직임을 멈췄다.

사전에 듣기는 했지만 이렇게 실제로 보니 역시나 놀라고 만다. 유이는 오토의 팔을 붙잡고 조용히 벽 쪽으로 유도했다. 시선을 정면으로 고정한 채, 하지만 딱히 저항하지는 않고 그는 천천히 걸었다. 들은 이야기에 따르면, 잠시 두면 원래대로 돌아올 터.

어째서 이런 상황이 되었느냐면 모르나가 그리 권유했기 때문이었다.

목숨에 별다른 지장은 없지만 익스의 부상은 중상이라 며칠을 자리보전하게 된 것이었다. 시간은 없으니까 그동안에도 유이는 혼자서 조사를 계속할 생각이었다.

하지만 그때 모르나가, 익스를 습격한 녀석들의 눈을 피하기 위해서 잠시 가게를 닫기로 했다는 말을 꺼냈다. 게다가 모처럼 오토의 손이 비어 있으니까 조사에 도움을 받으면 어떤가, 그런 제안을 했다. 인원이 필요한 것은 분명하고 오토도 싫어하지 않았기에 그 제안을 받아들이기로 했다.

그렇지만 어디까지 사실일까, 유이는 의심스럽기도 했다. 가게를 닫는다는 것은 핑계이고 모르나는 자신을 배려해 준 것은 아닐까. 확인할 방도는 없는 일이지만.

오토는 살아있는지 의심스러울 정도로 꿈쩍도 않고 가만히 서 있었다. 처음 맞닥뜨린 장소와 상황이라면 항상 이렇게 된다고 한다.

옆에서 보면 무척 이상한 광경일 테지만 도서관 이용자가 적은 것이 다행이었다. 크게 시선을 모으지 않고 넘어갔다.

얼마 후, 오토는 꿈에서 깬 것처럼 눈을 깜박이고 이쪽을 올려다봤다.

"아―, 저기 말이죠, 오토." 무어라 이야기할지 머릿속으로 정리했다. "아그나스루즈의 책을 찾고 싶어요."

"화산에서 보석을 캘 수 있는 도시."

"아, 그래요그래요."

그렇게 긍정하자 오토는 그 이상 아무 말도 않고 서가 뒤로 홀쩍 사라졌다.

"아……."

그쪽에는 종이다발과 너덜너덜한 책밖에 없는데, 그 이야기를 할 틈도 없었다.

전달 방식이 잘못이었을까, 유이는 반성했다. 오토의 능력은 감탄해야 할 수준이지만, 그러나 어떻게 하면 제대로 살릴 수 있는지 그녀로서는 아직 알 수 없었다. 익스 같은 의사소통은 도저히 불가능할 것 같았다.

이대로는 보석을 그저 썩힐 뿐이다. 한숨이 나왔다.

뭐, '용에 대해서 조사한다'라는 애매한 목표보다는 대상이 명확한 만큼 기분은 편했다. 다만 그 근거도 문득 의식을 되찾은 익스가 중얼거린 말.

——아그나스루즈에 대해서 조사해라.

그 애매한 지시에 따른 것이었지만.

어째서 도시를 조사하는 것이 용을 찾는 것으로 이어지는 것인가, 유이로서는 영 알 수가 없었다. 자세한 설명을 요구해도 "이상한 의뢰서가 있었어"라든지, 그런 영문 모를 내용을 띄엄띄엄 이야기할 뿐이라서 전혀 파악이 되지 않았다. 그렇다고 다친 사람에게 캐묻는 것도 꺼려졌다.

그저 헛소리일지도 모르니까 어디까지 신뢰해도 될지 의심스럽지만, 그러나 간신히 손에 넣은 단서——같은 무언가——였다. 어차피 뜬구름을 잡는 것 같은 이야기였다. 어쨌든 조사해 보자며 이렇게 또 도서관을 찾아왔는데…….

지리에 대해서 적혀 있는 책은 그리 많지 않은 데다가 대부분은 엄중하게 관리되고 있었다. 구체적으로는 받침대에 고정시켜서 쉽사리 움직일 수 없도록 되어 있었다.

내용을 되짚어 봤지만 실려 있는 것은 큰 도시뿐, 지방의 일개 도시에 대한 기술 따윈 보이지 않았다.

조사하기 시작하고 얼마 되지도 않았을 무렵에, 유이는 체념을 느끼기 시작했다.

역시 이런 일은 도서관이 아니라 거리에서 상인이랑 여행자에게 물어보는 편이 나을 것이다.

아무래도 도시로 들어올 때의 일이 떠오르는 바람에 다른 사람에게 말을 건네는 것은 주저하게 되고 말지만, 아직 거리에서는 누구도 후드를 벗으라고 그러지 않았다.

그렇다······. 그런 일을 두려워할 시간은 없었다.

여름이 끝날 때까지 지팡이를 고쳐야──.

따각, 하는 소리가 되살아났다.

"아그나스루즈의 책."

"어, 예?"

정신이 드니 눈앞에 오토가 서 있었다. 손에 책을 들고서 이쪽
으로 내밀고 있었다. 멍하니 있던 탓도 있어서 그만 무의식 중
에 넘겨받아 버렸다.

책이라기보다는 종이다발을 아무렇게나 엮어서 표지를 붙인
것이라고 불러야 할까. 제목 같은 것이 적혀 있지만 독특한 필
기체라서 읽을 수가 없었다.

무척 오래되어 표지의 보존 상태도 나빴다. 표면이 까끌까끌
했다. 원래 이런 종이는 아니고 모래나 먼지가 들러붙은 모양이
었다. 손가락이 하얘졌다.

"저기, 오토. 이건······."

"이 책이야."

"뭐가 말이죠?"

팔락 넘겨봤다.

장부──일까.

표지와 같은 필적으로 물품명과 숫자가 가득 나열되어 있었
다. 비슷한 내용이 몇 페이지가 계속되었다. 대충 취급되었는지
으깨진 벌레 시체 따위도 끼어 있었다. 곳곳에 덧붙여서 써놓은

Illustrations © Enji

것도 있었지만 산발적인 문장뿐이라서 장부와는 관계가 없을 듯했다. 그냥 낙서였다.

이런 것, 도서관이 소장할 의미가 있을 것 같지 않았다. 아마도 책장을 채우려고 적당히 모은 종이다발 중 하나이리라.

"미안해요, 오토. 이 책이 어쨌나요?"

"아그나스루즈의 책." 평소의 미소로 오토는 대답했다.

"아뇨, 그게 아니라⋯⋯." 이런 경우에는 자신이 묻는 방식이 잘못된 것이라, 유이는 그런 생각에 고개를 내저었다. "어째서 이게 아그나스루즈의 책인가요?"

"재."

"예?"

"아그나스루즈에는 화산이 있어. 거기에는 재가 묻어 있어. 난로의 재와는 다른 산의 재. 가장 아그나스루즈의 책일 가능성이 높아."

그의 말을 이해하는 데 몇 초가 걸렸다.

"저기, 그러니까──." 유이는 몇 번인가 눈을 깜박였다. "『아그나스루즈에 대해서 적힌 책』이 아니라, 『아그나스루즈에 있었던 책』이라는 말인가요?"

"그래."

다시 생각하니 확실히 '아그나스루즈의 책'이라고 부탁했다. 애매한 말을 사용해 버린 탓이야, 유이는 어깨를 떨어뜨렸다.

그렇다고 해도, 잘도 이런 짧은 시간 만에 발견한 것이었다.

가령 오토의 견해가 옳다면 무언가의 이유로 그 도시의 장부가 이곳까지 옮겨졌고 도서관의 장서 채우기에 사용되었다, 그런 이야기였다.

물론 그것은 굉장하고 흥미 깊은 일이기는 했다. 하지만…….

"오토, 모처럼 찾아 줬는데 미안하지만——."

그리 말하려던 그때, 문득 페이지를 넘기던 손이 멈췄다.

한순간 눈에 들어온 것이었다—— '용'이라는 글자가.

염료 하르니, 라고 적혀 있는 부분의 오른쪽.

장부와는 관계없는, 칸 바깥의 문장. 낙서처럼 난잡한 문자열.

이쪽도 특색 있는 글자라서 고생했지만 어떻게든 읽어보니 간단한 일기 같은 것이었다.

……올해의 용 조달은 괜찮을까? 앞으로 2주만 있으면 축제가 시작되는데, 아직 가조립도 끝나지 않았다는 소문이 있던데……. 이러니까 맡기는 건 불안하다고 했는데. 최근에 젊은 녀석들의 의욕이 도무지 없는 것이 이상하다. 패기도 없고, 모임에는 안 나오고……. 어쨌든 내일, 젊은 녀석한테 물어보자. 내가 혼을 내면 녀석들도 조금은 큰일 났다고 생각할 테니까.

"용…… 조달?"

있을 수 없는 문장이었다.

이 장부는 확실히 오래되었지만, 그러나 유이도 읽을 수 있는 중앙 공통어로 적혀 있었다. 왕국 고대어가 아니었다.

그러니까 오래되었어도 고작해야 이백 년 전의 물건일 터.

하지만 용이 멸종된 것은 오래 전, 작게 잡아도 천 년 이상 전.

명백하게 연대가 맞지 않았다. 우연히 발견한 장부니까 농담이나 거짓말이 적혀 있다고 여겨지지도 않았다. 그렇다면 이것은 무엇인가. 그저 헛소리 낙서일까? 그런 것치고는 문장에서 작위성은 느껴지지 않았다.

심장이 뛰는 것을 느꼈다.

이것은── 당첨일지도 모른다.

아그나스루즈에 대해서 조사하라고 그랬고, 그 도시에 있었을 것으로 여겨지는 책에 용의 존재를 시사하는 또 다른 글이 있었다. 불명확한 점들뿐이지만 이것이 우연으로 여겨지지는 않았다.

아니, 물론 우연일 가능성도 있지만, 그러나 잔뜩 찾고도 발견할 수 없었던 단서가 이런 단기간에 발견된 것이었다. 냉정하자고 생각하는 반면으로 도저히 흥분을 억누를 수가 없었다.

서둘러서 앞뒤의 다른 문장을 읽어봤지만 아내에 대한 불평이나 아이가 귀엽다는 이야기가 적혀 있을 뿐이었다.

적어도 이름을 알고 싶어서 조사해 봤더니 표지 뒤에서 서명을 발견했다. 다만 이쪽은 표지보다도 날려 쓴 문자라서 유이로서는 읽을 수 없었다.

어쨌든 한시라도 빨리 익스에게 전해야…….

이 장부도 좀 더 조사할 필요가 있다. 여기만이 아니라 다른 낙서에도 무언가 적혀 있을지도 모른다──고.

등 뒤에서 기척을 느끼고 그녀는 돌아봤다.

"아, 발견했군요."

"우왓."

"하지만 같이 온 분은 바뀌었네요. 좋은 판단이지 않을까, 싶어요."

담담하게 그리 이야기를 건네는 것은 예의 도서관장이었다. 그때 자신은 숨어 있었을 터인데 이미 알고 있었나 보다. 며칠이나 다녔으니까 당연한가.

"저기, 이건……." 유이는 장부를 들어올렸다.

"소장 목록에는 없어요." 얼핏 본 것만으로 관장은 단언했다. "책장을 채우려고 적당히 모은 종이다발이겠네요."

"아, 역시."

"가져가고 싶군요?"

"예? 아, 예. 하지만……."

확실히 그대로 가져갈 수 있다면, 조금은 그리 생각했다. 어떤 자잘한 낙서가 단서일지 모르는 현재, 아직 자리보전 중인 익스에게 보여주려면 덧붙인 문장을 하나하나 베껴가야만 한다. 오토한테 도움을 받을 수 있다면 어렵지 않겠지만 그래도 수고는 수고였다.

하지만 도서관의 책 반출은 허락되지 않는다. 그렇게 못을 박는 것일까, 그리 생각하는데 관장이 말했다.

"상관없어요. 정식으로 소장된 책이 아니니까요. 드릴게요."

"어, 괘, 괜찮나요?"

"예, 그래요. 다만 말이죠, 약속을 하나 나누고 싶네요."

"약속? 어떤 약속이요?"

"여하튼 말이죠. 책이란 읽혀야 하는 것. 어떤 내용이든 아무도 읽지 않고, 아무도 모르고서 그저 썩어간다니 너무나도 비통한 일이에요. 그것을 구해 내려는 것이니까 당신, 마지막을 지키든 또 다른 사람한테 넘기든, 그 책은 소중하게 대해야만 해요. 그런 책임을 가지지 않는다면 드릴 수는 없어요."

"어, 어어……."

설마 이런 종이다발로 그런 것까지 요구할 줄은 몰랐기에 유이는 천장으로 시선을 향했다. 책이란 그런 것일까? 하지만 관장의 눈빛은 진지 그 자체였다.

이것은 즉답할 수 없는 자신이 이상한 것일까……?

유이는 한동안 시선을 헤매고 있었다.

6

붓기가 가라앉을 때까지 나흘 정도 걸렸다.

로자리아라는 소녀 덕분이리라. 익스는 몸의 통증을 거의 느끼지 않았다. 그럼에도 누워 있는 동안에는 온몸이 뜨겁고 머리도 멍했다. 언제 일어나고 언제 잤는지 몽롱했다. 당한 부상의 심각성을 생각하면 회복이 지나치게 빠를 정도였지만.

폐를 끼친 만큼은 갚겠다며 얼른 선반을 정리하고 있었더니 무언가에 부딪힌 것 같은 소리를 내고 방 밖에서 모르나가 고개를 내밀었다.

"아, 이, 잇군……?"

"아, 누님. 미안해. 폐를 끼쳐서."

"아, 아니. 이, 잇 군이 건강하다면, 그, 그걸로…… 흐유흐유흐유……." 그녀는 안도한 표정을 띠었다. "몸은 괜찮은 거야, 이제?"

"뭐, 현재로서는 문제없이 움직여." 보란 듯이 가볍게 어깨를 돌렸다.

"그, 그래, 다행이야, 응."

"오토랑, 그리고 유이는?"

"아, 가게에 있으니까, 부, 불러올게."

불러오겠다고 그랬는데, 돌아온 것은 유이 혼자였다. "막 깨어났는데도 건강해 보이네요"라며 그녀는 어이없다는 표정을 띠었다.

"그래서, 무슨 일이 있었던 건가요?"

"아, 유이랑 헤어진 뒤에 모험가 조합을 들렀거든. 그리고——그렇지." 익스는 고개를 들었다. "거기서 단서로 보이는 걸 하나 찾았어. 그러니까——."

"아그나스루즈, 말인가요."

"……어떻게 유이가 그걸?"

"당신이 말하지 않았나요. 기억 못 하는 건가요?" 유이는 고개를 내저었다. "뭐, 그 건은 나중에 들을게요. 저도 할 이야기가 있으니까요."

"그런가……."

석연치 않은 기분이었지만 일단 이야기를 계속하기로 하고,

그날 밤에 있었던 일을 익스는 설명했다.

2인조 모험가에게 지독한 부상을 당하고 그는 길가에 쓰러져 있었다. 꼼꼼하게도 온몸을 빠짐없이 얻어맞은 덕분에 여기저기 뼈가 부러지고, 도움을 청하지도 일어서지도 못하는 상태로 땅바닥의 냉기만을 느끼고 있었다.

하지만 2인조가 화려하게 소란을 피운 탓에, 우연히 근처에 있던 토마 일행이 수상쩍게 여기고 보러 와준 것은 불행 중 다행이었다고 할 수 있으리라. 토마의 동료인 단──부코드락의 뛰어난 오감이 욕설과 피 냄새를 알아차린 것이었다.

달려온 세 사람을 보고 2인조는 도망쳤지만 이미 익스는 죽어가고 있었다. 로자리아의 신속한 치유 마법이 없었다면 죽었어도 이상하지 않으리라. 엘프의 높은 마력과 숙련된 기술 덕분에 살았다.

그 후, 익스가 조합에서 대화를 나눈 상대임을 깨달은 토마가 책임을 느끼고 이 가게까지 바래다주었다. 이것이 그날 밤의 전말이었다.

"그야말로 생명의 은인이야." 익스는 말했다. "따지고 보면 내 부주의가 초래한 사태인데 운이 좋았어."

"예, 정말로 무사해서 다행이에요."

"만약 내가 죽었다가는 지팡이를 수리할 녀석이 없어지니까 말이야."

"……그 표현은 뭔가요." 울컥한 표정으로 이쪽을 바라봤다. "진지하게 걱정하던 저나 모르나 씨한테 실례가 아닌가요."

"어, 아니. 말이 헛 나왔어. 미안해. 하지만 그 3인조는 누구야? 습격당한 뒤의 기억이 애매하지만 유이를 아는 것 같은 말투──였는데?"

"······예, 지인이에요."

"그건, 학교 쪽?"

"그렇게 되겠네요."

"신기한 조합이던데. 부코드락도 엘프도 유이랑 비슷한 입장이겠지. 뭐, 저쪽은 시대가 다른가······. 그래도 왕립학교 학생이고, 게다가 같이 모험가 일을 하고 있다는 건······."

"이야기하고 싶지 않아요."

말을 가로막듯이 유이가 딱 잘라서 말했다.

익스는 벌리려던 입을 다물었다. 가벼운 화제라고 생각했는데 무언가 사정이 있는 것이리라. 그녀와는 그런 일까지 파고들 수 있는 관계는 아니었다.

"그런가, 미안해"라며 사죄했다.

"아뇨, 괜찮아요. 그저 그들과 저는 더 이상 관계가 없고, 두 번 다시 엮일 일도 없어요. 그것뿐이에요." 유이는 조용히 말했다.

"또 이야기할 시간을 잡겠다, 그러지 않았나?"

"그게, 익스와 관계가 있나요?"

"아니······ 없겠네." 어깨를 으쓱였다. "도움을 받은 감사를 하고 싶은데, 그것뿐이야."

"그럼 이 이야기는 끝낼게요." 그녀는 헛기침을 했다. "그보다도 당신이 발견한 단서에 대해서 이야기해 줄래요? 어째서 저는 아그나스루즈에 대해서 조사를 해야 했나요?"

"아니, 조사를 시킬 생각은 없었는데……."

투덜대며, 조합 창고에서 발견한 기묘한 의뢰서에 대해서 이야기했다. 거기에 용과 아그나스 산에 대해서 적혀 있었다고.

"석판에, 마법으로 적힌 문자인가요." 유이는 팔짱을 꼈다. "확실히 이해가 안 되네요. 의도를 모르겠어요."

"뭐, 그것뿐인 단서야. 신기하지만 그것뿐이니까, 지금 생각해보면 그렇게 대단한 게 아니었던 느낌이야. 헛소리로 움직이게 만들다니, 미안한 짓을 했어."

"글쎄요, 그건 어떨까요."

"허?"

"저도 하나 발견했거든요."

그러더니 유이는 방 선반에서 낡은 종이다발을 가져왔다. 이건? 그렇게 미간을 찡그리자 이번에는 그녀가 설명했다. 이 장부를 도서관에서 발견한 것, 아그나스루즈에 있었던 물건으로 보인다는 것, 그리고──.

"용 조달……인가."

"그래요." 유이는 고개를 끄덕였다. "아무리 그래도 진짜 용으로 여겨지지는 않지만, 그래도 익스가 발견한 의뢰서와 맞추어서 생각해 보면 이건 단서겠죠?"

"오토가 말했다고 그러면 아그나스루즈에 있었다는 것도 틀림없을 테고." 표지를 본 익스는 고개를 갸웃거렸다. "제구(祭具) 출납장──에가 풀멘?"

"아, 그렇게 적혀 있는 거군요. 에가, 라는 게 이름인가요?"

"오래된 남성 이름이야."

"아는 분인가요?"

"그렇다면 좋았을 텐데."

물론 이름도 성도 들은 기억은 없었다.

종이다발을 내던지고 익스는 천장을 올려다봤다.

"으—응……"

"왜 그러나요? 모처럼 진전이 있었는데. 이렇게 되면 가볼 수밖에 없는 거 아닌가요? 에가, 라는 분이랑 만날 수 있다면……."

유이는 살짝 흥분한 모습이었다.

"진전은 있지. 하지만 말이야……"라며 고개를 가로저었다. "이건 도박이야. 확실히 현재로서는 아그나스 산이 유일한 단서라고 할 수 있겠지. 아그나스루즈는 멀지만 역마차로 이틀이면 도착해. 하지만 시기적으로는 아슬아슬해. 아그나스 산에 아무것도 없었다면 그걸로 여름이 끝나. 좀 더 확실한 정보를 얻은 다음에 행동하고 싶어."

"하지만 여기서 조사하는 것도 한계잖아요. 잔뜩 조사해서 발견한 단서가 둘 다 같은 장소를 가리키고 있다——. 과연 우연일까요."

"하지만 말이지——."

"혹시 말인데, 단서를 찾았다는 걸 방패로 삼아서 수리 기한을 연장할 생각은 아닌가요?"

"그럴 리 없잖아." 익스는 코웃음을 쳤다. "내가 하고 싶은 말은 아직 하나, 중대한 문제가 있다는 거야."

"말씀하세요."

"여비야. 나한테는 돈이 없어. 이동비도, 저쪽에서 묵을 돈도 말이야."

"음, 그건……."

변명도 무엇도 아닌 절실한 문제였다. 장인으로서의 앞날이 불투명한 지금, 무상의 의뢰를 위해서 큰돈을 쏟아 넣는다면 과장이 아니고 객사할 가능성이 있다. 그렇게 된다면 그녀의 의뢰를 이룰 수도 없게 되고 만다.

그것은 유이도 알고 있었는지 입가를 일그러뜨렸다. 그녀도 결코 돈에 여유가 있는 것은 아니었다.

서로 떨떠름한 표정으로 마주하고 있었더니 문득 방 밖에서 발소리가 울렸다.

"도, 돈…… 필요해?"

"으엣?! 모, 모르나──씨." 한순간 펄쩍 뛰어올랐지만 유이는 미소를 띠었다. "그, 그러네요. 여비가 없다는 이야기를 하고 있었어요."

"후, 후후, 그, 그럼, 이거……."

축 늘어뜨린 손에 모르나는 빵빵한 주머니를 들고 있었다. 절그럭 묵직한 소리를 내며 두 사람 앞으로 떨어뜨렸다.

내용물을 들여다본 익스는 "허?" 하고 중얼거렸다.

큰돈──이라고까지 할 수는 없겠지만 상당한 액수가 채워져 있었다.

"누님, 이건――?" 익스는 날카로운 시선을 향했다.

"어? 저기, 그게, 이, 잇 군이 쓰러진 곳 옆에 말이지, 떨어져 있었대."

"떨어져 있었어? 이 돈이?"

"어, 아, 아니, 그게 아니고, 왜, 에네드……."

"아, 엄니인가."

그 2인조가 조합으로 가져온 예의 엄니였다. 토마 일행이 온 것에 당황해서 그만 떨어뜨린 것이리라.

"그, 그래서 있지, 그걸 팔아서…… 돈으로."

"허? 팔았어?"

"으, 응."

모르나를 빤히 바라봤더니 그 순간에 그녀는 시선을 헤맸다.

"어, 그러면, 안 되는 거야?"

"아니, 안 된다고 할까……."

"그, 그게, 그대로 가지고 있다면, 그 사람들이 와서 돌려달라고 그럴지도 모르니까, 돈으로 바꿔두는 편이 낫지 않을까 해서. 가게를 닫고, 단골 상인한테 부탁해서……. 그래서, 괜찮겠지? 흐히후후……."

"괜찮다고 할까, 뭐……."

법률상으로는 문제없다. 이미 팔아버린 이상, 이 돈은 2인조의 소유도 원래 소유주의――그 두 사람이 비합법적으로 손에 넣었다고 해도――소유도 아니라 자신들의 소유가 된다. 그 상인이 팔아 치운다면 이 가게도 발각되지 않을 것이다.

하지만 그만한 양의 에네드 엄니다. 손에 넣기 위해서는 상당한 고생을 했을 터. 팔면 이런 돈이 되니까 조합에 넘기면 상당히 인정받을 수 있는 성과가 되었으리라. 고작해야 하찮은 장인 때문에 그것을 잃다니……. 오히려 그 두 사람을 동정하고 마는 익스였다.

"어쨌든 이것으로 여비 문제는 해결됐네요?" 유이는 양손을 맞댔다.

"……그러네. 의뢰주가 도박에 어울리겠다고 하면, 말이지만."

"그렇다면 문제없네요." 그녀는 미소 지었다. "그래서, 언제 갈래요? 가능한 한 서두르는 편이 낫겠죠. 부상만 문제없다면 오늘 저녁에라도──."

"와, 그런, 나도, 잇 군의 가방, 준비할 테니까……!"

"어? 누님?"이라고 불러 세웠을 때에는, 이미 모르나의 모습은 사라진 뒤였다. "……그리고 유이도 잠깐만. 너까지 따라오겠다는 말로 들렸는데."

"무슨 소릴 하는 건가요." 유이는 의아하다는 듯 눈을 깜박였다. "당연히 저도 가야죠."

"당연한 게 아니잖아. 내 일이니까 여기서 기다리면 돼."

"있잖아요…… 사람을 찾으러 가는 거라고요? 인원이 많아서 나쁠 건 없겠죠. 무엇보다──." 그녀는 익스의 얼굴을 가리켰다. "또 습격당한다면 누가 제 지팡이를 고쳐 주나요?"

얼굴에는 아직도 붕대가 감겨 있었다.

1

역마차를 갈아타고 행상인의 마차에 동승을 부탁하여, 이틀 뒤에 두 사람은 아그나스루즈의 땅을 밟고 있었다. 강행군 이동에 더하여 역의 열악한 침상 탓에 어깨도 허리도 결렸다. 조금 더 좋은 숙소도 있었지만 절약을 위한 것이었다. 마수는 나타나지 않아서 순조로운 여정이었다.

익스가 양팔을 뻗고 몸을 젖히자 우득우득 소리가 났다. 올려다본 하늘은 어렴풋이 재가 드리워 있었다.

"콜록……." 마차가 일으킨 흙먼지를 들이마시고 유이가 기침을 했다.

"피곤하네."

"피곤한 것에도 피곤해졌어요."

"뭐, 마차는 이런 법이겠지."

"피차 고생이네요. 익스도 그 가방……."

짐칸에서 내린 가방을 받아들며 그녀는 말했다.

여행이라고는 해도 익스의 가방은 이상하게 컸다. 추가로 운임이 청구될 정도였다.

"짐 꾸리는 걸 누님한테 맡긴 게 잘못이었어." 가방을 끌며 익스는 투덜거렸다. "여행이랑은 연이 없이 집에 틀어박혀 있는 사람한테……."

"결국에 뭐가 들어 있는 건가요?"

"여행처에서도 얻을 수 있을 법한 일용품이 대부분이야, 정말이지⋯⋯. 그리고 무슨 생각인지 알 수 없는 수복제일까. 방에 있던 물건을 대강 적당하게 채워 넣었을 테지."

"그건 정말이지."

서둘러서 역마차에 탔으니까 내용물을 확인할 여유가 없었다. 그런 점에서 처음부터 여행용 채비였던 유이는 가뿐한 차림이었다.

하지만 그녀도 피로 이외에 우울한 짐을 품고 있는 모양이었다.

그러는 것도──.

"와아, 커다란 산이네요."

"그런가? 그렇게 높지는 않은 것 같은데."

"아, 단에게는 안 보이는군요. 희미하기는 하지만 저 산 안쪽으로, 좀 더 높은 산등성이가 이어져 있어요."

"수업에서 배웠잖아, 그건."

"그랬나?"

이어서 마차에서 내린 손님 탓이었다.

물론 토마, 단, 로자리아의 세 사람.

또 쓰러지지는 않겠지, 그러면서 유이의 옆얼굴을 들여다봤다. 두통이 있는지 이마에 손을 대기는 했지만 어떻게든 참아내고 있었다.

첫째 날 밤, 그들과 조우한 유이의 모습은 지독했다. "꿈⋯⋯ 이건 꿈이에요⋯⋯"라고 신음하며 방으로 돌아오더니 쓰러지듯이 바닥에 누워 버렸다. 무슨 일이 있나 하고 익스가 밖으로 나가봤더니 겸연쩍은 표정인 그들과 재회했다.

세 사람의 이야기를 듣기로는, 레이레스트에서 서둘러 역마차에 탑승하는 두 사람을 발견하고는 약속을 내팽개치려는 게 아닐까 생각을 했다고 한다. 황급히 뒤를 쫓아서, 행선지가 어딘지도 보지 않고 마차에 올라탔다. 그대로 같은 역에 도착했다는 것이었다.

일련의 사정을 유이에게 전하자 그녀도 이해는 한 모양이었다. 그렇지만 마음의 준비는 아직인지 한숨만 이어지는 여정이었다.

최종적으로 레이레스트로 돌아갈 때까지는 서로에게 관여하지 않겠다는 약속을——익스를 통해서——맺고, 애써 세 사람은 신경 쓰지 않기로 결심한 듯했다.

빨리 가자는 유이의 재촉에 두 사람은 대로를 걷기 시작했다.

"과연, 재미있는 곳이야." 익스는 중얼거렸다.

"예?"

"단색이라고 할까, 아니면 레이레스트가 너무 잡다한 걸지도 모르겠지만——."

넌지시 느껴지는 인상이지만 아그나스루즈는 레이레스트와 반대인 도시였다.

건물 하나하나가 크고 통행인 숫자는 적다. 그럼에도 북적이지 않는 것은 아니라서 광산의 도시 다운 활발함은 느껴지지만, 어째서일까, 조용한 분위기도 느껴진다. 어쩐지 얇은 잿빛 종이를 통해서 보는 광경 같았다. 분화구에서 나온 연기가 하늘에 떠돌기도 해서 그렇겠지만 이유는 그것만이 아니었다.

등 뒤로 떠들썩한 목소리가 들려서 돌아보니 예의 세 사람이 노점상 앞에서 무언가 말다툼 중이었다. 미간을 찡그리고는 정면으로 고개를 돌린 유이가 물었다.

"우선은 어떻게 할래요? 숙소를 찾을까요? 아니면 이 도시에도 형제자매 분이 있으신가요?"

"있었다면 좋았을 텐데." 진지한 표정으로 익스는 말했다. "어쨌든 에가 풀멘——혹은 풀멘 가문을 찾을 수밖에 없어. 그 표지에는 『제구』라고 적혀 있었으니까 무언가 축제 관계자겠지. 그 축제에 대해서, 그리고 『용 조달』에 대해서 모르는지 마을 주민한테 물어보고…… 아그나스 산과 용의 관계를 알 수 있다면 만만세야. 겸사겸사 누군가가 용의 심장을 가지고 있다면 쉽겠는데."

"이런저런 일이 있겠지만……. 찾는 방법은 어떻게 하죠? 이 도시에 도서관은 없는 모양이에요."

"하나 짚이는 게 있어. 이런저런 걸 단번에 알 수 있을 법한 장소가 말이야."

"호오, 그건 어디에?"

"글쎄, 주민한테 물어봐야지."

"혹시 그러고 못 알아 낸다면?"

"다른 방법이 없어."

"막무가내네요…… 알고는 있었지만요."

Illustrations © Enji

"그리고 시간이 있다면 아그나스 산도 봐두고 싶은 참이야."

"저기 보이는 거 아닌가요."

마을 밖에 우뚝 선 검은 그림자를 유이는 가리켰다.

집들 너머, 마치 덮쳐누르는 것 같은 아그나스 산의 위용이 있었다. 울퉁불퉁한 바위 밭과 심한 경사면에 선 수목이 그리는 날카로운 곡선이 보였다.

"그게 아니라 실제로 조사해 보고 싶거든."

"광맥으로 들어가고 싶은 건가요? 채굴 중인 곳은 출입 금지이고 그 밖의 장소에는 마수가 나온다고 들었어요. 위험해요."

"호위로 모험가를 고용하면 문제없지."

"그런 돈이 있나요?"

"지금은 있어." 익스는 고개를 끄덕였다. "하지만 가격에 따라서는 귀가나 수리에 충당할 돈이 없어지겠지."

"이것 참……."

"어떻게든 수단이 없을까……. 엇, 차."

문득 모퉁이에서 나온 소년이 이쪽의 허리에 부딪혔다. 익스는 가볍게 휘청거리는 것만으로 그쳤지만 상대는 넘어지고 말았다. 기운 자국이 많은 옷에 모래가 묻고 무릎에는 피가 배어있었다. 곧바로 주머니를 뒤졌다. 소매치기를 당하지는 않았다.

"괜찮냐?"

내려다보며 말하자 소년은 입을 다물고 노려보듯이 이쪽을 올려다봤다.

"이, 익스! 그런 말투로 대하면 안 된다고요."

유이가 허리를 숙이고 시선을――그래봐야 얼굴은 후드에 가려져 있지만――소년에게 맞추었다. 온화한 목소리로 말을 건넸다.

"괜찮아요? 미안해요, 우리 쪽 부주의로."

"……딱히." 소년은 무뚝뚝하게 대답했다.

"일어설 수 있겠어요? 괜찮다면 집까지―― 어?"

일어서려던 소년의 손바닥에 작고 붉은 빛이 보였다.

두 사람은 숨을 삼키고 그것을 찬찬히 바라봤다.

"이, 이건 내 거야!"

시선을 깨닫고 소년은 손을 꽉 움켜쥐었다.

"이걸 어디서 손에 넣었지?" 익스는 강한 말투로 물었다. "가르쳐 줘."

"그냥 주웠어!"

"주웠다니 어디서――."

더욱 추궁하려던 그때, 소년이 달려온 골목에서 다른 아이의 고함 소리가 울렸다. 그것도 한 사람이 아니었다.

"야, 기다려 헨리! 도망치지 마! 그러고도 남자냐?"

"저 녀석, 아버지 없으니까 남자도 아니라고."

목소리를 듣자마자 소년은 뛰어오르듯이 몸을 일으켰다.

몸을 낮추고 모퉁이로 숨었다.

골목에서 다른 아이들이 나타나는 것과 동시에, 그는 양발로 땅바닥을 박차고 선두의 소년을 걸어찼다.

"우왓."

"아얏!"

뒤쪽의 아이들도 말려들어서 땅바닥에 엉덩방아를 찧었다.

걷어찬 기세로 소년도 땅바닥에 쓰러졌지만 잽싸게 일어나더니 익스를 돌아봤다.

"……부딪혀서 죄송합니다."

그리고 이쪽이 말하기도 전에 쏜살같이 길을 달려갔다. 순식간에 뒷모습이 작아지고 길을 돌아서 보이지 않게 되었다.

"죽어 버려, 빌어먹을 자식."

"헨리, 죽여 버린다—!"

"까불기는!"

몇 초 후, 일어선 아이들이 욕설을 터뜨리며 같은 길을 달려갔다.

그들의 모습도 보이지 않게 된 뒤, 유이가 별 생각 없이 익스의 얼굴을 바라봤다.

"비슷——했죠?"

"『빨갛고 예쁜 돌』이었지." 익스는 한숨을 내쉬었다. "뭐, 놀라기는 했지만 그런 보석 조각이라면 어디서든 얻을 수 있어."

"예, 저도 그렇게 생각해요. 하지만……."

"징조가 좋다, 그렇게 생각해 두자."

"……그러네요."

두 사람은 한동안 소년이 사라진 방향을 보고 있었다.

2

식사와 정보를 적당히 얻기로 했다. 익스가 길가의 적당한 가게로 들어가고 유이도 뒤따랐다. 그러자 곧바로 주인이 말을 건넸다.

"아, 거기 당신, 그쪽은 만지지 말아 주시겠어요."

"예?"

입구의 벽 쪽에 무언가가 놓여 있어서 유이의 등이 닿을 뻔했다. 허둥지둥 몸을 물렸다.

"조심해 주세요"라며 주인은 고개를 끄덕였다. "중요한 물건이니까."

"아, 예. 죄송해요." 일단 머리를 숙였다.

익스와 주인이 대화를 나누는 틈에 돌아보니 그곳에는 낡은 목재가 놓여 있을 뿐이었다. 가늘고 긴 막대기 세 자루로, 어느 것이든 상부가 거무스름했다. 사용처는 영 알 수가 없었다.

흥미를 잃고 가게 내부를 관찰하다가 문득 깨달은 것이 있었다.

"……장식이 없네요."

"음, 뭐라고?"

딱딱해 보이는 빵을 양손에 들고 익스가 돌아왔다. 자, 그러면서 한 손을 내밀었다.

"레이레스트랑 다른 인상을 받은 이유예요." 받아들며 유이는 말했다. "이 가게 안도 그렇지만, 거리의 건물이나 내부에 거의 장식이 없어요."

"응? 아, 듣고 보니――."

중급 이상의 상점에서는 자기 가게의 격을 나타내기 위해, 또는 장사가 잘 된다고 증명하기 위해서 가게에는 호화로운 장식을 하는 것이 일반적이었다. 한마디로 장식이라고 그래도 각양각색이라서 벽에 조각을 새긴다든지 작은 미술품을 둔다든지, 방법은 천차만별이다.

하지만 아그나스루즈에는 그런 장식이 있는 가게는 소수이고 소박한 점포가 대다수를 차지하고 있었다. 그것이 차분한 인상을 주는 이유이리라.

"여긴 신파(新派)의 도시니까요."

"예?"

두 사람이 목소리가 들린 쪽을 돌아보자 주인 남자가 낮은 목소리로 이야기를 건넸다.

"모르십니까?" 그를 고개를 갸웃거렸다.

"말레교의 종파, 라는 건 알고 있는데요……."

"아, 동생 분은 견식이 넓으시군요."

"동생이 아니에요." 유이는 곧바로 부정했다. 후드를 깊이 덮어쓰고 있으니까 상대가 목소리만으로 판별하는 것은 어쩔 수 없지만.

"아, 이건 실례했습니다." 남자는 한 번 머리를 숙이고 미소를 띠었다. "구파(舊派)보다도 성전에 의거하여, 하루하루의 삶에서 신을 찾아내는 것이 저희 신파입니다."

"가게에서 장식을 배제하는 것과 무슨 관계가?" 익스가 물었다.

물론 학교에서 말레교는 배우지만 국교회에서 정통이 아닌 신파에 대해 유이는 잘 몰랐고, 익스에게도 익숙하지 않은 것이리라.

"자신의 직업에 매진한다. 그것이야말로 신께서 부여한 사명인 것입니다. 농가는 농업에, 광부는 채굴에, 저는 이 가게의 영업에 애쓰는 것이 신의 생각. 그렇다면 일을 통해서 얻은 성과는 다시 말해 신의 소유물이라 할 수 있겠죠."

"성과? 그 말은."

"농작물, 광석, 저라면 금전입니다."

"수입이 신의 소유물?"

"그렇습니다. 제가 얻은 금전은 신으로부터 일시적으로 맡았을 뿐인 것. 사치나 불필요한 장식을 하다니 있어선 안 될 일입니다. 저희 성도는 청렴하게, 검소하게 살아야 하는 것입니다."

"청렴하고 검소하게……. 그럼 축제가 유일한 사치의 자리라는 건가."

"축제──?" 남자는 미간을 찌푸렸다. "설마요, 축제 따윈 낭비의 극치입니다."

"예?"

"그야말로 가장 꺼려야 하는 것입니다. 낭비, 사치, 무엇보다 저속……. 백해무익합니다. 그런 것은 가난뱅이를 즐겁게 할 뿐, 아무런 이득도 없죠. 일정한 직업도 없이, 신의 뜻을 거스르는 녀석들의……."

"자, 잠깐만." 익스는 손을 펼쳤다. "말레교에는 축제가 항상 따르는 것일 텐데? 고기 저장제라든지 별의 배례라든지……."

"그건 구파가 행하는 축제로군요." 남자는 코웃음 쳤다. "하지만 성전에 그런 축제를 행하라고 적혀 있습니까? 타락의 외길을 나아가는 녀석들의 상징이지요, 축제 따위는. 당신이 어디 출신인지 모르겠습니다만, 이곳 아그나스루즈에 그런 행사는 존재하지 않습니다."

"그건, 여기서는 계속 그랬나?"

"예, 적어도 제가 태어난 뒤로는."

"그런가……." 익스는 턱을 문질렀다. "그런데 우리는 사람을 찾고 있는데."

"예……?"

"풀멘, 이라는 이름을 들은 적은?"

"……? 아뇨." 남자는 의아하다는 듯 고개를 갸웃거렸다.

그런가, 그러면서 신음하더니 익스는 입을 다물어 버렸다. 평소보다도 더욱 불쾌하다는 표정을 띠고 있었다. 적어도 가게를 나설 때까지 참을 수는 없었을까. 남자도 수상쩍다는 듯이 이쪽을 보고 있었다.

"저기……?"

"아, 이, 이야기해 주셔서 감사합니다." 황급히 유이는 앞으로 나섰다. "죄송해요, 이 사람은 조금 이상한 사람이라서."

"어, 아뇨. 걱정하실 것 없습니다."

"익스, 나가죠."

그의 등을 밀어서 가게를 나가자고 재촉했다. 하지만 가게를 나가기 전에, 그녀도 하나 신경 쓰이던 것을 떠올렸다.

"저기, 저쪽에──." 입구 근처에 있는 목재를 가리켰다. "그건 무슨 일에 쓰는 건가요?"

"아…… 그거. 무슨 일에, 라고 그러셔도 말이죠……." 뜻밖에도 주인은 곤란하다는 표정을 드러냈다. "무슨 일에 쓰는 것도 아닙니다만."

"예? 중요한 물건 아닌가요?"

"뭐, 무척 옛날부터 집에 있어서, 가지고 놀기라도 하면 할머니라든지 어르신이 지독히 험악하게 화를 냈으니까 그냥 놔두었을 뿐이라……. 이유는 저도 모르겠습니다."

"허어……." 유이는 고개를 갸웃거렸다.

"뭐, 사치품이나 장식은 아니니까 딱히 상관없지 않을까 해서요."

"그건 보면 알겠는데요……."

두 사람은 가게를 나와 좁은 길을 걸어갔다. 토마 일행의 모습은 이미 보이지 않았다. 그대로 돌아가 주지는 않을까, 유이는 생각했다.

"축제를 하지 않는다――인가." 익스가 중얼거렸다. "말레교에서 그런 경우가 있을 줄이야."

"하지만 그렇다면 『제구 출납장』은 대체 뭐죠? 그분이 모를 뿐이지 옛날에는 축제가 있었던 걸까요."

"아마도 그렇겠지. 하지만……."

생각에 잠겨서 익스는 입을 다물어 버렸다.

그 남자의 말이 맞는다면 축제를 찾는다, 라는 방침은 이미 실패한 것이었다. 조금 더 말하자면 예의 '제구 출납장'이 이 도시에 있었는지도 의심스러웠다. 오토가 한 말이니까, 그런 이유로 믿은 자신들의 잘못이지만⋯⋯.

유이는 화제를 바꾸기로 했다.

"신파의 사고방식은 익스와 통하는 구석이 있네요."

"그런가?"

"예. 이익에 구애되지 않고 자신의 일을 통해 살아가는 방식을 결정한다── 장인의 사고가 아닐까요."

"뭐, 부자가 되고 싶은 건 아니지만⋯⋯." 익스는 담담하게 말했다. "하지만 그들의 논리라면 내가 만든 지팡이는 신의 물건이라는 소리인데. 그건 사양이야. 지팡이는 사람의 물건이야."

"그런가요⋯⋯."

조금 전에 맞닥뜨린 헨리라는 소년을 유이는 떠올렸다.

그가 가지고 있던 돌이 이상하게 마음에 남아 있었다.

문득 그녀는 중얼거렸다.

"어째서 용은 사라졌을까요?"

"갑자기 무슨 소리야?"

"어⋯⋯ 아뇨." 그런 의문이 자신의 입에서 나왔다는 사실에 놀라면서도 유이는 생각했다. "전설에 따르면 용은 무한한 마력과 강력한 완력을 지닌 생물이었을 테죠."

"용의 마법──인가."

"예. 그들은 상상할 수 있는 모든 것을 실현시킬 수 있었다, 그리 평가되고 있어요. 용과 비교하면 인간 따윈 먼지에 불과해요. 그런데도 어째서 용은 멸종되고 인간은 이렇게나 대지에서

번영하고 있는가…… 어쩐지 그런 생각이 들었어요. 무한한 마력을 지녔는데도 어째서 멸종했을까요?"

"확실히 그렇지만…… 그렇다고는 해도 그저 전설이니까. 다소 이상한 점도 있겠지."

"왕국에 뭔가 전해지지는 않나요?"

"이상하게 집착하네."

"의심스럽다고는 해도, 우리는 진심으로 용을 찾고 있다고요? 깊이 생각해 보면 무언가 알 수 있을지도 몰라요."

"응……. 아니, 이유에 대해서 기록된 전설은 없었을 테지. 서서히 숫자가 줄어들었다, 그런 내용밖에 몰라. 어디의 전설이든 그렇잖아?"

유이가 아는 내용도 마찬가지였다. 역시나 용은 전설 속의 존재에 불과해서 정합성이 없는 것은 당연할까.

아니—— 하지만, 그녀는 그리 생각했다.

전설에 정합성이 필요 없다면 용이 멸종된 이유야말로 어떻게든 설명되어 있지 않을까? 전 세계의 전설이 『용이 멸종된 이유는 모른다』로 일치한다면 그것이야말로 용이 실존했다는 증거가 아닐까.

뭐, 그것은 즉흥적인 생각이다. 대신에 그녀는 물었다.

"어떻게 생각하나요, 익스는 그 이유에 대해서?"

그러게, 그리 중얼거리고 그는 2초 정도 침묵했다.

"무한한 마력도 강력한 완력도, 무에서 태어나는 건 아니겠지." 익스는 천천히 이야기했다. "거대한 힘을 쓰려면 막대한 연료를 소비해. 애당초 어떻게 얻었는지는 모르겠지만 그것을 얻을 수 없게 되지는 않았을까?"

"그럼 힘을 안 쓰면 되지 않나요?"

"으─음……."

문득 떠오른 반론이었지만 익스는 진지하게 고민했다.

그는 복잡한 표정을 띠며 대답했다.

"아마도 몸의 문제겠지. 전설에 따르면 용은 언덕 정도의 크기였어. 힘을 쓰지 않더라도 유지하는 것만으로 큰일이었을 테지."

"아, 그렇군요."

납득하고 유이는 손뼉을 쳤다. 가벼운 충격으로 빵에서 잘게 가루가 살랑살랑 떨어졌다.

그때 앞쪽에서 강한 바람이 불어들었다.

후드를 누르고 유이는 멈춰 섰다.

빵에서 떨어진 가루는 땅에 닿기 전에 바람에 사로잡혀 공기에 녹아들듯이 보이지 않게 되었다.

바람이 그쳤다.

"유이, 괜찮아?"

먼지를 들이마셨는지 익스는 기침을 하며 이쪽을 봤다.

"──작았다면, 어떨까요?"

생각하기 전에 유이는 입을 열었다.

"어?"

"용이 전설처럼 거구가 아니라 지극히 작은, 그야말로 모래알 같은 크기의 생물이었다면 어떨까요."

"유지하는 연료가 필요 없을 정도로 말인가."

"예. 그렇다면 멸종되지 않고 지금도 살아있지 않을까요?"

"말도 안 되지." 그는 고개를 가로저었다. "그럼 전설로 남긴 녀석은 어떻게 용의 존재를 알았지? 어째서 거구라고 거짓말을 했고?"

"그렇지 않아요. 옛날에는 커다랬던 거예요."

"무슨 뜻이야."

"거구를 유지할 수 없다는 걸 알고 용들은 조금씩 몸을 줄인 건 아닐까요. 서서히 작아져서 이윽고 눈에 보이지 않을 정도로."

"가설치고는 지나치게 즉흥적인 발상에 의지하는데……."

"하지만 증거는 있어요."

"뭐라고?"

"제 지팡이의 심재예요."

그리 말하자 익스는 의아해하는 표정을 띠었다.

"그러니까 제가 생각하는 건 이런 이야기예요. 이 심재에 사용된 것은 『용의 심장 일부』가 아니라 『용의 심장 그 자체』가 아닐까──? 이 정도 심장이라면 온몸의 크기는 도마뱀 정도가 되겠죠. 옛날에는 언덕, 심재가 손에 들어왔을 때에는 도마뱀, 그리고 지금은 먼지…… 그렇게 단계적으로 작아진 거예요. 그렇다면 용은 멸종한 게 아니라 형태를 바꾸어 살아 있다고 생각할 수도 있지 않을까요?"

"그건…… 하지만."

곤혹스러워하는 익스의 표정을 보고 유이는 정신이 들었다.

"아, 미, 미안해요. 그냥 갑자기 떠올라서……. 애당초 혹시 그렇다면 그 기록이 남아 있겠네요."

"아니, 발상으로서는 재밌었어." 익스는 고개를 끄덕였다. "용이 살아있다──인가. 진지하게 생각해 본 적은 없지만 만약에 그렇다 치고, 작아졌으니까 사라진 것처럼 보였다는 건 타당한 추론이야."

"그 밖에도 이유가 떠올랐나요?"

"뭐, 어느 이유든 현실적이지 않지만."

"……아. 알겠어요, 투명이군요?"

"그것도 있어."

"그것도?"

"그러니까 그 반대로── 이런." 말을 꺼내려다가 익스는 걸음을 멈췄다. "여긴가."

"예?"

몇 걸음 지나치고 유이도 멈췄다. 그러고 보니 자신들은 어디로 가고 있는지 아직 못 들었다. 별 생각 없이 익스가 앞장을 섰는데…….

"숙소인가요?"

"아니. 좀 전의 가게에서 장소를 물어 봤거든. 말했잖아? 단번에 알 수 있을 법한 장소가 있다고."

익스가 가리킨 곳, 거대한 창고 같은 수수한 건물이 있었다. 곁에는 작은 묘지가 있었지만 최근에는 사용되지 않는 것처럼 보였다.

"교회……?"

"그럴 테지만." 익스는 고개를 갸웃거렸다. "그건 그렇고, 수수하네."

3

교회에 인적은 뜸했다.

교구 집회소로도 사용될 테니까 안은 널찍해서 더더욱 한산한 인상을 받았다. 입구 근처에 유복해 보이는 교도가 몇 명 정도 모여 있었다. 즐겁게 환담을 나누고 있었다.

이제까지의 거리 모습과 마찬가지로 이 교회 역시 장식은 완전히 배제되어 있었다. 색깔 유리나 회화, 조각 같은 부류의 미술품은 없었다. 안쪽 벽에는 나무로 만들어진 말레교를 상징하는 기호, 그리고 오래된 긴 지팡이가 걸려 있었다. 멀리서 얼핏 본 느낌이지만 무척 양질의 지팡이로 보였다.

교회가 긴 지팡이를 보유하는 것은 일반적인 일이라 문지르의 가게에도 자주 의뢰가 들어왔다. 단순히 장식으로 보기 좋은 것도 있지만 교도에 대한 봉사로 마법을 사용하는 경우도 많다고 한다. 교역자가 되려면 마법 기술이 필수라고 한다.

이 교회의 교역자——신파에서 이르기는 현도(賢徒)——는 멋들어지게 기른 수염과 단조로운 얼굴이 인상적인 남자였다. "오스트 유브입니다"라며 짧게 자기소개를 하고, 미소와 무표정의 중간 정도인 표정으로 차분하게 두 사람을 맞이했다.

"에가 풀멘……입니까." 곧바로 질문하자 그를 고개를 갸웃거리며 답했다.

"그래. 풀멘이라는 성만이라도 돼. 들은 적은?" 팔짱을 끼고서 익스는 물었다.

"안타깝지만 없군요."

"이 도시에 살고 있었을 거예요"라고 유이도 물었다.

"저는 파견된 현도입니다. 제가 온 뒤로 세례를 받은 분이나 열성적인 성도 분이라면 압니다만, 과거의 주민이라면 힘이 되어드리기는……."

"그러니까 우리가 찾고 싶다, 그런 이야긴데."

"아낌없이 협력하겠습니다, 그렇게 말씀드리고 싶은 참입니다만." 오스트를 고개를 내저었다. "이 교회에서 이제까지 계승된, 무척 소중한 물건이라서요—— 세례 명부라는 건."

"그걸 알고서 보여 달라고 부탁하는 거야."

"하지만 말이죠——."

올곧은 현도는 좀처럼 고개를 끄덕이지 않았다.

익스가 교회로 찾아온 것은 물론 에가 풀멘을 찾기 위해서.

사람을 찾는다고 해도 길을 가는 사람들한테 물어보고 다닐 수는 없었다. 확실한 방법일지도 모르겠지만 그럴 시간은 없었다. 그래서 생각한 것이 교회의 세례 명부였다. 교구 주민 각각의 이름, 세례를 받은 날짜를 기록한 명부다. 인물에 따라서는 사망 시기나 혈연까지 기재된다.

에가 풀멘은 '구제 출납장'을 가지고 있었다. 그러니까 그럭저력 지위가 있는 인물이었던 것은 물론 교회 관계자일 가능성이 높다. 그렇다면 세례 명부에는 크게 기록되어 있을 것으로 추측할 수 있다. 뭐, 그 축제 자체가 없다는 이야기도 들었고, 오스트가 바로 떠올리지 못하는 모습을 보기에는 아무래도 가망은 거의 없을 것 같지만…….

입씨름을 계속하는 사이, 다투는 기척을 느꼈는지 입구에 있던 교도들이 교회를 나갔다. 이제는 귀찮아졌는지 "알겠습니다, 알겠어요"라며 오스트를 두 손을 펼쳤다.

"보여주겠어?"

"무척 열성적인 모양이니까요. 무언가 신원을 보증할 것은 가지고 계십니까?"

"신원……."

"아, 저는 일단 이건데요"라며 유이가 주머니를 뒤졌다. "왕립 학교 학생이에요. 확실한 신분……이겠죠?"

"호오, 학생 분이십니까. 예, 물론입니다." 오스트는 손을 비볐다. "그리고, 다른 한 분은——."

"지팡이 장인 수습이다."

"수습?" 오스트는 미간에 주름을 만들었다. "그러면 조합증 같은 건?"

"아니, 그걸 가질 수 있는 건 장인으로 한정되지."

"그럼 죄송하지만 아가씨만 안내해드리는 걸로……."

"죄송해요, 억지를 부린다는 자각은 있지만 그 사람도 어떻게 안 될까요?" 유이가 끼어들었다. "그게, 예를 들면 제가 그 사람의 신원을 보증한다든지, 직함은 수습이지만 익스는 어엿한 지팡이 장인이고——."

"어엿하다고 그래도……. 그런데 어떤 분의 수습이십니까?"

"문지르 알레프예요."

"예?"

"뭐, 뭐어, 이미 돌아가셨으니까 현재는 그 제자 분의 가게에서 일하고 있지만요……."

엄밀하게 따지면 모르나의 가게에서 일하는 것도 아니지만 익스는 잠자코 있었다. 지금은 세례 명부를 보는 것이 우선이었다.

"문지르 님의 수습——?" 오스트는 안쪽의 긴 지팡이로 흘끗 시선을 향했다.

"의심스럽다는 심정은 이해하지만, 그게……."

"저 지팡인가."

"예?"

오스트와 유이의 목소리가 겹쳤다.

신경 쓰지 않고 익스는 안쪽의 긴 지팡이로 다가갔다. 몇 걸음 앞에서 멈추더니 직접 손을 대지 않고 가까이서 찬찬이 관찰했다. 역시나 조금 전의 견해 그대로 일품. 잘 정비되고 세월이 깃든 지팡이였다.

"저기, 무슨……."

오스트가 곤혹스러워하며 등 뒤에서 말을 건넸다.

"문지르의 지팡이군."

"예?"

"……그렇군, 견고한 만듦새야." 지팡이에서 눈을 떼지 않고 익스는 계속 말했다. "요굴률을 제어하기 위해서 분기점을 빨리 잡았나? 스승님이라면 그렇게 할 법해."

"저기, 괜찮을까요?"

어깨를 두드리는 손길에 익스는 돌아왔다. 수상쩍어하는 표정의 오스트가 서 있었다.

"아닌가?"

"아니라고 할까……. 예, 확실히 이건 문지르 님이 젊은 시절에 만들고 이 교회에 바쳐진 지팡이입니다. 하지만 말이죠, 그걸 맞췄다고 해서 신용할 수는 없습니다. 조금 지식이 있는 성도에게 물어보면 알 수 있는 일이죠."

"무슨 소리야?" 익스는 한쪽 눈을 가늘게 떴다. "맞추고 뭐고, 이런 건 지팡이 장인이라면 누구라도 알 수 있어. 딱히 문지르의 제자로 인정받고 싶은 게 아니야."

"그렇다면 뭘 하고 싶은 겁니까." 오스트는 실망스럽게 말했다.

"다소는 신뢰할 수 있는 수습이다, 그렇게 생각해 줬으면 하는 것뿐이야."

"허어…… 그래서?"

"이 지팡이, 최근에는 사용하지 않는군."

"예? 예, 그렇습니다만."

"평상시의 손질은 완벽해. 하지만…… 이건 불운하다고밖에 표현할 길이 없네. 스승님도 거기까지는 예측 못 했을 테지."

"슬슬 본론으로 들어갔으면 합니다만."

"본론이라……."

하아, 무심코 한숨이 새어나왔다. 솔직히 말해서 참을 수 없을 만큼 싫지만 이것도 필요한 일이다, 그렇게 스스로를 납득시키고 가방에 손을 집어넣었다.

"아아, 정말이지."

꺼낸 것은 정말로 작은 병이었다. 안에서 노란색 액체가 출렁거렸다.

"그건?" 유이가 물었다.

"케스가의 수복제야."

그 대답을 듣기가 무섭게 오스트가 뒤집어진 소리를 높였다.

"뭐라고요? 아니, 어떻게 가지고 있는 겁니까?"

"그 누님은 이러니까……." 익스는 지긋지긋하다는 듯이 고개를 내저었다. "이걸로 조금은 신뢰해 줄 수 있을까, 오스트?"

"어, 어어……. 그렇군요, 확실히 수습이신 모양인데……."

작은 병을 받아들더니 그는 몇 번이고 고개를 끄덕였다.

세례 명부는 지하의 창고에 있다면서 두 사람을 교회 안쪽에 있는 계단으로 안내했다. 좁은 통로를 내려가자 시큼한 악취가 코를 찔렀다. 납골당 일부를 창고로 사용하는 모양이라 썩은 냄새는 그 탓이리라. 게다가 곰팡이나 쥐똥 냄새가 정체된 공기 안에 감돌았다.

지하는 어스름해서 불빛 없이는 아무것도 안 보일 것 같았다. 오스트는 익숙한 태도로 걸어가서 벽에 고정된 선반 앞에 멈췄다.

"이겁니다." 그는 선반에서 커다란 책과 종이다발을 꺼내어

앞의 책상에 펼쳤다. "여기서부터 이쪽이 세례 명부입니다."

"이건, 과거의 기록이 그대로 남아 있는 건가?" 익스가 물었다.

"예? 예, 그렇습니다. 이 도시는 경건한 성도가 많으니까요. 필연적으로 양도 많아지죠."

"그렇군."

"지하에서 반출하지만 않는다면 마음껏 보셔도 됩니다. 수복제의 답례, 라는 건 아닙니다만……. 아니, 어쨌든 저도 도움을 받았으니까요."

"감사합니다." 유이는 머리를 숙였다.

익스와 유이는 시선을 나누고 고개를 끄덕였다. 곧바로 조사하기로 했다.

그렇다고 해도 세례 명부는 머리가 아픈 물건이었다.

낡은 종이를 가느다란 글자가 빼곡하게 채우고 있었다. 문자는 지극히 작고 갈겨쓴 것 같은 부분도 많았다. 이런 어스름한 방에서는 읽는 것만으로 고생이었다. 좀을 털어내고 익스는 얼굴을 찡그렸다.

같은 생각을 했는지 유이가 말했다.

"간신히 글자에서 떨어질 수 있겠다고 생각했는데 또 이런 건가요."

"그야말로 단번에 해결하는 마법이 있다면 편하겠지만." 익스는 이마를 누르고 고개를 숙였다. "이제까지 아무도 한 적 없는 일을 하는 거야. 견실한 수단을 취할 수밖에 없어. 최단거리를 알 수 있는 건 전부 끝난 다음이야."

그때 위층에서 오스트를 부르는 목소리가 들렸다. 지하실 안에서 몇 번인가 메아리쳤다. "실례하겠습니다"라며 인사하고 그는 계단을 올라갔다.

교역자는 교회 관리만이 아니라 각 교구의 상담자, 사무 담당 같은 역할도 하고 있다. 여러모로 바쁠 것이다.

유이가 이쪽을 응시하고 있었다.

"손을 멈추지 말라고. 시간은 없어." 명부를 한 손으로 들어 보였다. "나누자."

"알고 있어요. ……그런데 뭐였나요, 그 병은?"

"아, 케스가의 수복제 말인가." 익스는 손을 움직이며 말했다. "케스가라는 건 그 지팡이에 사용된 목재의 이름이야. 눈에 띄는 경우는 적지만."

"나무의 이름, 이라는 건 알아요. 어째서 그 수복제——인가요? 애당초 수복제가 뭔지 모르는데…… 그게 그렇게나 고마운 일인가요?" 유이는 일렁이는 불빛에 비추어 명부를 흘려 읽고 분류했다.

"실제로 고마운 존재니까." 익스는 설명했다. "긴 지팡이—— 그것도 몇 만 번이나 마력이 통한 지팡이는 아무래도 구부러져서 안정성이 떨어져. 짧은 지팡이는 다소 구부러져도 영향은 적지만 긴 지팡이는 그럴 수도 없지. 마력을 한결같이 유지하지 못하면 결계가 무너져."

"별로 못 들어본 이야기인데요."

"그만큼 오래 사용된 긴 지팡이는 그저 미술품으로 보관되는 경우가 많으니까. 그야말로 이런 교회에서 자주 있는 이야기인데…… 어쨌든 그 요굴을 고칠 때에 사용되는 게 수복제야. 이걸 바르면 일시적으로 목재가 부드러워지니까 그동안에 요굴을 수정하지. 다만 일부 목재에는 전용 수복제를 사용해야만 해. 안 맞는 걸 바르면 간단히 부러져버리기도 하니까."

"전용이니까 그다지 많은 숫자가 만들어지지는 않는 거군요. 그래서 고마워했다고."

"아니, 케스가의 수복제만이 특수해. ……루크타 전역(戰役)의 영향으로 원료를 주로 채취하던 숲이 불타서 생산이 멈춘 상태야. 재고는 아직 있을 테지만 가격이 훨씬 뛰었어. 지금은 좀처럼 얻을 수가 없지."

"그렇군요." 유이는 표정을 바꾸지 않았다. "어라? 어째서 익스가 그걸 가져왔나요? 그런 고마운 존재를."

"……내가 아냐." 익스는 싫다는 듯이 대답했다. "누님이지."

"모르나 씨──가, 말인가요?"

"그러니까 준비된 짐에 들어 있었다고. 케스가의 수복제만, 떡하니."

"……우연일까요?"

"아니…… 이전에 어딘가에서 스승님이 만든 지팡이──케스가 지팡이가 이 도시의 교회에 있다는 걸 알았을 테지. 그리고 만든 시기, 교회라는 장소를 생각해서 수복제가 필요할 무렵이라 예측하고……. 교회에 간다고는 안 했지만 무언가 도움이 된다면 좋겠다고 생각해서 집어넣었을 거야."

"그, 그런 예측, 가능한가요?" 유이는 눈을 몇 번 깜박였다.

"무리──라 생각하고 싶지만." 고개를 숙이고 익스는 말했다. "하지만 실제로 들어맞은 이상, 누님은 가능한 모양이야."

"……뭐, 그렇다면 그렇다고 출발 전에 가르쳐 주면 좋았을 텐데요."

"그러니까 그 누님은 상대하기가 어렵다고." 익스는 드물게도 거칠게 말했다. "어차피『잘난 척 예측했다가 빗나가면 겸연쩍으니까──』같은 이유로 아무 말 안 했을 게 틀림없어. 정말이지, 그만한 재능이 있는 주제에 어째서 이다지도…….."

그때 덜커덩, 소리가 나서 두 사람은 대화를 멈췄다.

귀를 기울였지만 다른 소리는 들리지 않았다. 위층에서 무언가 쓰러진 것이리라.

두 사람은 숨을 내쉬었다.

마침 명부 분류가 끝난 참이었다.

눈앞의 책상에는 두 개의 산이 완성되었다.

익스를 팔짱을 꼈다.

"기준은 뭐지?"

"시대예요." 유이는 조용히 대답했다. "대략 백 년 이상 전의 명부는 어느 것이든 최근에 만들어진 거예요. 가짜……인지는 판단할 수 없지만요."

그들이 조사하던 것은 거기에 적혀 있는 이름이 아니라 명부 그 자체였다.

옛날부터 계승된 세례 명부는 당연히 낡은 서적일 터. 하지만 꺼낸 명부 중에는 어찌 봐도 최근에 만들어진 것이 섞여 있었다. 오래된 것처럼 보이지만 종이 재질이나 좀먹은 정도가 명백하게 달랐다. 그 도서관에서 새 책과 헌 책을 섞어서 잔뜩 뒤졌던 두 사람이다. 얼핏 봐서 위화감을 느끼고 건드린 시점에서 확신으로 바뀌었다. 그래서 에가 풀멘을 찾는 것보다 먼저 그쪽을 조사하기로 했다. 오스트가 떠난 뒤로 두 사람은 그것을 기준으로 분류한 것이었다. 결과는 보다시피. 익스는 어깨를 으쓱였다.

"과거의 기록이 그대로 남아 있다, 인가. 거짓말을 했는지, 아니면 그렇게 믿고 있는지……. 어쨌든 화재로 소실된 것을 수복했다든지 좀먹어서 옮겨 썼다든지, 그렇게 말하면 될 일이야. 그렇다면——."

"애당초 그 기록이 없다는 건가요?" 생각에 잠긴 표정으로 유이가 말했다. "이 교회가 생긴 것이 그렇게까지 옛날이 아니라든지."

"가능한 이야기지만 그렇다고 해도 위장할 필요는 없겠지."

"옛날에는 구파의 교회였다—— 그런 게 아닐까요. 도중에 신파가 대체하면서 구파 시절의 명부를 버린 건? 그걸 얼버무리려고 그랬다든지."

"그런 괜한 수고를 할까? 계승해서 쓰면 돼."

"아니, 그럼 구파 이외의 무언가——."

"잠깐만" 하고 익스가 한 손을 펼쳤다.

계단을 내려오는 발소리가 났다.

두 사람은 서둘러서 산을 무너뜨리고 원래 있었던 것처럼 정리했다. 각자 적당한 페이지를 펼쳐서 계속 조사하던 것처럼 연기했다.

"어쨌든 뭔가가 이상해." 유이에게 그리 귓속말했다. "명부도 조사하고 싶지만 이쪽도 조사하는 편이 낫겠어."

"그렇겠네요."

서두른 탓에 먼지가 피어올라서 익스와 유이는 동시에 재채기를 했다.

4

그로부터 며칠이 지났지만 조사는 난항을 겪고 있었다.

오스트의 소개로 두 사람은 일반 교도의 집에 묵고 있었다. 지붕을 빌렸을 뿐이라는 느낌이지만 이 도시에 여관은 거의 없다는 모양이라 충분히 도움이 되었다. 그 집을 거점으로 세례 명부를 조사하거나 도시 주민에게 이야기를 듣거나 했다.

하지만 아직 이렇다 할 단서는 잡지 못했다.

세례 명부를 아무리 조사해도 풀멘 성씨는 발견되지 않고, 주민에게 이야기를 들어봐도 역시나 백 년 이상 전의 일을 기억하는 인간 따윈 있을 리가 없었다.

"글쎄……"라며 눈앞의 여자 주인도 고개를 갸웃거렸다. "백 년이라고 그러면 우리 할머니가 태어났을 시대니까 말이지, 그 할머니도 노망나서 죽어 버렸으니까 그 무렵이라고 그래도 말이야."

"그런가요……." 유이는 고개를 숙였다.

"아, 게다가 아까 말했는데 과거에는 구파 도시였다는 이야기도 못 들었어. 우리는 그 할머니 대에 여기로 이주한 집인데, 그때부터…… 으음, 70년 정도 전일까, 계속 신파였을 거야."

예상하던 그대로인 답변이었다. 조금 더 과거의 일을 아는 주민한테도 이야기를 들었지만 다들 옛날부터 신파를 믿었다고 한다. 물론 구파 뒤에 신파가 탄생했으니까 그 이후로는, 그런 의미일 테지만 그렇다고 해도 백 년 이상 전의 일이다.

축제에 대해서, 용에 대해서, 아그나스 산에 대해서. 그렇게 물어봤지만 역시나 아무런 정보도 나오지 않았다. 축제는 안 하고, 용은 모르고, 주인의 지인이 광부라서 최근에 새로운 광맥을 개척했다는 이야기를 들었을 뿐이었다.

"뭐, 대단한 일은 아니야"라며 그녀는 말했다. "판다면 조만간 벽에 부딪힌다. 그러면 새로운 광맥을 찾는다. 발견되면 벽에 부딪힐 때까지 판다. 광산이란 그게 계속 이어지는 것뿐이야."

돌아갈 때가 되어서, 분담해서 가까운 가게에 이야기를 들으러 갔던 익스가 돌아왔다. "어때?"라며 시선으로 물었다.

"어, 으음, 이쪽도……."

"하하하, 아무것도 몰라서 미안하네." 주인은 재미있다는 듯이 팔짱을 꼈다.

"죄, 죄송해요."

"……이쪽 가게에는 없네." 가게를 둘러본 익스가 중얼거렸다.

"무슨 이야기야, 형씨?"

"막대기야. 그게, 세 자루 묶음인 게 있잖아."

그가 말하는 것은 이전에 방문한 가게의 현관 옆에 놓여 있던 의문의 막대기였다. 세 자루가 한 묶음에 가늘고 긴, 상부가 거무스름한 막대기. 거리에게 이야기를 들으러 다니는 사이에 알게 되었는데, 그 막대기를 가지고 있는 가게나 집은 그 밖에도 있었던 것이다. 이 가게에는 놓여 있지 않은 모양이지만.

"아, 그거 말이지." 주인은 목을 돌렸다. "그게 있는 건 오래된 가게나 집이니까. 우리처럼 신참은 안 가지고 있어."

"오래된 집안의 증명——이라는 건가?"

"아니아니, 그런 게 아니고. 옛날부터 있으니까 별 생각 없이 놔뒀을 뿐인 게 아닐까? 뭔가 도움이 되는 것도 아니고, 최근에는 방해된다면서 버리는 집도 많다고 들었는데."

이것이 세례 명부 이외에 발견된 기묘한 점이라고 못할 것도 아니지만, 그렇다고는 해도 그저 막대기. 그 정도의 무의미한 풍습이나 습관, 찾아보면 어느 마을에나 있을 것이다.

"아, 그럼 실례할게요. 이야기, 감사합니다." 유이는 머리를 숙였다.

"나야말로. 뭐, 조용한 것만이 장점인 곳이니까 말이지, 사람이 찾아오는 일은 드물어서 재밌었어." 주인은 미소를 띠었다.

가게를 나와서 잠시 걸었다. 깔끔한 구역을 빠져나갔다.

조금 전의 주인은 조용한 것만이 장점인 곳, 이라고 그랬지만 그것은 그들 상층민—— 부유한 농민이나 상공업자가 사는 구역의 이야기라서, 그곳을 벗어나면 거리는 모습이 변한다. 빈자나 부랑자 등등, 하층민이 사는 구역이 되는 것이었다.

거친 길을 걸어가며 생각했다.

이 도시는 둘로 나뉘어져 있다, 며칠을 보내는 사이에 유이는 그리 느끼고 있었다.

상층민 사람들은 대부분이 경건한 신파였다. 그들은 일하는 것에서 교리를 찾고, 일하지 않는——혹은 일하지 못하는——가난한 사람들을 혐오한다. 자신의 사명을 다하지 않는다고 생각하는 듯했다. 마치 가난한 사람들이 시야에 들어오지 않는 것처럼 행동했다.

한편으로 하층민은 세례를 받기는 했지만 열성적인 교도라고 할 수 있는 것은 소수였다. 그것이 또 상층민에게는 그 또한 거슬리는 요소가 되어 분노를 증폭시키는 것이었지만……

상층과 하층, 둘로 나뉘어서 양쪽의 교류는 거의 없었다. 교류가 없는 만큼 다툼도 벌어지지 않는다. 평화롭다면 평화롭다고 할 수 있다. 괴롭히는 것도 첫날에 본 한 건뿐이었다.

아그나스루즈는 그런 도시였다.

에가 풀멘은 세례를 받지 않은 하층민이고, 그러니까 세례 명부에 실려 있지 않은 것일지도 모른다고 생각한 두 사람은 이 지역도 조사하고 있었는데, 그렇게 되면 더더욱 하나하나 물어보러 돌아다닐 수밖에 없었다. 도저히 그런 마구잡이 조사가 제대로 풀릴 것으로 여겨지지는 않았다.

결국에 이쪽 조사에서도——어떤 의미로는 예상대로——성과는 없어서 유이는 그 자리에 웅크렸다. 하아, 한숨을 내쉬었다. 옆을 올려다보니 익스도 불쾌하다는 듯 얼굴을 찡그리고 있었다.

두 사람은 큰길이 교차해서 작게 광장이 펼쳐진 장소에 있었다. 눈앞을 수많은 사람들이 오갔다. 구경거리나 노점상도 모여 있어서 떠들썩했다. 그들 다수는 그것 말고는 직업이 없는 부랑민이었다.

"저건······?" 유이는 중얼거렸다.

"왜 그래?" 익스가 고개를 들었다.

"아뇨, 저거——."

시선이 향한 곳을 손가락으로 가리켰다.

광장 중앙이 조금 봉긋하게 되어 있었다.

갈색 모래가 모여서 언덕 같은 모습이었다. 기묘한 점은 그만큼 많은 사람들이 있는데도 다들 그곳을 피해서 걷고 있다는 사실이었다. 인파 가운데 부자연스러운 구멍이 뻥 뚫려 있었다.

이 광장은 몇 번인가 지나갔지만 걸음을 멈추고 찬찬이 살펴본 적은 없었다. 그러지 않고서는 깨닫지 못할 만큼 주민들의 걸음걸이는 자연스러웠던 것이다.

"뭐야, 저건." 익스는 미간에 주름을 지었다.

"글쎄요······."

"물어보러 갈까."

"예?"

말하기가 무섭게 익스는 곧장 걸어갔다.

구석 쪽에 앉아 있는 남자를 발견하고 그는 말을 건넸다. 남자 옆에는 화려한 색깔의 도구가 놓여 있었다. 거리 공연가인 듯했다.

"지금은 휴식 중이야." 남자는 무뚝뚝하게 말했다.

"저기——." 상대의 목소리가 안 들리는 것처럼 익스는 광장 중앙을 가리켰다. "저 모래산은 뭐지? 어째서 저걸 피해서 걷는 거고."

"…………."

남자는 익스를 찌릿 노려봤다.

험악한 분위기가 되려던 그때, 간신히 유이는 그를 따라왔다.

"아, 죄, 죄송해요! 실례합니다. 이 남자는 정말로 무례한 사람이라, 그게, 기분 푸시고……."

허둥지둥 엉뚱한 말을 늘어놓는 그녀를 남자는 의아하다는 표정으로 바라봤다. 여성의 목소리라는 사실에 조금 놀란 모양이었다.

이상하다는 듯이 눈을 깜박이는 익스를 유이는 노려봤다.

"익스, 당신은 어째서 그렇게나 예의라는 걸 모르나요."

"휴식 중이니까 시간이 있다, 그런 의미라고——."

"있잖아요……."

핫, 웃음소리가 들렸다.

두 사람이 그쪽을 보자 공연가 남자가 쓴웃음을 흘리고 있었다.

"알았어, 그러니까 내 앞에서 그렇게 싸우지 말라고."

"어어, 폐를 끼쳐서——."

"그건 됐으니까. 뭐가 어쨌다고?" 그는 발돋움하듯이 광장을 바라봤다. "아…… 풀메니니아인가."

"풀메니니아?" 익스가 중얼거렸다.

"아는 건가요?"

"아니, 전혀 모르겠는데." 그는 고개를 내저었다. "왕국 고대어로 들리네. 공통어로 하면 『산의 눈동자』── 정도의 의미가 되지."

그렇군요, 유이는 고개를 끄덕였다.

"호오, 그런 의미였나?" 눈앞의 남자도 눈을 동그랗게 떴다.

"어, 저, 저기. 어째서 당신도 감탄하는 건가요." 유이가 무심결에 말했다. "의미도 모르고서 그렇게 불렀다고?"

"그러네……. 나만이 아니라 의미를 아는 녀석 따윈 없을 거라 생각하는데." 남자는 턱을 문질렀다. "애당초 저게 뭔지도 모르니까."

"모른다? 무엇에 쓰는 건지도?"

"그래. 그렇다고 할까, 저게 뭔가 역할을 하는 모습 따윈 본 적 없다고."

"그, 그럼 어째서 밝지 않는 건지는?"

"모르겠는데."

"이름은 아는데도?"

"그래. 뭐, 이름은 말이지, 어쩐지 다들 그렇게 부르니까 그냥, 그러네."

"그러네, 라고 그러셔도……." 유이는 어이없다는 듯이 중얼거렸다. "그럼 저걸 밟으면 안 된다, 그런 법은 없는 건가요."

"없기는 하지만, 뭐, 어쩐지 그렇게 되었다고 할까……."

그 후로도 몇 가지 질문을 해봤지만 남자의 설명은 아무래도 애매모호했다. 그런 막연한 결정이 있었을까, 유이는 생각했다.

입가에 손을 대고서 생각에 잠겨 있던 익스가 "그럼" 하고 입을 열었다.

"예를 들면 지금부터 우리가 저걸 밟으면 어떻게 되지?"

"허어?" 남자는 진심으로 이해할 수 없다는 표정을 띠었다. "어째서 그런 짓을 하는데. 그건 안 되지."

"안 되나."

"어, 어어. 그야 당신…… 타지 사람이라서 그런가, 잘도 그런 생각을 하네."

"그럼 돈을 줄 테니까 저걸 밟아달라, 그렇게 부탁하면 당신은 어떻게 하겠어?"

"할 리가 없잖아." 남자는 불쾌하다는 듯이 코웃음 쳤다.

"다른 녀석한테 부탁하면?"

"적어도 이 도시에 고개를 끄덕일 녀석은 없겠지."

"그런가." 익스는 납득했다는 듯 고개를 끄덕였다. "참고가 되었어."

그대로 걸어가려고 그러니까 유이도 감사인사를 하고 머리를 숙였다.

"갑작스럽게 실례했습니다……. 번거롭게 해서 죄송해요."

"뭐야, 내 공연은 안 보나." 남자는 한쪽 눈썹을 추어올렸다.

"어, 휴식 중 아니신가요?"

5

많은 사람이 오가는 길을 걸으며 익스가 입을 열었다.

"어떻게 생각해?"

"뭘 말인가요?" 유이는 굳이 되물었다.

"풀메니니아와, 풀멘." 익스는 계속 앞을 보면서 이야기했다. "비슷하지?"

"뭐, 예, 그러네요. 어린애들 말장난 같기는 하지만요."

"이유를 모르는데 아무도 건드리지 않는 모래산. 마찬가지로 어째선지 소중하게 취급되는 세 자루 막대기. 위장된 과거의 세례 기록. 게다가 존재하지 않을 터인『제구 출납장』과 그것을 적은 에가 풀멘." 또다시 익스는 말했다. "유이는 어떻게 생각해?"

"자신이 없는 추론이라고 해서 저한테 떠넘기지 말아요." 유이는 한숨을 한 번. "나쁘게 말하던 모르나 씨랑 똑같은 일을 하고 있잖아요."

"알았어, 내 생각을 이야기하지." 익스는 얼굴을 찌푸렸다. "결론부터 말하면──희박한 근거이기는 하지만──과거에 이 도시에는 무언가 토착신앙이 있었을 테지."

자신도 같은 생각이었다.

한순간 이쪽의 표정을 살피고 익스는 계속 말했다.

"약 백 년 전, 국교회가 성립되었다. 그에 따라서 왕국 전체로 교역자가 보내졌다. 그중에는 당시에 그다지 인지되지 않았던 신파의 현도도 섞여 있었다. 그리하여 구파는 권세를 강고히 하고, 신파는 보급되어 말레교가 없었던 곳──지방의 신앙은 뿌리가 뽑혔다."

이곳 아그나스루즈도 그런 경우임에 틀림없다, 그는 그리 주장했다.

"아마도 모래산과 막대기는──제구인지 우상인지 모르겠지만──그 신앙의 흔적이야. 종교를 잃었어도 사람들에게 뿌리 내린 의식은 좀처럼 변하지 않아. 『그것을 건드려서는 안 된다』, 『이것은 소중하게 다루어야 한다』…… 그런 경외나 금기는, 그럼 오늘부터 안 지켜도 된다, 그런다고 깨지는 게 아니야. 세대가 바뀌어도 아이는 어른을 따라하면서 자라지. 그렇게 계속 계승되었던 거야."

"기원이나 이유를 잊고서도 남은 경외, 인가요." 유이는 미소 지었다. "억지스러운 전개이기는 하지만, 예, 계속 들어볼게요."

"그 종교에는 독자적인 축제가 있었고, 에가 풀멘은 그 축제의 관계자였다. 하지만 이 도시에 온 신파의 현도 때문에 축제는 종교와 함께 사라졌다. 우리가 발견한 『제구 출납장』은 그때 몰수당한 거겠지."

"그럼 세례 명부를 위장한 이유는?"

"그 종교를 확실하게 없애기 위해서. 6, 70년이나 지나면 주민은 물갈이되어서 그 이전을 아는 사람은 사라지지. 과거를 이야기할 수 있는 것은 기록뿐이야. 우리가 조사했듯이 말이야.

반대로 말하면, 기록을 만들어 내면 역사가 만들어져. 이곳은 옛날부터 말레교 도시였다, 그렇게 꾸밀 수 있지. 보통은 그렇게까지 철저하게 하지는 않을 테지만."

"어지간히도 인기 있는 종교였을까요."

"아니면 그 반대, 겠네." 익스는 턱에 손을 댔다. "예를 들면 사제가 부를 독점했다든지, 그래서 당시의 주민들한테 미움을 샀을지도 모르지. 흔적조차 남기고 싶지 않을 만큼."

그리고, 라며 그는 말했다.

"그 출납장에 덧붙여진 내용을 믿는다면──."

"그 종교는『용』과 관련이 있었다." 유이는 말을 이었다.

두 사람의 시선이 교차했다.

지금 그 추론은 어떨까, 그녀는 생각했다.

이렇다 할 오류는 없다. 어느 정도의 정합성은 맞아 들어가는 것처럼 여겨지지만── 아니, 진정하자. 확실히 이치에 맞는다. 하지만 애당초 맞아 들어가야 하는 이치가 적은 것이었다. 수중에는 아주 약간의 단서밖에 없다. 그럴 생각만 있다면 적당한 상상만으로도 모순 없이 매듭지을 수 있으리라.

이것은 어디까지나 추측이다. 전적으로 믿는 것은 위험하다.

그렇게 확실히 나누어놓고서 유이는 물었다.

"익스의 생각이 옳다고 치면 저희가 찾는 물건은 먼 옛날에 사라졌다는 의미가 되는데 어떻게 하죠?"

"음, 그건……." 예상 밖의 질문이었는지 익스는 머뭇거렸다. "그러네, 이곳의 노인들을 중점적으로 해서 이야기를 들어 본다든지……."

"저희에게 그럴 시간이 있나요?"

"아니……."

이 도시에 노인은 대체 몇 명이나 있을까…….

어쩐지 맥이 빠져서 두 사람은 얼굴을 마주봤다.

비스듬히 내리쬐는 햇볕이 그림자를 길게 늘어뜨렸다.

"……오늘 조사는 끝내자." 익스는 어깨를 으쓱이고, 유이는
그에 "그러네요"라고 동의했다.

"먼저 가도록 해. 나는 들를 곳이 좀 있어."

"예? 예, 알겠어요."

그리고 두 사람은 헤어져서 유이는 돌아갔지만 잠시 후에 그
녀는 걸음을 멈추었다.

분명히…… 이전에도 이러다가 그는 습격을 당했다.

핑계라고는 해도 일단 그를 지키기 위해 그녀는 따라온 것이
었다. 무슨 용건인지는 모르겠지만 여하튼 익스가 하는 일이다.
또 귀찮은 일에 말려들지 않는다고 단정할 수는 없었다.

유이는 발길을 돌렸다.

서둘러 돌아온 덕분인지 모퉁이로 사라지는 익스의 옆모습을
아슬아슬하게 발견했다. 황급히 같은 모퉁이를 돈 그녀는, 하지
만 그 순간에 몸을 숨겼다.

익스는 혼자 있지 않았다.

옆에 누군가 붙어 있었다.

──토마?

그들은 무언가 대화를 나누며 앞으로 걸어갔다.

어째서 저 두 사람이…….

혼란스러워하면서도 몸을 숨기고 뒤를 쫓았다.

이윽고 그들은 조용한 골목으로 접어든 참에 멈춰 섰다. 그 모퉁이에 달라붙어서 유이는 살며시 두 사람의 얼굴을 살폈다. 무척 진지한 표정이었다.

"시간을 뺏었네."

"아뇨, 익스 씨의 부탁이니까……."

대로에서 거리가 있다고는 해도, 이곳도 떠들썩하게 소음이 울렸다. 유이는 주의 깊게 귀를 기울였다.

"단도직입적으로 말하지." 익스가 입을 열었다. "모험가로서 세 사람의 힘을 빌리고 싶어."

"무슨 일인가요."

"아그나스 산의 광맥에 들어가고 싶어."

"광맥에 일반인은 출입금지라고 들었는데요."

"채굴 중인 굴이 아니야. 더 이상 사용되는 않는, 폐광이 된 쪽이지. 마수가 나온다고 그러니까 호위를 부탁하고 싶어."

"평범하게 조합에 의뢰하는 건 안 되나요?"

"첫째로는 시간이 없어. 이 도시에는 조합이 없지만 다른 곳까지 태평하게 연락할 상황이 아니고, 받아들여줄 사람이 있을지도 불명이야. 그 점에서 너희는 이 도시에 있고 언제든지 움직일 수 있는 태세니까 적절하지."

"적절하다, 그렇게 나왔나요. 다른 이유는?"

"돈 절약이야." 익스는 즉답했다. "마수가 서식하는데다가 얻을 수 있는 것도 없지. 모험가에게는 재미가 없는 의뢰야. 고액의 보수를 준비하지 않으면 아무도 받지 않을 테니까."

"그래서 조합을 통하지 않고 저한테 직접?"

"그런 거야. 전에 말했잖아, 직접 의뢰하지 않겠냐고."

"아니, 확실히 말하기는 했는데."

"숙박비가 굳은 만큼 소액이기는 하지만 사례금도 지불하지."

"아뇨, 액수 문제가 아니라……."

"이렇게 부탁하는 건 비겁하다고 생각하지만." 그러는 것치고 익스는 미안해하는 기색도 없었다. "내가 레이레스트에서 습격을 당한 원인 중 하나는, 스스로도 말했다시피 명백하게 토마, 너한테 있어. 그 약점을 이용하고 싶네."

"……솔직한 사람이네요." 토마는 쓴웃음 지었다. "그 이야기를 꺼내면, 예, 저도 대답할 말은 없네요."

"어때? 때마침 아그나스루즈에 와 있잖아. 받아주지 않겠어?"

"으—음……. 그러네요, 그 전에 물어보고 싶은 게 있는데요."

토마는 한 번 옆을 봤다. 그의 시선에 들어가지 않도록 유이는 머리를 집어넣었다.

"그건 유이의 지팡이를 수리하기 위해서——겠죠?"

"그래. 이래저래 막힌 상태라서 말이야, 이제는 이것밖에 떠오르질 않아."

"알겠어요. 그런 일이라면 보수는 필요 없어요. 그 의뢰는 무료로 받아들일게요."

"그건 고마운데……. 괜찮겠나? 다른 두 사람한테 확인하지 않고도."

"그들도 유이를 위한 일이라고 그러면 반대하진 않겠죠. 게다가 저희가 수리에 도움이 되었다는 걸 알면 그녀의 태도도 부드러워질지도, 그런 얄팍한 노림수도 있고요."

"본인은 두 번 다시 엮이고 싶지 않다, 그러던데."

"뭐, 헤어진 방법이 아무래도 좀 그랬으니까……. 하지만 대화의 계기만 있다면 틀림없이 서로를 이해할 수 있을 거라고 저는 믿어요."

'서로를—— 이해해?'

그 말을 들은 순간.

온몸의 힘이 빠지는 것 같은 감각이 그녀를 덮쳤다.

자세가 휘청, 무너지며 유이는 그 자리에 몸을 웅크렸다.

"유이?!" 익스가 외치는 것이 들렸다. "어째서 여기에, 아니, 괜찮아——?!"

곧바로 토마도 놀라서 소리 높이며 달려왔다.

벽에 손을 대고 완만한 동작으로 일어섰다.

"미안……해요. 훔쳐듣는 짓을 해서……."

"유이, 몸은——."

"아뇨, 괜찮아요. 토마 씨가 있다는 데 놀라서, 그래서……."

"어, 미안해……." 면목 없다는 듯이 토마의 얼굴이 어두워졌다. "역시 아직은 가족의 원수의 얼굴 따위는 보고 싶지 않겠지, 미안해……."

"가족의 원수?" 익스가 중얼거렸다. "그것 때문에 쓰러지는 경우가 있나?"

"그건──."

"아니, 유이, 질문한 게 아니야. 일단 몸을 좀 편안하게──."

불안해하는 그 얼굴을 보고 폐에서 공기를 짜냈다.

"저랑, 토마 씨, 는……."

"이야기하지 마, 심호흡을 해, 유이."

"아뇨, 설명을…… 저는……."

공기가 사라지고, 그럼에도 억지로 이야기하려고 하자 위액이 올라왔다. 몸을 앞으로 숙이며 어떻게든 견뎠다. 하지만 익스에게는 이제까지 계속 자신의 형편으로 폐를 끼쳤다. 이 마당에 이르러서도 이야기하지 않는 것은 너무나도 불성실한 행동이었다.

"제가…… 설명할게요." 토마가 괴로운 표정으로 고개를 숙였다. "루크타 전역이었어요. 제 아버지는 그 전쟁의 지휘관이었죠. 그리고 아버지가 세운 작전으로 그녀의 가족은 모두 목숨을 잃었어요. 그러니까 유이는 화를 내는 게 당연해요. 엮이고 싶지 않다, 그리 생각하는 것도……."

더듬더듬 이야기는 토마의 목소리가 점점 멀어졌다.

유이는 애써 숨을 들이마셨다.

아아── 아직도 그런 소리를 하는 것인가.

그만큼 이야기해도 아직 그런 착각을…….

"걱정을 끼쳐서 미안해요." 어떻게든 감정을 추스르고 그리 말했다. "익스, 광맥을 조사하는 거죠?"

"어, 어어."

"그럼 그동안에는 별도로 행동한다는 걸로……. 저도 거리 조사를 진행할게요. 모쪼록 몸조심하세요."

"아니, 유이——."

"미안해요, 제 개인적인 문제로 폐를 끼쳐서. 하지만 잠시, 혼자 있게 해주세요."

토마를 시야에 두고 말을 매듭지었다.

"이건, 저, 의……."

그 이상은 목이 막힌 것처럼 말이 나오지 않아서 유이는 그 자리를 떠났다.

아무것도 듣지 않고 아무것도 보지 않고, 그저 계속 걸었다.

멈췄다가는 더 이상 움직일 수 없게 될 것 같았다.

엉망진창으로 길을 더듬어서, 정신이 들었을 때에는 침상에 누워 있었다.

깊이 밀어 넣었던 기억이 떠올라서는 머릿속을 맴돌았다.

……비명과 파열음뿐인 기억.

어머니도, 오빠도 없어졌다.

어딘가로 사라져 버렸다.

자신만이 살아남았다.

아버지가 있었으니까…….

아버지의 손길에 이끌려 아무도 모르는 비밀 방—— 딱 1인분의 공간밖에 없는 그곳으로 들어갔다. 무슨 일이 벌어지더라도 이곳을 나가지 마라, 목소리를 내지 마라. 아버지는 그렇게 명령했다.

그리고 지팡이를 받았다.

어째서 아버지가 지팡이를 건네는지 이해할 수 없었다.

그래서 물었다.

안 싸우는 거야?

──싸우다마다. 지팡이는 또 있어.

죽는 거야?

──죽을 생각은 털끝만큼도 없어.

그렇다면 어째서 이 지팡이를?

──그건, 유이 라이카. 네가 이 지팡이에 가장 걸맞은 사용자니까. 내가 맞이하러 올 때까지 그걸 가지고 살아남으렴.

거짓말을 한다고 생각했다.

아버지는 자기만 남기고 죽을 생각인 것이다.

자신의 상징인 최강의 지팡이를 남기고 가는 이유는 그것밖에 없다.

문을 닫는 찰나에 보인 아버지의 얼굴을 또렷하게 떠올렸다.

바로 그, 찾아올 죽음만을 비추는 눈동자──.

'……아닌가?'

문득 사고를 스치는 것이 있었다.

──정말로 죽을 생각이었나?

그렇지, 않다?

자신은 같은 얼굴을 알고 있다.

그런가…… 그 얼굴.

그 표정은…….

익스가 지팡이를 다룰 때에 보았던…….

간신히 숨 쉬는 방법을 떠올린 것처럼 가늘게 숨을 들이마셨다.

몸을 떨고 몇 번이나 딸꾹질했다.

눈 밑이 아팠다.

그녀는 울고 있었다.

6

폐광 안의 마수는 특징적인 모습이었다.

애벌레에 팔다리를 달고 그대로 크게 만든 것 같은 형상이었다. 크다고 해도 고작해야 양손으로 들 수 있을 정도에 불과했다. 열 마리 정도의 무리가 벽이나 천장에 들러붙어서는 다가가면 덮쳐들었다. 힘은 의외로 강해서 몇 마리에게 붙잡히면 움직일 수 없게 되고 만다. 그렇지만 움직임이 민첩한 것은 아니라서 무기를 든 모험가에게는 간단한 상대였다. 이 광산에서는 흔한 존재인지 변변한 이름도 없었다.

"……으차."

단이 오른발을 휘두르자 마수는 복부가 크게 패여서 벽에 격돌했다. 그대로 더 이상 움직이지 않았다. 나타나는 마수 대부분은 그가 쓰러뜨리고 있었다.

가끔씩 한두 마리 정도 놓치지만 그런 적은 토마가 단칼에 쓰러뜨려 버렸다. 그들 앞에는 우스울 정도로 마수의 시체가 쌓였

Illustrations © Enji

다. 후위인 로자리아는 방심하지 않고 주위로 눈을 번뜩였지만 현재 활약의 기회는 없어 보였다.

어제의 의뢰 그대로 세 사람을 호위로 데리고 익스는 아그나스 산 내부를 조사하러 왔다. 물론 여기서 용의 심장을 발견할 수 있다고 여겨지지는 않지만 실제로 보지 않으면 알 수 없는 것도 있다.

폐광은 한동안 평탄한 길이 이어진 뒤, 몇몇 줄기로 갈라졌다. 토마가 큰 지도를 꺼내고 길 하나를 가리켰다. 말없이 고개를 끄덕이고 단이 그쪽으로 걸어갔다. 토마는 한 손에 든 단도로 벽에 표식을 새겼다.

세 사람은 거의 말을 나누지 않고 익숙한 모습으로 익스를 이끌었다. 적이 나타났을 때도 마찬가지로, 등 뒤에 눈이 달려 있는 것 같은 연계를 선보였다. 어린 것은 겉모습뿐이고 내용물은 숙련된 전사 같았다.

한동안 나아간 곳에서 단은 처음으로 입을 열었다.

"그건 그렇고 무척 숫자가 많군. 원래 이런 곳인가?"

"아니, 채굴이 진행 중인 광맥에는 거의 안 나온대." 토마가 대답했다. 그는 사전에 광산에 대해서 정보를 모아두었다.

"폐광이 되어서 사람의 출입이 사라지면 이렇게 마수가 서식한다고 그래. 밖으로 나오는 것도 아니니까 내버려 둔다던데."

"흐응……." 단은 어깨를 돌렸다. "뭘 먹고 사는 걸까. 이런 곳, 물도 식량도 없을 것 같은데."

"광부 사이에서는 구멍을 먹는다, 같은 소릴 하는 모양이야."

"구멍?"

"단, 목소리가 너무 커요." 로자리아가 날카롭게 말했다.

"어, 예예." 단은 팔랑팔랑 손을 내저었다. "그래서, 구멍이란 건 뭐지?"

어디까지나 소문이지만, 토마는 그렇게 서두를 떼고 이야기 했다.

"이 광산—— 옛날부터 많은 광석을 캐고 끝까지 파내면 또 다른 광맥을 찾고, 그런 일을 반복하고 있지만 그런 것치고는 구멍투성이가 되지도 않고 붕괴 사고 따위도 일어나지 않는다고 그래." 그는 천장을 가리켰다. "그래서 그건 저 마수가 구멍을 먹어서 막고 있기 때문이다——라는 말을 들었어. 실제로 과거의 광맥으로 들어가는 구멍은 어느샌가 막혀버려. 지금 우리가 있는 곳은 정말 최근에 폐광이 된 굴이야."

"허, 말도 안 돼. 구멍을 먹는다니 배를 어떻게 채운다는 거야." 단은 고개를 가로젓고 이쪽으로 시선을 향했다. "……그래서, 익스라고 했나? 당신은 뭘 찾고 있지? 아까부터 입만 다물고 말이야, 유이 지팡이를 수리하는 거잖아?"

익스는 가볍게 어깨를 으쓱여서 답을 대신했다.

"비밀 엄수라는 건가." 단은 코웃음을 쳤다. "뭐, 깊이 묻지는 않겠지만."

"……따듯하군." 익스는 중얼거렸다.

"어어?"

"벽 말이야."

익스는 왼손을 벽에 대고 있었다. 겉모습은 차가운 돌벽이지만 어렴풋한 열기가 전해졌다.

"그야…… 화산이니까 말이지. 따듯한 거 아닌가?" 단은 고개를 갸웃거렸다.

"그런가?"

"어, 아니, 잘은 모르는데……."

"아니, 흥미 깊어. 학교에서 배웠나?"

가만히 바라보자 단은 시선을 헤맸다.

"나, 나는 잠깐 앞쪽을 보고 오지!"

그런 말을 남기고 총총히 안쪽으로 걸어갔다. 횃불의 불빛이 멀어졌다.

"유이, 무언가 말한 게 있었나요?" 토마가 물었다.

"아무것도." 익스는 대답했다. "혼자 있게 해달라고 했지."

앞뒤로 걷고 있으니까 이쪽에서는 토마의 뒷모습밖에 안 보였다. 걸어가며 그는 드문드문 이야기를 시작했다.

"유이가 학교에 온 건 일 년도 더 전이에요. 본인의 의지가 아니었죠. 루크타에서 억지로 끌려온 입장이었어요." 작은 목소리라도 여기서는 울려서 잘 들렸다. "그녀는 왕가의 방계에서 이어지는 부족의 딸이었어요. 유학이라는 명목으로 왕국에 허울 좋은 인질로 잡힌 거죠. 신변의 자유는 보장되고 있지만 마음대로 출국하거나 재산을 가지는 것은 인정되지 않아요. 그녀는 변변히 옷도 못 사는 꼴이었죠. 당연히 학교에서는 지독한 꼴을 당하고……. 그래서 우리 동료로 권유했어요."

"동료? 모험가인가."

"예. 보다시피 부코드락와 엘프가 있으니까요. 그다지 적절한 표현은 아니겠지만 어떤 의미로 비슷한 입장이라 친해질 수 있지 않을까 해서."

부코드락도 엘프도 과거에 왕국의 침략을 당한 역사가 있다. 루크타와 비교하면 먼 옛날의 이야기지만 왕국 백성이 아래로 보는 것은 틀림없었다.

게다가, 토마는 그렇게 설명을 계속했다.

"학교에서는 학생이 모험가가 되는 걸 인정하지만, 그것으로 얻는 보수는 개인의 재산이 아니라 학교 금고 사용권이라는 형태로 주어지거든요. 학교의 돈을 대신에 써도 된다, 그런 체재예요. 왕국법상, 이건 재산에 포함되지 않아요. ──뭐, 이렇게 빠져나갈 구멍이 있어요. 이거라면 유이도 마음대로 돈을 쓸 수 있죠."

"그렇군."

"의외로 그녀는 곧바로 우리 제안을 받아들였어요. 왕국 백성과 친하게 지내는 것이 싫지는 않으냐고 물어봤는데, 『왕가의 다툼을 개인의 인연으로 끌어들이지는 않는다』라면서 친구가 되어줬어요."

"그녀는 그런 성격이에요." 뒤에서 로자리아가 말했다. "믿을 수 없을 만큼 명쾌하다고 할까, 때로는 무서워질 만큼 이성적으로 사물을 판단해요."

"이성적?"

고개를 돌려 로자리아의 얼굴을 봤다. 횃불의 불빛에 비쳐 눈동자가 흔들리고 있었다. "앞을 안 보면 위험해요"라며 나무라기에 다시 앞을 봤다.

토마가 설명을 재개했다.

"한동안은 문제없이 활동했어요. 유이는 머리가 좋고 재치가 있고, 마법도 잘 써서 오히려 저희가 도움을 받은 적이 많았을 정도예요. 자유롭게 쓸 수 있는 돈이 생겨서 그녀도 기뻐해줬죠. ……하지만."

하아, 그는 한숨을 내쉬었다.

"시작은 사절단이었어요."

어디서 들었는데, 익스가 기억을 되짚었다. 그러니까──.

"동방의 백성이 보낸 사자, 였던가."

"예, 그래요. 동방의 사절이 수도에 왔고, 학교에서도 몇 번인가 본 적이 있었죠. 그때 루크타 전역의 일이 화제가 됐어요. ……지금 생각해 보면 그녀 앞에서 그런 이야기를 꺼낸 게 무신경한 짓이었죠. 그녀의 이성에 그만 매달려 버렸다고 할까── 아니, 변명하진 않을게요. 익스 씨는 전역에서 왕국이 취한 작전에 대해 아시나요?"

"마을이나 도시를 발견하는 족족 불로 태우고, 주민을 몰살시킨다──였지?" 그것은 스승의 가게에 있었을 무렵에 들은 이야기였다.

"어, 예. 잘 아시네요……." 그는 긴장한 모습을 계속 말했다. "그건 어쩔 수 없는 선택이었어요. 루크타는 좀처럼 항복 권고에 응하지 않아서 확실하게 타격을 줄 필요가 있었어요. 예, 그래도 몰살시키진 않고 조금씩 전선을 확대할 수도 있었겠죠. 하지만 그 나라는 대부분이 삼림이에요. 공들여서 밀지 않으면 언제 배후를 찔릴지 알 수 없죠. 그리고."

토마는 두세 번 고개를 내저었다.

"작전을 제안한 것은, 저희 아버지였어요."

"그래서 유이의 가족은 죽었다."

"그래요. 그녀의 마을은 완전히 불타 버렸죠. 어머니와 오빠는 목숨을 잃고, 아버지가 자신의 목숨과 맞바꾸어 그녀를 살려 보냈다고 해요. ······참혹한 일이죠."

"정말이지, 지독하기 짝이 없네." 익스는 평탄한 말투로 말했다.

"이 이야기를 하자마자 갑자기 유이는 『더 이상 함께 있을 수는 없다』라고 했어요. ······아뇨, 딱히 갑작스러운 일도 아니네요. 자기 가족을 죽인 원수의 아들과 친해지고 싶다, 그런 사람은 없어요. 당연하겠죠?" 토마는 자조하듯 말했다.

"엘프가 침략당한 것은 수 세대 전의 일이에요." 로자리아가 말했다. "그러니까 그 마음은 알 수 있다──고는 입이 찢어져도 말할 수 없지만, 그대로 그녀의 마음은 헤아리고도 남아요. 단은······ 뭐, 그는 사물을 깊이 생각하는 성격이 아닙니다만 걱정하고 있다는 것은 사실이에요."

"뭐, 보면 알 수 있어."

"그리고 그 후였죠. 그녀의 지팡이가 망가진 건." 토마는 이야기를 되돌렸다. "저희는 수리비를 지불하겠다고 제안했지만 거부당하고, 방학에 들어서자마자 그녀는 모습을 감춰서——."

"나한테 왔다, 그런 건가."

토마는 작게 고개를 끄덕였다.

침묵 가운데 발소리만이 울렸다.

도중에 한 번 휴식을 취한 것 말고는, 일행은 순조롭게 안으로 나아가고 있었다. 토마의 지도는 정확도가 높아서 헤매는 일도 없었다.

익스는 몇 번이고 멈춰 서서는 벽이나 지면을 공들여 조사했다.

폐광은 계속 내리막길이라 나아갈수록 점점 온도가 올라갔다. 지면에는 군데군데 아그나스석이 떨어져 있었다. 사용할 방법이 없는 작은 파편뿐이었다. 채굴이 진행되었던 흔적이리라.

천장을 찬찬히 올려다보는데 로자리아가 말을 건넸다.

"조금 전부터 뭘 조사하는 건가요?"

"물이 없어."

"예?"

"천장이나 벽에는 균열이 있는데, 거기서 물이 스며 나오지 않아."

균열에서는 물 대신에 모래처럼 작은 아그나스석이 흘러내렸다.

"이상한가요?"

"아니, 이상하다고 할 정도는 아니지만⋯⋯."

다만 이야기로 들었던 동굴이나 광맥, 혹은 화산과 조금 다르다고 익스는 느꼈다. 용과의 관련성은 떠오르지 않지만⋯⋯.

슬슬 물러날까 싶던 무렵, 마침 폐광은 막다른 곳에 다다랐다.

이제까지의 벽과는 다르게 시커멓고 단단한 바위가 앞길을 막고 있었다.

"예의 벽이네요." 토마는 팔짱을 꼈다. "이야기로 들은 그대로예요. 이거, 아무래도 광산 안에 이렇게, 횡으로 지나가는 엄청 거대한 한 덩어리 바위라던데…… 이 벽과 맞닥뜨리면 이제 그 광맥은 끝이라 다음을 찾으러 간다고 해요."

해설을 들으며 바위를 건드려 봤다.

무척 뜨거웠다. 화상을 입을 정도는 아니지만 신기한 감각이었다.

"……단, 왜 그러나요?" 문득 로자리아가 소리 높였다.

쳐다보니 단도 마찬가지로 이 검은 벽을 살피고 있었다. 익스와 다르게 온몸으로 바싹 붙다시피 한 모습이었다.

"어쩐지…… 묘한 소리가 들려. 이 너머에서."

"소리? 동굴을 지나가는 바람소리는 아니고?" 토마가 물었다.

"아니, 바람과는 달라. 깊이 신음하는 것처럼 낮은 목소리라고 할까…… 강이나 폭포 같은 소리야. 게다가 어렴풋하지만 냄새도 나네."

"마수 냄새?"

"마수가 아니야. 후텁지근하지만 마수는 좀 더 지독해. 모르겠네, 이거 뭐지. 어디서 맡아본 것 같기도 한데……"

"으음, 막다른 길로 보이지만 앞쪽으로 동굴이 이어져 있는 건가."

익스도 눈을 감고 귀와 코에 집중해봤지만 아무것도 느껴지지 않았다. 역시나 부코드락의 청각, 후각에는 대적할 수 없었다.

단은 잠시 달라붙어 있었지만 이윽고 안달이 나는 것처럼 바위를 가볍게 두드렸다.

"있잖아, 이거 박살낼 수는 없을까?"

"어어?" 토마는 눈을 동그랗게 떴다.

"이렇게 생각만 해봐야 진척이 없잖아. 부수고 확인해 보면 한 방에 해결이야."

"뭐, 그건 그렇지만…… 으―음." 토마는 신음했다. "안다고 그래도 어떨까, 부술 수 있나?"

"뭐, 나한테 걸리면――."

"두께를 알 수 없으니 무어라 말은 못 하겠지만요." 로자리아는 담담하게 대답했다. "예, 아마도 파괴 가능해요. 몇 번 정도 쏘면 언젠가 관통되겠죠."

"……나한테 물어본 거 아니었냐." 단이 귀를 늘어뜨렸다.

"익스 씨, 어떻게 할래요?"

토마가 이쪽을 돌아봤다. 의뢰주에게 확인한 다음에, 그런 의미이리라.

"응? 어, 그러네……."

'……?'

그때 문득 익스의 머릿속에 번뜩이는 생각이 있었다.

동굴의 벽이나 천장, 아그나스석, 그리고 이상한 이 바위…….

두근, 강한 고동을 느꼈다.

"……아니, 그럴 리가 없나."

입가를 손으로 가리고 몇 번인가 고개를 끄덕였다.

"무슨 일 있나요?" 로자리아가 고개를 갸웃거렸다.

"아니…… 아무것도 아냐." 익스는 고개를 들었다. "부수는 건, 지금은 그만두지."

"이것 참, 여기까지 오자고 그러더니 겁나나?" 단이 양손을 들었다. "당신이 뭘 찾는지 모르겠지만 명백하게 뭔가 있다고? 그걸 그냥 넘어가자고?"

"그런 말은 안 했어. 조금 더 정보를 얻고 나서, 장비를 갖춘 다음에 하고 싶어."

"하지만 지팡이 수리는……."

"의뢰주는 날 텐데." 익스는 미간을 찌푸렸다. "모험가는 의뢰에 따를 의무가 있어. 아닌가? 이 너머에 무엇이 있는지는 완전히 불명이야. 어쩌면 부순 곳 너머에서 용암이 흘러나올지도 모르지."

"시시하네. 조합을 통하지도 않은 『의뢰주』라는 건."

"단, 말이 지나쳐." 토마가 두 사람 사이로 끼어들었다. "익스 씨의 말은 지당해. 지금은 따라야 해."

"……알았다고."

길을 잃지 않도록 알기 쉬운 표식을 남기며 네 사람은 온 길을 돌아갔다.

익스가 묵묵히 걸음을 옮기는데 등 뒤의 로자리아가 귓가로 입을 가져다 댔다.

"아까, 뭔가 깨달았나요?"

"무슨 이야기지?"

"얼버무리지 마세요. 당신, 엄청난 얼굴이었다고요."

"시답잖은 발상이야. 이야기할 법한 게 아니야."

"호오, 그런가요."

"뭐, 실제로 보면 확실해지겠지. 다음에 올 때는 알 수 있어."

"다음번에는 돈 받을 테니까 말이야!" 들렸는지 앞에서 단이 소리쳤다.

"……돈, 있나요?"

익스는 잠자코 어깨를 으쓱였다.

7

"석연찮은 모양이네요."

고개를 들자 어둠 너머에서 오스트가 나타났다.

유이는 손에 묻은 먼지를 털었다. 확실히 그녀는 안색이 좋지 않았다. 어두운 지하실에서 그저 세례 명부를 확인하는 작업은 우울해진다. 지금은 그것만이 이유가 아니지만.

오스트는 조용히 걸어오더니 양초의 불을 확인했다. "아직 더 버티겠네요"라고 중얼거렸다.

"배려 감사해요." 유이는 사무적인 말투로 말했다.

"오늘은 동행―― 수습 분은 어디에?"

"그게, 뭐, 볼일이 있어서……."

거기서 대화는 끝났지만 그 후로도 오스트는 돌아가지 않고 같은 장소에 서 있었다. 이쪽이 명부를 조사하는 모습을 바라보고 있었다.

성과 없이 몇 페이지를 마치고 유이는 다시 고개를 들었다.

"오스트 씨는……."

"예?"

"아그나스루즈에 온 지 얼마나 됐나요?"

"그렇군요, 올해로 17년째입니다. 그 이전에는 또 다른 교회에서."

"17년…… 오래되었네요."

"아뇨아뇨……. 세상에는 평생을 한 교회에서 지내는 분도 계시니까, 저 따윈 아직 멀었습니다."

"이 도시의 사제가 되셔서 어떤가요?"

"지내기 참 좋죠. 평온하고, 살기 편한 도시입니다."

"제가 보기에——." 유이는 그의 눈을 흘끗 봤다. "가난한 사람과 부유한 사람이 대립하는 것 같은데요."

"아…… 그거 말인가요." 오스트는 한숨을 내쉬었다. "예, 그 말씀이 맞습니다. 신파의 도시에서는 이런 부류의 대립이 벌어지는 경향이 있죠. 하지만 교의에 따르면 빈부격차에 관계없이 사람은 평등할 터입니다. 저도 누차 말씀을 드리고 있지만, 제대로 이해를 해주시지 않아서 말이죠……. 현도로서 아직 미숙할 뿐이라 부끄러울 따름입니다."

그랬던 것인가, 유이는 의외라고 생각했다.

"하지만 이 도시는 좋은 편이에요." 팔을 펼치고 오스트는 미소 지었다. "확실히 대립은 있지만 그것이 다툼이나 분쟁으로 발전하진 않아요. 어른도 아이도 온화한 분들뿐이에요."

"아이도, 말인가요?" 조금 짓궂은 질문을 해봤다. "전날, 괴롭힘 당하는 아이를 봤는데……."

"아, 헨리 말이군요." 의외로 그는 곧바로 반응했다.

"아시나요?"

"알고 있는 건 이름뿐입니다. 그 아이에게는 세례를 주지 않았으니까요."

"……그게 원인이 되어서 그 아이는 괴롭힘을?"

"저로서는 알 수 없습니다만." 오스트는 슬픈 듯 고개를 가로저었다. "세례를 받지 않은 분은 그 밖에도 있지만, 그렇게까지 지독한 취급을 당하지는 않아요. 물론 아이들은 작은 일로도 괴롭히고는 하는 법입니다만, 어째서 그 아이만……."

"헨리……."

유이는 입을 다물었다.

명부를 탁 닫고 그녀는 일어섰다.

"죄송해요, 오늘은 이만 실례할게요."

"예? 어, 알겠습니다. 또 언제든지 오시죠."

"감사합니다."

교회를 나서서 그녀는 주위를 둘러봤다.

큰 도시까지는 아니지만 그렇다고 좁은 지역은 아니었다. 다리로 찾을 수밖에 없으리라.

떠들썩한 쪽으로, 아이들이 있을 것 같은 쪽으로 걸어갔다.

아무리 그래도 그런 감만으로는 제대로 안 풀려서, 그러는 사이에 낮을 넘겨버렸다.

그래도 사람들에게 물어보며 헤매는 사이, 언젠가 들었던 것 같은 아이들의 떠들썩한 소리가 들렸다. 서둘러서 그쪽으로 향했다.

인기척 없는 뒷골목이었다. 아이들 몇 명이 원을 그린 모습이었다. 그 중앙에 헨리가 양팔을 붙들려 있었다.

한두 사람이 앞에 서서 나무막대기를 입에 밀어 넣으려고 했다. 그럴 때마다 헨리는 격렬하게 움직여 그들한테서 벗어나려고 버둥거렸다. 입에 들어가지는 않았지만 막대기는 그의 뺨에 찰과상을 남기고 아이들은 신이 나서는 소리를 높였다.

유이는 주머니에 손을 넣으며 다가갔다.

"미안한데요"라고 소리치자 아이들이 일제히 이쪽을 봤다. "그 아이한테 용건이 있어요. 지금 괜찮을까요?"

그들은 곤혹스럽다는 듯이 얼굴을 마주봤다. 소곤소곤 서로 이야기를 나누었다.

"허어?" "저 녀석은 누구야." "여자?"

"그 아이를 놔줘요." 유이는 차분한 말투로 요구했다.

이윽고 소곤소곤 이야기가 그치고 아이들의 시선이 한 소년에게 모였다. 그들 가운데 가장 체격이 좋은 아이였다. 그는 그 사실을 깨닫고는 이쪽으로 한 걸음 나섰다.

"용건이라는 게 뭔데? 우리가 있으면 안 되는 거야?"

"그래요. 둘이서 할 이야기가 있어요."

"흐—응⋯⋯. 뭐, 돌아가는 건 괜찮지만, 하지만 돌아간 뒤에 우리가 어디에 있든지 당신이랑은 관계없겠지? 우연히 근처에 있어도 말이야."

유이는 한숨을 내쉬었다.

"응? 뭔데?" 소년은 히죽히죽 웃었다.

"저기, 미안한데요." 그녀는 고개를 가로저었다. "차분하게 교섭을 해야겠지만 어쩐지 귀찮아졌으니까 사용할게요."

"사용한다니 뭘——?"

유이는 지팡이를 꺼내어 가볍게 휘둘렀다. 작은 빛의 공을 만들어 내어 지팡이 끝에 유지했다.

술렁, 동요의 파도가 아이들 사이에 퍼졌다.

"저, 저거 마법?" "어, 어떻게 하지." 그들은 저마다 중얼거렸다.

실제로 이 빛의 공에는 주위를 밝히는 것 말고 효과는 없었다. 불안했지만 마법에 익숙하지 않은 아이들을 위협하기에는 충분했나보다.

곧 한 소년이 도망치자 다른 아이들도 거미 새끼가 흩어지듯이 달려갔다.

그들이 떠나는 모습을 바라보며 유이는 마음속으로 어깨를 떨어뜨렸다.

'⋯⋯약해졌어.'

이 정도는 마법을 사용하는 축에도 들어가지 않는다. 지팡이만 멀쩡하다면 눈이 망가질 정도로 눈부시게, 집 두세 채 정도로 거대한 빛의 공을 만들어낼 수 있었을 터.

뭐, 침울해하는 건 나중에 하자. 그녀는 헨리에게 다가갔다.

"괜찮나요?"

"어…… 고마워." 헨리는 시선을 피하고 대답했다. "나한테 용건이 있다……고?"

"어, 예, 그래요. 질문할 게 좀 있는데요――."

오스트와 이야기를 나눌 때에 그녀는 그것을 떠올렸다.

혹시 익스의 추측이 옳아서 이 도시의 과거에 사라진 신앙이 있었다면, 신앙의 사제는 어떤 취급을 받고 있을까.

생각해볼 것까지도 없었다. 격렬히 탄압당하고, 그리고 그것이 추천될 터. 신앙의 핵심을 망가뜨리지 않으면 새로운 포교는 성립되지 않는다. 아마도 처형당하고 친족들도 삼엄한 시선을 받게 될 것이다.

그렇다면 그 감정은 언제까지 남을까. 한두 세대로 사라졌는가. 아니면.

이유도 없이 남아 있는 경외가 있는 것처럼.

이유도 없이 남아 있는 배척이 있지는 않을까?

이런 평화로운 거리에는 어째선지 괴롭힘당하는 아이가 있다. 이곳에는 최근에 온 오스트로서는 이유를 모르겠다고 한다. 그것이 의미하는 바는――.

고작 그것뿐인, 구석에 몰린 나머지 떠오른 발상을 확인하기 위해 유이는 그 아이를 만나러 왔다.

헛기침을 하고 그녀는 입을 열었다.

"에가 풀멘이라는 분, 떠오르는 건 없나요?"

"에가? 몰라."

헨리는 시원스럽게 고개를 가로저었다.

"아, 그런가요……."

그건 그런가, 생각했다.

정신이 구석까지 몰려서 그럴 것이다. 지푸라기라도 잡는 심정이라고 할까, 즉흥적인 생각에 진지해지고 말았다. 그런 형편 좋은 이야기가 있을 리도 없는데.

다만 그때 "하지만" 하고 헨리가 말을 이었다.

"하지만 풀멘이라면 알아."

"예?" 유이는 눈을 끔벅거렸다.

"어, 어느 분인가요?"

"할머니."

"예?"

"우리 할머니 이름. 시라 풀멘."

8

"단, 역시 그만두는 편이 나아."

벽에 비치는 그림자를 보며 토마는 말했다.

"하지만 말이야, 아무리 지팡이를 고친다고 해도 그저 호위한 것만으로는, 유이도 우리 덕분이라고 생각하진 않을 텐데."

"부정하지는 않겠지만, 지팡이 수리에 협력하는 가장 큰 목적은 유이한테 은혜를 느끼라고 그러는 게 아냐." 토마는 굳은 표정으로 말했다. "게다가 익스 씨한테 아무 말도 안 하고 그러는 것도 아니야……."

"다수결로 정한 일이에요. 토마, 이제 와서 불평하지 마세요."

"다수결이라니, 이 대 일이잖아."

"그러니까 두 배 차이가 있다는 거네요."

단, 토마, 그리고 로자리아까지 세 사람은 또다시 예의 폐광으로 걸음을 옮기고 있었다. 전날 붙인 표시를 따라서 금세 진행했다. 하루 만에 또 마수가 솟아나왔지만 호위하는 상대가 없는 만큼 이동은 빨리 끝났다.

"여전히 걱정이 많구나, 너는." 단이 돌아보고 말했다. "살짝 구멍을 뚫어서 안을 들여다보는 것뿐이잖아. 장비는 갖추었으니까 위험해진다면 도망치면 되잖아. 항상 하는 일 그대로야. 오히려 의뢰인이 같이 오는 게 이상하잖아."

"뭐, 그렇지만……."

"자, 이제 도착했어."

검은 바위를 앞에 두고 세 사람은 가방을 내렸다.

튼튼한 밧줄이나 그 밧줄을 고정하기 위한 쐐기 등등, 다양한 장비를 꺼냈다.

구멍에서 뿜어 나올 위험에 대비해서 각자의 몸을 밧줄로 고정했다. 위험한 마수가 나왔을 때에 결계를 치기 위한 긴 지팡이도 가지고 있었다. 만에 하나 용암이 나온다면 바로 도망칠 수 있도록 사전에 지도를 기억해 두기도 했다. 이 밖에도 다양한 가능성을 고려한 결과, 과도할 정도인 도구의 산더미가 되었다. 이것도 모두 토마가 신중하게 가야 한다고 주장했기 때문이었다.

"좋아, 이 정도면 됐나." 시간을 들여서 준비를 갖추고 토마는 고개를 끄덕였다. "그럼 로자리아, 부탁할게. 조금씩, 조금씩."

"알고 있어요."

로자리아는 짧은 지팡이를 휘둘러 공중으로 번갯불을 날렸다.

어두운 폐광 안을 눈 부신 빛이 채웠다.

빛이 걷히자 검은 바위 표면에 구멍이 생겨 있었다. 그럭저럭 깊이 팠지만 아직 관통되지는 않았다.

"앞으로 몇 발 더 필요하겠네요." 로자리아는 중얼거렸다.

"로, 로자리아, 조금 더 신중하게……."

"답답하네. 이봐, 다음에는 좀 더 힘을 실어."

"예에……."

상반되는 지시를 받고 결국에 로자리아는 거의 같은 위력의 전격을 날렸다.

그럼에도 관통되지 않고 두 번, 세 번 마법을 더 날렸다.

다섯 번째 공격 직후였다.

섬광이 걷히는가 아닌가, 그런 찰나.

갑자기 대지가 흔들렸다.

"으어."

단이 무심코 휘청대며 헛발을 짚었다. 밧줄이 없었다면 넘어졌을 것이다.

힘껏 뒤흔드는 것 같은 진동이 몇 차례나 더 밀려들었다.

땅바닥에 엎드려서 몸을 지탱하며 다른 두 사람을 봤다. 양쪽

다 이를 악물고서 흔들림에 버티고 있었다.

"이거 뭐야, 분화인가?!" 단은 호통쳤다.

"모르겠어! 하지만 여기에 있는 건 위험해! 돌아가야 돼!" 토마가 다시 외쳤다.

동의를 표하며, 얼굴을 앞으로 향한 단은 봤다.

바위에 구멍이 뚫려 있었다.

조금 전의 공격으로 관통된 것이었다.

그 너머는 어두워서 무엇이 있는지 알 수 없는── 것처럼 보인 것은 불과 한순간.

구멍에서 무언가가 뿜어 나왔다, 그리 생각한 것도 한순간.

그의 시야를 검은 그림자가 가득 메우고, 알아차렸을 때는 지면을 짚고 있던 감각 또한 사라졌다.

"어."

밧줄과 쐐기는 어떻게 된 거지 확인하려 하니, 쐐기를 고정하고 있던 지면까지 모조리 날아가 있었다.

기묘한 부유감이 온몸을 덮쳤다.

그러는가 싶었더니 이번에는 급격하게 떨어지기 시작했다.

떨어진다──기보다도 빨려드는 것처럼.

"말도 안 돼."

팔이나 다리를 움직였지만 걸리는 것은 없었다.

몸을 웅크리고 머리를 팔로 덮었다.

숨을 쉴 수 없을 정도의 충격.

액체 안으로 빠져들고 있었다.

팔과 다리를 벌리고 수면에서 얼굴을 내밀었다.

아무것도 보이지 않는 어둠.

격류에, 이미 휩쓸리고 있는 모양이었다.

필사적으로 팔을 뻗자 단단한 감촉이 돌아왔다. 바위 같은 것일까, 그것을 붙잡았다.

"토마! 로자리아!"

외쳤지만 목소리는 굉음으로 지워졌다.

필사적으로 매달렸지만 금세 손끝이 저렸다.

"젠장."

바위 너머에는 강이 흐르고 있었나──.

강?

그때 그는 어째선지 냉정해져서 이 강의 기묘함을 깨달았다.

이것은 자신이 아는 물의 감촉, 냄새가 아니다.

그럼 뭐지?

이것과 가장 가까운 것은?

끓어오르는 것처럼 느껴지는 뜨거운 온도.

입에 퍼지는 그 맛은──.

"어……?"

하지만 그 결론의 의미를 그로서는 전혀 알 수 없었다.

입으로 흘러드는 그것을 열심히 내뱉었다.

"누가── 호흡이──!"

드디어 손가락이 한계를 맞이하고, 단은 또다시 격류에 삼켜졌다.

1

웅크려 앉아서 꽃잎을 관찰했다.

얼굴을 가져다 대자 어렴풋이 달콤한 향기가 익스의 코를 찔렀다. 줄기에 빼곡하게 붙어 있는 벌레를 보고 고개를 돌렸다.

주위는 온통 꽃밭이었다. 바람이 불 때마다 빨간 꽃가루가 그를 때리고 흘러갔다. 꽃의 이름은 하르니. 진귀한 품종은 아니고 염색 등에 자주 사용되는 꽃이었다.

이곳은 아그나스루즈 바로 남쪽의 토지. 북쪽으로 시선을 향하면 수수한 거리, 그리고 아그나스 산의 능선이 보였다.

"이런 일을 한다고 무언가 단서가 되는 건가요?"

목소리가 들린 쪽을 돌아보니 어이없다는 표정의 유이가 이쪽으로 걸어오고 있었다.

무척 오랜만에 얼굴을 본 것 같은 느낌이었다. 다소 지친 모습이지만 그때처럼 지독한 얼굴은 아니었다. 익스는 안심했다.

"잘도 여길 알아냈네." 표정으로 드러내지는 않고 그리 대답했다.

"오스트 씨한테 들었어요. 근처에 하르니가 피어 있는 장소가 없는지 물어봤다면서요."

"『용 조달』이 적혀 있던 페이지에 있었잖아, 하르니 출납 기록이."

"그건, 용과는 관계없다고 생각해요."

"뭐, 그다지 단서가 되지는 않을지도." 익스는 고개를 끄덕였다. "하지만 하나하나 조사하는 거 말고, 더 이상 취할 수 있는 수단이 없어. 그러니까……."

다시 말해서 그만큼 몰려 있는 상황이었다. 지금에 이르러서도 근거가 희박한 추측이 하나 있을 뿐, 용의 심장에는 전혀 다가가지 못했다. 세례 명부에서 에가 풀멘을 찾아낼 수 있다는 기대가 빗나간 이상, 남은 길은 둘. 아그나스 산 내부를 더욱 조사하는가──.

"그리고, 축제를 조사하는가."

"과거에 이곳에 있었다는 축제……라고는 해도, 축제가 있었다는 것도 그것이 용과 관계가 있다는 것도, 모두 가설에 불과해요." 유이는 손바닥을 위로 향했다.

"다른 가설이 없으니까 지금은 그걸 조사할 뿐이야." 익스를 고개를 내저었다. "발상에 대해서, 축제에는 명확한 목적이 있어. 처음에는 축제라기보다 의식에 가까웠을 테지. 하지만 후세로 전해지고 많은 사람들이 참가하게 되면서 축제는 더욱 알기 쉽게, 더욱 세련된『구경거리』가 되지. 다른 지역의 축제와 섞이기도 해. 그렇게 본래의 의미를 잃지. 이 도시에 용과 관계가 있는 신앙이 있었다면 축제는 용과 관련된 의식이겠지. 그걸 알 수 있다면──."

"……다른 사람의 말인가요?"

"신뢰할 수 있는 말이야. 스승님의 가게에 온 학자가 그렇게 말했지."

"허어, 그럼 열심히 꽃을 관찰하도록 하세요."

유이는 한숨을 내쉬고 익스한테서 떨어졌다.

꽃밭 안에서, 붉은 융단을 걸어가는 듯한 뒷모습.

들은 이야기에 따르면 신파는 염료도 사치품으로 배제한다고 한다. 이런 도시의 근처이기에 하르니 군락이라는 진귀한 광경을 볼 수 있는 것이리라.

풍광이 아름다운 토지다, 익스는 그리 생각했다.

시골이라고는 해도 조금은 유명해질 법도 한데.

아니…… 반대일지도 모른다.

이 풍경은 최근에 만들어진 것이고 그러니까 알려지지 않았다, 그렇다면 어떨까. 옛날에는 따가던 하르니가 어느 때부터 쓰이지 않으며 서서히 이 꽃밭이 형성되었다. 그리 생각하면 아그나스루즈에는 다른 신앙이 있었다는 추측의 방증이 된다. 그저 문득 떠오른 발상이기는 하지만…….

관찰을 마치고 익스는 일어섰다. 주위를 둘러봤다.

유이는 꽃 한 송이를 손에 들고는 손끝으로 빙글빙글 돌리고 있었다.

다가가자 그녀는 혼잣말처럼 말했다.

"토마 씨 일행이 돌아오지 않는 모양이에요."

"그 이야기는 나도 들었어."

"아그나스 산으로 가는 모습을 광부분들이 목격했어요. 그 이후로 소식이 끊어졌죠."

"그런 모양이야."

"짚이는 건 없나요?"

"짚이는 거라니?"

"어디로 사라졌는지 알고 있겠죠, 익스?"

"그걸 알아서 어쩌게."

"어쩐다니⋯⋯."

"말해 두겠는데 예상밖에 못해. 확실히 전날, 그들과 폐광을 조사할 때에 막다른 곳 너머에서 이상한 소리가 들린다는 걸 알았어. 나중에 장비를 갖추고 그 너머를 조사하자, 그렇게 이야기하고 헤어졌지. 그리고 그들이 사라졌다. 내가 할 수 있는 말은 그것뿐이야."

"그렇다면 거길 조사하면⋯⋯."

"누가 조사하는데? 마수로 가득한 그 폐광을. 나로서는 무리야. 지팡이가 없으면 유이한테도 무리겠지. 모험가한테 의뢰하나? 보수는 누가 내지? 아니면 그 녀석들의 본가에 연락해 볼까? 정말로 거기로 갔는지도 모르는데?"

"⋯⋯모험가 일을 하는 학생의 사망이나 행방불명은, 학교에서는 드문 일이 아니에요. 하지만──." 유이는 입술을 깨물고 고개를 숙였다.

"게다가 유이는 토마를 싫어하잖아? 뭐, 사이좋았던 상대가 원수의 아들이라는 걸 알았으니 틀어지는 것도 무리는 아니야."

퍼뜩 놀란 표정으로 그녀는 익스를 봤다.

"그 후에 토마한테 자세히 들었어."

"……그런가요." 유이는 눈을 감았다. "어떤 핏줄을 물려받았으니까, 저는 『유학생』——인질로서 왕국으로 보내졌어요. 방계 일족에 불과하지만 잘 얼버무렸을 테죠. 가족도 없으니 저는 다른 왕족에게 무척 적당한 인간이었어요. 하지만 이런 피부 색깔, 머리카락 색깔이라는 것만으로 여기서는 비웃음을 당하죠. 아무리 우호국이라는 핑계가 있더라도 『야만적인 문명』을 가지고, 같은 신을 믿지 않는 동방의 백성은—— 그것이 악의가 있는 행동이든 아니든 관계없이 그들에게 한 단계 아래의 존재예요. 이렇게 외투를 두르지 않고서는 밖을 변변히 돌아다닐 수도 없었어요. 물론 억지로 들어간 학교에서도……."

"학교는 배움에 뜻을 둔 이를 받아들인다—— 아니었나?"

그것은 왕립학교가 내거는 이념이었다. 신분이나 출신에 관계없이 우수한 학생을 맞이한다, 그런 선서였다.

"그저 명분이에요. 그런 것에 따르는 인간은 교사 중에도 학생 중에도 없어요. 저는 공통어로 말을 못 했으니까 그들에게는 『말도 모르는 미개한 백성』이에요. 그때 손을 내밀어 준 것이 그들이에요. 토마 씨랑, 로자리아 씨랑, 단 씨."

유이는 꽃잎을 한 장 뜯었다.

"세 사람은 저를 평등하게 대했어요. 그들은 우등생이었으니까 가까이 있으면 다른 학생들을 손을 대지 않았죠. 시간이 빌 때는 언어를 가르쳐 줬어요. 제가 지금 이렇게 자유롭게 지낼 수 있는 건 모두 그들 덕분이에요."

"감사하고 있구나."

"예, 아무리 감사해도 모자라요." 미소를 띠더니 유이는 눈을 내리깔았다. "……그리고 그 사절단이 왔죠."

"명분상의 사절인가."

"저는…… 보고 있을 수가 없었어요. 알 수 없는 일이지만, 하지만 제게는 그들이 진심으로 그런 명분을 믿는 것처럼 보였어요. 외형뿐인 환대를 받고, 형태뿐인 악수를 나누고, 있지도 않은 우호를 다졌다며 소리 높여 외치고── 우스꽝스러웠죠. 저도 유학생으로 환영회에 출석할 예정이었지만, 그 직전이네요, 토마 씨와 그 대화를 나눈 건."

"무신경했다, 그는 그렇게 말했어. 유이 앞에서 이야기할 게 아니었다고."

"뭐, 좋은 기억은 아니에요. 또렷하게 기억나지는 않지만 갑자기 군이 나타났고, 가족도 친구도 몰살당했죠. 이리저리 도망치는 모두를 하나하나 짓뭉개듯이……. 토마 씨의 아버지는 군인이었다고 들었지만 그 작전을 세운 장본인이었다니, 그러네요, 그 사실에는 무척 놀랐어요."

유이는 쓴웃음 지었다. 무리하게 그려낸 미소는 아닌 듯했다.

"하지만 말이죠, 익스. 저는 그런 일로 상처받고, 그래서 그들과 헤어진 게 아니에요. 몇 번을 설명해도 토마 씨는 여전히 오해하고 있었지만요."

"그렇다면──."

"서로를 이해할 수 없다고 깨달았으니까 그런 거예요."

바람이 강하게 불어 그녀의 외투를 펄럭였다.

"그는, 그 작전은 옳았다고 했어요. 종전을 앞당기고 왕국의 전사자가 줄었으니까 올바른 판단이었다고. 저는 그에 반박했어요. 무엇을 어떻게 둘러대든 그것은 주민 학살에 불과했다. 잘못된 작전이었다고── 익스는 어떻게 생각하나요?"

"시점의 문제야. 왕국에서 보면 옳고, 루크타에서 보면 잘못되었어."

"객관적인 시점에서 보면 어떤가요?"

"전쟁에 객관적인 시점이 존재하나?"

"예, 그래요. 그것뿐이에요."

유이는 시선을 위로 향했다.

"나라 따윈 관계없이 우정을 키우고, 함께 싸우고, 일 년에 걸쳐서 이야기를 나눈다면 조금은 서로 이해할 수 있으리라 믿었어요. 그리고 이해할 수 있다고 생각했어요. 하지만 그런 일은 없었어요. 저는 그를 무엇 하나 이해하지 못했고, 그도 저 따윈 알지 못했다. ……그 사실을 깨달은 순간, 어째서일까요. 온몸에서 힘이 빠지는 것 같았어요. 그건…… 그래요, 저는 실망한 거겠죠."

그것뿐이에요, 그녀는 몇 번이나 그렇게 말했다.

"그러니까 결국 이건 제가 멋대로 기대하고 멋대로 배신당했다는, 그것뿐이에요. 고작 그것뿐인……."

꽃잎을 모두 뜯더니 유이는 그것을 바람에 흘려보냈다.

붉은 조각들은 돌고 나부꼈다.

멍하니 그녀의 손을 바라봤다.

텅 빈 손가락은 새빨갛게 물들어 있었다.

마치 피가 스며든 것처럼······.

스며든다——?

익스는 숨을 삼켰다.

'아아······.'

가늘고 긴 숨을 내쉬었다.

그리고 물었다.

"실망인가."

"예."

"그래서 복수했구나?"

2

유이는 눈을 크게 떴다.

떨리는 입술이 말을 자아냈다.

"······어떻게."

"이상하다고는 생각했어." 익스는 이야기했다. "그 지팡이는 최상급품 중에서도 상위에 위치하는 굉장한 지팡이야. 평범하게 사용해서 부서질 일은 없고, 하물며 심재가 깨지다니 그럴리가 없어. 무언가 이유가 있겠다고 생각했지."

"그래서······."

"지팡이는 심재에 따라서 성실이 좌우돼. 사용자와의 상성이 나빴다거나 성질에 반하는 마법을 사용하면 지팡이는 본래의 능력을 발휘하지 않지. 때로는 사용자에게 적의를 드러내는 일도 있어. 유이의 지팡이는 믿을 수 없을 만큼 극단적인 성질을 지니고 있었지. 스승님의 지팡이라도 그런 수준까지 가는 건 이상해. 성질에 반하는 그런 마법을 쓴다면 반드시 거절당하겠지. 아니, 그저 거절로 그치지 않아. 아마도 심재 그 자체가──."

익스는 움켜쥔 주먹을 활짝 폈다.

"기억해? 그 지팡이의 성질을."

"지극히…… 선량."

유이는 중얼거렸다.

선량의 반대란, 다시 말해──.

하지만 그것은 언급하지 않고 익스는 화제를 바꾸었다.

"스승님은 엉망진창이지만 되지도 않는 것을 약속할 인간이 아니야. 그 사람도 알고 있었을 테지, 용의 심장을 교환하는 것은 불가능. 수리할 방법이 없다는 걸. 그런데도 무료로 수리하겠다는 약정서 같은 걸 어째서 만들었나. 요컨대 그것에는 다른 노림수가 있었다고 생각할 수 있어."

"다른, 노림수──."

"지팡이가 사악한 자의 손에 넘어갔을 때, 혹은 사악한 방식으로 사용되었을 때에 다시 수중에 되찾기 위해서야."

"……무엇을 위해서 그런 건가요."

"가게까지 갔을 테지? 그 가게의 문에 뭐라고 적혀 있었는지 못 봤어?"

기억을 더듬어 봤지만 애매한 그림이 떠오를 뿐이었다.

"〈지팡이는 가져야 할 사람의 손에〉." 익스가 말했다.

"설령 부서진 지팡이라도……?"

"부서진 지팡이라도 말이야. 그것이 스승님의 신조였어. 그러니까 이런 방법을 생각한 거겠지. 그만큼 선량하고, 바로 그렇기에 강력한 지팡이야. 우리는 자신이 만든 지팡이가 사람을 구하든지 죽이든지 알 바 아니야. 그건 본인의 마음이고 본인의 책임이야. 하지만 걸맞지 않은 소유자가 걸맞지 않은 마법을 사용하는 것만큼은 참을 수 없지. 지팡이는 배신하지 않아."

"하…… 하지만, 그건──."

"어떤 변명을 해도 스승님이 만든 지팡이에 오류는 없어. 나쁜 짓을 했으니까 부서졌다. 그 이상도 그 이하도 아니야." 익스는 차갑게 내뱉었다. "성질에 반한다는 건 그런 거야."

그가 말한 그대로였다.

그것은 나쁜 일이다, 결코 정의가 아니라는 것을 알면서도 유이는 복수를 위해 마법을 사용했으니까.

그리고 지팡이가 부서지고── 복수는 실패했다.

"착각하지 마, 책망하는 게 아니야. 지팡이를 어떻게 쓰든지 그건 본인의 자유야. 애당초 지금 이야기한 건 그저 상상. 『뺏어라』라고 약정서에 적혀 있지 않은 이상, 지팡이는 수리해서 유이한테 넘길게. 그걸로 토마를 죽이든지 알 바 아니야."

"토마 씨를?"

"음, 아니면 토마의 아버지인가? 예의 사절단인가? 뭐, 누구든 상관없어. 누구든 상관없지만, 그건 말이야, 유이. 상대가 누구일지라도 그 복수는 실패해. 그리고 너한테 두 번째는 없어."

"두 번째? 무슨 두 번째 말인가요."

"한 번은 지팡이를 고칠 수 있어도 두 번은 못 고쳐. 다음번부터 나는 수리비를 청구할 테고, 애당초 심재부터가 손에 들어오지 않을지도 모르지. 내가 묻고 싶은 건 그 부분이야. 그래도 지팡이를 수리하겠어?"

그것이 무엇을 의미하는지 깨닫고 유이는 말을 잃었다.

"……어떻게, 말인가요."

"용의 심장, 그 정체에 대해서 가능성이 떠올랐어."

"그걸로 수리할 수 있다고?"

머뭇거리면서도 익스는 고개를 끄덕였다.

유이는 침을 삼켰다.

"이야기 해줘요."

"용의 심장은 아마도 아그나스석을 만들어내는 근원── 산의 핵에 해당되는 광석이야." 익스는 입가를 손으로 덮었다. "아그나스 산에서는 무척 옛날부터 아그나스석을 계속 캘 수 있었지. 하지만 보통 그런 일은 있을 수 없어. 광맥은 무한히 샘솟는 샘물과는 달라. 수십 년이나 계속 판다면 언젠가 떨어지는 법이지. 하지만 그렇게 되지 않아. 그러기는커녕 폐광에서는, 천장의 균열에서도 모래 같은 아그나스석이 흘러내리고 있었어. 마치 동굴 벽에서── 스며 나오듯이."

"이야기했죠. 용의 심장 대신에 사용하는 혼성 심재에는 아그나스석을 사용한다고. 그래서 그런가요? 돌을 만들어 내는 근원 같은 게 존재한다고?"

"용의 심장은 언제 만져도 따듯해. 그 시점에서 이상하거든. 아무런 보급도 없이 장기간 열기를 계속 발한다니, 보통은 생각할 수 없는 일이야. 용의 심장은 막대한 힘을 비축하고 있든지, 혹은 그것 자체에 힘을 만들어 내는 능력이 있는 거야. 혹시 그 커다란 결정체가 있다면 그건 그야말로 미지의 보석이지. 물질을 만들어 내는 것도 충분히 생각할 수 있어. 그야말로 『용의 심장』이라고 불리기에 걸맞은──."

그렇다고는 해도, 익스는 그러면서 어깨를 으쓱였다.

"혹시 있다고 해도 산의 지하 깊숙이 존재하겠지. 어떻게 얻으러 갈지는 아직 모르겠어. 하지만 이렇게 존재하는 이상, 방법은 있을 거야. 남은 기간 동안에 어떻게든 그것을 발견해 내겠어."

"아무래도 자신이 없다는 말투네요."

"하지만 말이야, 유이. 심재가 손에 들어오든 안 들어오든, 이야기는 결국 아까 그 질문으로 돌아간다고."

"그건?"

"지팡이를 수리할 거냐, 그런 질문이야. 여름이 끝날 때까지는 이 지팡이가 필요하다──라고 전에 말했잖아. 이 지팡이가 필요해질 정도의 어떤 마법을 사용할 생각이었는지 모르겠지만, 그것이 『나쁜 일』이라면 반드시 실패해. 그걸 알고서도 아직 이 지팡이는 필요한가?"

"……먼저 제가 하나 질문하게 해줘요."

"대답할 수 있는 질문이라면."

"어째서 당신은 제 의뢰를 받아준 건가요?"

"……약정서를 가져온 건 유이잖아."

"예, 확실히 약정은 있었어요. 하지만 그에 따를 의무는 없었을 거예요. 당신의 스승님은 이미 없어요. 약정서의 내용을 아는 사람도 없어요. 저조차도 읽어보지는 않았던 거예요. 그때 시치미를 떼고서 약정서를 찢어 버렸다면, 그저 그걸로 충분하죠. 이렇게까지 어려운 길이 되리라고는 예상하지 못했다고 해도, 막 독립해서 돈도 없는 당신이 무상의 의뢰를 받아들일 필요는 없었어요. 아닌가요?"

익스는 몇 번인가 눈을 깜박이더니 입가를 가렸다.

"……그러네." 그는 진지한 표정으로 고개를 갸웃거렸다. "찢어 버린다……. 그런 방법이 있었군. 말할 때까지는 못 알아차렸어. 그러면 받아들이고 자시고도 없었을 거야. 그렇군, 머리가 좋아."

"가, 감탄하지 말고요." 예상치 않은 답변에 도리어 당황하는 유이였다. "그럼 단순히 생각이 안 났으니까 의뢰를 받아들였다고요?"

"아니, 내가 받아들인 이유는…….

익스는 비스듬히 위를 보고 무언가 작게 중얼거렸지만 이윽고 이쪽을 봤다.

"스승님의 명령이니까──일까."

"이미 없는 사람의?"

"뭐, 그래도 지켜야 한다고 생각했던 게 아닐까." 스스로도 납득하지 못했으리라. 마치 남의 일 같은 말투로 대답하고 있었다. "마지막 명령이니까 그 정도는 들어줘도 되겠지. 주워 준 은혜도 있으니까……?"

의아하다는 듯 미간을 찡그리는 그를 보고 유이는 묘하게 힘이 빠졌다.

토마와 상대했을 때의 그런 탈력감은 아니었다. 마치 무거운 외투를 벗어던졌을 때 같은── 무의식적으로 이를 악물고 있음을 떠올렸을 때 같은, 그런 감각이었다.

그녀는 미소 지었다.

"악한 마음으로 지팡이를 사용하면 틀림없이 심재는 부서지는 거죠?"

"응? 아, 그렇게 말하는 거야."

"저희 아버지는 그 성질을 알고 있었던 거군요?"

가능한 한 심각하게 보이지 않도록 가볍게 물었다.

하지만 유이에게는 그것이 무엇보다 중요한 일이었다. 아버지가 무슨 생각으로 그 지팡이를 손에 넣었고, 이렇게 놓아두고 갔는가── 그녀에게 남아 있는 것은 그것뿐이니까.

마른 침을 삼키고 응시하는 그녀 앞에서 익스는 고개를 끄덕였다.

"그래. 스승님이 그런 설명을 안 했을 리가 없어."

몇 초의 적막 후, 유이도 크게 고개를 끄덕였다.

"부탁할게요. 제 지팡이를 고쳐줘요."

"무엇을 위해서?"

"세 사람을 구하러 가기 위해서요."

"괜찮겠어?"

"예……. 틀림없이 그것은 선한 일, 이니까요."

"선한 일?"

──네가 이 지팡이에 가장 걸맞은 사용자니까. 내가 맞이하러 올 때까지 그걸 가지고 살아남으렴.

그것이 이미 죽은 사람의 말일지라도…….

"마지막 명령 정도는 들어주자, 그렇게 생각한 거예요."

"무슨 소리를 하는지는 모르겠지만." 익스가 고개를 갸웃거렸다.

대답하지 않고 유이는 꽃밭을 걷기 시작했다.

"그렇지, 사실은 저도 에가 풀멘의 단서를 발견했거든요." 고개를 돌려 그의 얼굴을 봤다. "뭐, 이제는 관계없을지도 모르지만요."

"……그렇다고 단정할 수는 없겠지."

무뚝뚝한 지팡이 장인이, 어째서일까, 그때만큼은 미소를 띤 얼굴로 보였다.

3

유이가 걸어가는 길을 뒤에서 따라간다.

도시 외곽의 구역으로 가고 있었다. 빈민이 모인 곳, 주변 가옥은 지독하게 비가 새는 것들뿐이었다. 흙투성이 아이들이 길을 가로지르는 모습이 보였다. 길가에서는 모닥불을 피워놓고 서 찌그러진 냄비에 회색 액체를 끓이고 있었다. 파리가 들끓는 주민들이 둘러싸고 있었다. 구걸하는 모습은 없었다. 이 도시에서는 부랑민에게 무언가 베푸는 행동은 기피된다.

석재를 적당히 쌓아올린 것 같은 집 앞에서 유이는 걸음을 멈췄다. 주위의 건물과 비교해서 다소 크고 역사가 있는 모양이었지만, 그럼에도 모르나의 가게와 좋은 승부가 될 것 같았다.

"여긴가."

유이는 대답 없이 문을 두드렸다.

몇 초 후, 쉰 목소리가 돌아왔다.

"누구신가."

"갑작스럽게 실례합니다. 유이 라이카라는 사람입니다."

"그런 사람은 모르네만."

"시라 풀멘 님께 용건이 있어서 왔어요."

"그런 이름은 모르네만."

"헨리 군의 소개예요."

"…………."

침묵 후, 거슬리는 소리를 내며 문이 열렸다.

주름투성이인 얼굴의 노파가 어스름한 방에서 나타났다. 키는 유이보다도 작지만 배는 이상하게 부풀어 있었다. 허리가 지독히 굽어서 기묘한 방식으로 걸음을 옮겼다.

"무슨 용건이신가?"

두 사람을 노려보듯 노파는 말했다.

"시라 풀멘 씨 되시죠?"

"그렇다면 어쨌는가."

"여쭙고 싶은 이야기가 있어요."

"이야기? ……거기 당신은?"

"익스다."

"무례한 남자로군, 성도 대지 않는가."

"성은 없어."

"호오, 그런가. 천한 출생이시군."

"들어가도 될까?"

코웃음을 치며 시라는 집 안으로 들어갔다.

틈새로 햇볕이 비쳐드는 덕분에 방은 밝았지만 음울한 분위기가 가득했다. 방 한구석에는 거미집이 있고 최근에 풍로가 사용된 흔적도 없었다.

"내줄 건 아무것도 없네."

"아뇨, 괜찮아요."

바닥에 깔려 있는 더러운 천에 두 사람은 앉았다. 시라는 큰 의자에 앉아서 크게 숨을 내뱉었다.

"그래서? 이렇게 가난한 늙은이한테 무슨 이야기를 듣고 싶으신가?"

익스는 입을 열려고 했지만 유이가 눈빛으로 제지했다. 그녀는 조심스럽게 한 손을 펼치고 물었다.

"솔직하게 물을게요. 당신은 에가 풀멘 씨의 혈육인가요?"

"어디서 그 이름을 들었지?" 시라는 험악한 말투로 바뀌었다.

"아시는군요?"

"……할아버지야. 우리."

"조부, 라는 말씀이신가요."

"그래."

당첨이다, 두 사람은 그리 시선을 나누었다.

"이번에는 이쪽 차례야. 당신, 어디서 그 이름을 알았나."

"이거야."

익스는 제구 출납장을 꺼냈다.

눈을 가늘게 뜨고 뗐다가 가져다 댔다가 하면서 시라는 표지를 읽었다. 그리고 제목과 이름을 확인하더니 바닥에 내던졌다.

"허, 정말 꼴사납네." 그녀는 입가를 일그러뜨렸다. "죽은 뒤에 시답잖은 장부가 발견되고, 아무 관계도 없는 녀석들이 그걸 읽었으니…… 통쾌하구먼."

"저기, 당신의 할아버지는……."

"변변치도 않은 영감이었지." 시라는 한마디마다 숨을 돌리고 이야기했다. "나이 먹고는 망령이 들어서는, 그건 정말 지독했지. 도박에 빠져서 빚을 지고, 갚으려다가 사기를 당하고……. 집안의 물건은 차례차례 빼앗겼어. 그 녀석이 없었다면 지금도 우리 집안은……."

시라는 크게 기침을 했다.

"그래서, 이제 와서 할아버지를 찾아와서는 무슨 용건인가? 빚을 갚으라고 해도 이제 우리 집에서는 내놓을 것 따윈 없네."

"아뇨, 그게 아니라……."

"에가 풀멘은 뭐하는 사람이었지?" 바닥의 장부를 주워든 익스가 말했다.

"무슨 이야긴가?" 시라는 얼굴을 찌푸렸다.

"이걸 보기에는, 할아버지라는 사람은 무언가 축제의 관계자였을 테지. 하지만 이 도시는 신파를 믿으니까 축제 따윈 흔적도 없어. 세례 명부에도 풀멘이라는 성씨의 기록은 없었다. 에가 풀멘은── 풀멘 가문은 대체 뭐지? 신파가 오기 전, 이 도시에는 무언가 신앙이 있었던 게 아닌가?"

"……모르네, 그런 건." 그녀는 손을 깍지 끼고 고개를 숙였다. "태어났을 때에는 이미 여긴 신파 녀석들이 가득했어. 녀석들은 나를 볼 때마다 진흙을 던졌지. 나는 세례를 받은 적도 없고 교회에 간 적도 없어. 그러니까 그런 꼴이 되었다고 생각해서 할아버지나 부모에게 부탁했단 말이야. 하지만 언제나 무시당했네. 이유를 물어봐도 대답해 주지 않았어……. 만족했나, 이 대답으로? 어?"

"모르겠군." 익스는 고개를 갸웃거렸다. "할아버지도 부모도 이미 없어. 지금이라면 세례를 받을 수 있겠지. 어째서 그러지 않지?"

그 물음에 대답은 없었다. 시라는 미간에 주름을 만들고서 이쪽을 노려봤다.

"용건은 끝났을 테지. 이만 나가주게나."

"아니, 본론은 지금부터야."

"호오, 쓸데없는 이야기를 좋아하는 녀석들이네."

"여기 낙서에는 『용 조달』이라고 적혀 있었어. 그건 무슨 뜻이지? 할아버지잖아? 무언가 이야기를 들은 적은 없나? 이 도시에는 용의 전설이 있나? 아니면 신앙과 관련된 일인가?"

"용……."

시라는 고개를 돌려 거리 쪽을 멍하니 바라봤다.

두 사람이 잠자코 기다리자 이윽고 체념했는지 내뱉듯이 말했다.

"축제야."

"축제?"

"노망이 든 뒤로 할아버지가 매일 밤마다 말했지. 축제 준비를 해라, 축제 준비는 아직이냐고 말이야. 그건 어떻고 이건 어떻게, 올해 진행은 이렇다는 식으로 말일세."

"역시……." 익스는 몸을 내밀었다. "어떤 축제라고?"

"……너희는 대체 어째서 노망난 영감의 잠꼬대를 그렇게나 알고 싶어 하는 게냐."

"됐으니까 가르쳐 줘. 그 사람은 뭐라고 그랬지?"

시라는 낮은 목소리로 대답했다.

"용 기념제."

"어?"

"용 기념제── 할아버지는 그렇게 불렀지."

"뭘 하는 축제지?"

"흥…… 커다란 용 인형을 만들어서 그 녀석을 불태우는 것뿐인, 시답잖은 행사였던 모양이야."

"용 인형을, 태운다?" 무심코, 그런 느낌으로 유이가 중얼거렸다. "그럼 『용 조달』이라는 건——."

"인형 준비겠지. 어디까지 진심인지 모르겠네만……."

말을 잃고 유이와 익스는 얼굴을 마주봤다.

'용'은 인형이었다.

축제에 사용하는, 그저 인형.

게다가 시라의 할아버지 대에 끝이 났고 그 축제조차 거의 잊힌 것에 틀림없었다.

문득 문이 삐걱대는 소리가 들리고 헨리가 들어왔다.

그는 두 사람을 흘끗 보고는 잠자코 안쪽 방으로 향했다.

"암캐의 자식이 돌아왔구나." 시라는 내뱉었다. "정말이지, 애교라고는 하나도 없어."

"손자인 거죠?"

"인정하고 싶지 않구먼. 그 계집이 어디 술집에서 얻어온, 아버지조차 모르는 아이야."

"저기, 따님은, 지금은?"

"죽었어, 출산할 때에. 민폐만큼은 남들 몇 배로 끼치고……."

방 사이에 문이나 벽은 없어서 목소리는 그대로 들릴 터인데도 그녀는 거리낌 없이 말했다. 두 사람이 있는 장소에서 헨리의 그림자가 보였지만 그러나 그는 꿈쩍도 하지 않았다.

익스는 자세를 바로하고 헛기침을 한 번 했다.

"그 용 기념제에 대해서, 좀 더 자세히 알고 싶어. 들었던 범위면 충분하니까 가르쳐 주지 않겠나?"

"알고 싶다니…… 뭘 말인가."

"전부야."

"뭐라고?"

"그 축제에 대해서 가능한 한 자세히 가르쳐 줘. 준비나 절차에 대해서 이야기했을 테지? 단편적이라도 되니까 이야기해 주지 않겠나."

"저, 저도 부탁할게요." 유이는 머리를 숙였다. "이제는 당신밖에 의지할 곳이 없어요."

"……노인을 죽일 셈인가."

시라는 몇 초 눈을 감더니 지긋지긋하다는 듯이 입을 열었다.

"알겠네. 기억하는 범위에서 가르쳐 주지. 그러지 않으면 언제까지고 여기 있을 것 같으니……. 얼굴을 가린 여자에 음침한 남자라니, 나까지 기분이 나빠져."

"가, 감사합니다!"

그리고 시라는 이야기를 시작했다.

아무래도 고령, 게다가 과거에 들은 이야기라서 군데군데 불명확한 부분은 있었고 금세 화제가 다른 곳으로 튀어 버리지만, 대략적으로 이어 붙여서 정리하면 다음과 같을 것이다.

우선 도시의 광장에 '모래산'——풀메니니아를 설치한다. 흙을 봉긋하게 쌓고 밟아다지는 것이다. 그곳은 밧줄을 쳐놓지는 않는다지만 시민의 출입은 엄하게 금지되었다.

그 모래산 위에 용을 본뜬 인형을 세운다. 인간 두세 배 정도의 높이가 있는 거대한 인형이다. 소재는 지푸라기나 나무 등등, 쉽게 타는 것으로 조립한다. 여기까지가 사전 준비다.

축제날은 아침부터, 노점이나 춤추는 사람들로 무척 떠들썩해졌다. 그날만큼은 신분이나 지위를 가리지 않고, 다소의 죄는 불문에 붙이는 것으로 약속되어 있었다.

그리고 가장 핵심이 '용'을 불태우는 것──통칭 '산의 눈동자 빛', 사비네이타 풀메니니아다.

사전에 제비뽑기로 주민 가운데서 '깨끗한 사람'을 선정한다. 철이 들락말락하는 나이대의 아이가 선택되고 당일까지 사제를 제외한 인간과의 대화를 금지한다.

축제날 밤이 되면 거리의 집들이 화톳불을 붙인다. 불은 그 아이의 집에서 시작되어 모래산까지 이어지는 길가에 놓였다.

"커다란 화톳불이었다더군."

시라는 그렇게 이야기했다.

목재 세 자루로 화톳불 바구니를 받히면 성인의 키 정도나 되어 불길은 더욱 높이 타오른다. 축제가 진행되는 와중에 불이 꺼지는 일은 없다.

한밤중이 되면 깨끗한 사람은 집을 나서서 화톳불의 불을 횃불로 옮겨 붙인다.

횃불을 든 채, 그 아이는 맨발로 거리를 걷는다. 이때 어른이나 친구가 함께하거나 누군가가 도와줄 수는 없다.

모래산에 다다른 아이는 횃불로 용 인형에 불을 붙인다. 거리의 사람들은 광장으로 집합하여 용이 타오르는 것을 말없이 지켜본다.

그리고 불이 꺼진 뒤, 인형의 잔해를 정리하면 모래산 안에서 '보물'이 발견된다.

"보물──?" 익스는 물었다. "그건 혹시나 보석 같은 건가?"

"그런 쪽이라고 할까, 완전히 금덩어리였다더군."

"금덩어리…… 어디서 그런 게?"

"어디서고 뭐고, 먼저 묻어뒀겠지. 그게 아니면 뭐가 있겠나?"

"아니……."

어쨌든 보석을 손에 넣는 것으로 축제를 최고조를 맞이하고 다음 날까지 떠들썩하게 이어진다.

──이것이 용 기념제의 전모였다.

"언제부터 시작되었는지, 그건 할아버지도 몰랐어. 다만 할아버지가 본인의 할아버지한테 들은 이야기로는, 옛날에는 조금 더 얌전한 축제였다더구먼."

"축제에 관련된 전승이라든지, 들은 건 있나? 예를 들면 용과 관계가 있을 법한."

"글쎄, 나는 전혀 모르겠는데."

"그런가……."

"뭐, 용을 쓰러뜨리고 보석을 빼앗는다는 건 흔한 모험담이야. 어디 사는 멍청이가 떠올린 걸 후대에 소중하게 전한다니 시답잖아. 없어진 게 정답일 게야."

"그 보석──금덩어리는." 유이가 말했다. "누구의 물건이 되나요? 그 아이 건가요?"

"설마. 당연히 사제님 게 되지. 그러니까 우리 가문이 미움을 받는 것이고. 그 녀석들은 보물을 독점해서 자기들만 배를 불렸다고 말이야."

"그건 이상하지 않나요? 사전에 묻은 보석이 주인한테 돌아가는 것뿐인데⋯⋯."

"밖에서 보기만 하는 녀석들한테 그런 머리가 있겠나, 어?"

"밖에서 말이지⋯⋯." 익스는 중얼거렸다.

"수군수군 이야기하지 말라고. 들리게 할 생각이 없다면 입을 안 열면 되잖나. 그리고 하고 싶은 말이 있다면 확실히 말해"라며 시라는 침을 튀겼다.

"⋯⋯풀메니니아는 산의 눈동자라는 의미야."

"허어?"

"이상하지 않나? 그 낮은 높이의 봉토를 산이라고 부르는 건."

"그게 어쨌는데. 뭐든 거창하게 치르는 게 축제란 거겠지."

"뭐, 그럴지도." 어깨를 으쓱이고 대답했다.

이야기를 듣는 사이에 비쳐드는 빛이 엷어지고 집 안은 시시각각 어둠으로 넘어가고 있었다. 불빛 같은 것은 없는 듯했다.

슬슬 물러나죠, 유이가 속삭였다.

"여러모로 참고가 됐어." 익스는 일어섰다.

"망령 난 영감 이야기를 들으러 오다니, 기이한 녀석들이야. 정말이지."

"가, 감사했습니다. 시간을 빼앗아 버려서⋯⋯."

그리고 현관으로 향하려는 두 사람을, 갑자기 신음하는 듯한 목소리로 시라가 불러 세웠다.

"잠깐만 기다리게나."

"왜 그러시나요?"

"그거, 할아버지의 장부…… 여기 두고 가게나."

"예?"

"할아버지가 죽었어도, 그건 풀멘 가문의 물건이야. 당신이 가지고 있을 권리는 없어. 그렇지 않나, 어?"

"어, 어쩌죠, 익스?"

"그 말이 옳아. 돌려주지."

순순히 응하여 익스는 종이다발을 시라의 무릎 위에 놓았다.

"괜찮나요?"

"내용은 기억하고 있어. 우리가 가질 의미는 없겠지."

"그렇군, 요……."

유이는 노파의 얼굴을 바라봤다.

그녀는 표지에 손을 넣고서 눈을 감았다.

"아아……."

탄식인지 신음인지 모를 목소리가 그 입에서 새어 나왔다.

그것뿐, 그녀는 더 이상 아무 말도 하지 않았다.

"돌아가자." 익스가 말했다.

"……이제부터 어떻게 하죠?"

"용의 심장을 손에 넣겠어."

"어떻게, 라고 묻는 거예요."

"지금 이야기를 듣고 하나……." 익스는 목소리를 낮추었다. "안이 아니라 밖일지도 모르겠다, 생각했어."

"예?"

"밖으로 나가야만 얻을 수 있는 것도 있어. 그렇지?"

시선을 옆으로 향했다.

헨리의 방이 보였다.

작은 창문이 있어서 그 아이는 그곳으로 밖으로 보고 있었다.

창문 너머에는 아그나스 산이 우뚝 서 있었다.

4

눈앞에는 숲이 있었다. 시선을 들면 서서히 녹음이 옅어지고, 정상 근처는 안개가 껴서 어렴풋하게만 보였다.

화산의 회색 연기가 감도는 하늘을 유이는 올려다봤다.

그녀는 아그나스 산의 기슭에 서 있었다.

"가자."

입가에 두른 천을 끌어올리고 익스가 말했다.

아그나스 산에는 마수가 서식하고 있지만 도시에 모험가 조합이 없는 탓에 함부로 출입하는 것은 위험시된다. 그래서 귀중한 삼림 자원을 지니고 있음에도 불구하고 아직 그다지 채벌이 진행되지는 않았다. 다만 지역의 나무꾼은 가끔씩 산에 들어오는지 중간까지 임도가 이어져 있었다. 잡초도 없이 다져진 지면은 걷기 편했다. 이따금 짐승 길과 교차했지만 생물의 기척은 없었다.

바쁘게 주위를 둘러보는 유이를 익스가 고개를 돌려서 봤다.

"그렇게 경계하지 말고."

"하지만 마수가 살고 있잖아요?"

"고지대에는 말이야. 저지대에는 거의 출몰하지 않는다고 그러네. 나무꾼은 그렇게 이야기했어. 임시방편이지만 조우했을 때의 대비책도 있고. 긴장하고 있다가는 못 버틴다고."

"당신의 대비, 라는 건 신용할 수가 없거든요."

"그러니까 따라올 것 없다고 그랬잖아."

"신용할 수 없으니까 따라가는 거예요. 약한 마법이라도 위협으로는 충분하겠죠."

품속에 있는 지팡이의 감촉을 의식하지 않을 수가 없는 유이였다.

처음 오는 산을 걷는다는 것은 상상 이상으로 신경을 쓰는 일이라서, 수풀에 가로막혀서 햇빛은 비치지 않지만 그와 관계없이 목덜미에서 땀이 배어 나왔다.

길은 이윽고 점차 풀로 뒤덮이고 어느 한 점에서 끊어져 버렸다. 그 앞으로는 허리 정도 높이의 잡초와 숲이 이어졌다.

"역시 길은 뚫을 수밖에 없겠는데." 가방에서 손도끼를 꺼내며 익스가 말했다.

"산속을 파고 들어가는 것치고 바깥쪽을 올라가려는 주민은 없다. 그들에게는 아무래도 꺼려지는 일일 모양이야. 오르겠다고 그랬더니 말렸지."

"보통은 말린다고요, 마수가 사는 산이라니⋯⋯."

"기록은 있어."

"그런가요?"

"뭐, 대부분은 목숨 아까운 줄 모르는 탐험가지만. 아그나스 산을 등정하여 능선을 타고 북동쪽으로 진행한다——라는 계획이 남아 있다고 그러네."

"그쪽에는 뭐가 있나요?"

"그걸 알아내려고 가는 거겠지."

"성공했나요, 그거."

"글쎄. 그 탐험가는 돌아오지 않았어." 익스는 어깨를 으쓱였다.

길이 사라지고 진행 속도는 단숨에 떨어졌다. 앞쪽에서 익스가 필사적으로 낫을 휘두르고 뒤쪽에서 유이가 길을 지시했다. 정상까지 가능한 한 직선으로 나아가고 싶지만 도중에 낭떠러지 같은 것과 맞닥뜨릴 위험을 생각하면 함부로 최단 거리를 따라갈 수도 없었다.

땀 말고 작은 벌레나 거미줄이나 잡초에서 나온 즙 따위가 몸에 달라붙어서 기분 나빴다. 유이는 얼굴을 찌푸렸다.

몇 번째인가 한숨을 내쉬었을 때, 문득 익스의 걸음이 멈췄다. 의아하게 생각했지만 금세 그녀도 이유를 알 수 있었다.

"마수……."

관목 그늘에서 뒤틀린 긴 뿔이 튀어나와 있었다.

일그너——라는 마수였다. 초식이고 겁이 많은 성격이지만 한 번이라도 화가 나게 만든다면 그 뿔로 끝없이 덮쳐드는 성가신 상대다. 숙련된 모험가라도 전투에서는 꽁무니를 뺀다고 한다.

게다가 나타난 일그너는 한 마리가 아니었다. 차례차례 뿔이 튀어나오더니 정신이 들었을 때는 네 마리에게 포위당한 상태였다.

시커먼 네 쌍의 눈동자가 두 사람을 가만히 응시했다.

무력한 지팡이 장인과 지팡이가 망가진 학생에게는 불리했다.

그래도 기습으로 놀라게 만드는 정도는 가능하리라. 이마에 땀이 흐르는 것을 느끼며 유이는 살며시 지팡이로 손을 뻗었다.

"잠깐만, 유이."

계속 앞을 보며 익스는 옆으로 팔을 뻗었다.

"하지만."

"됐으니까, 손을 대지 마. 마법을 사용하는 건 저쪽에 덮친 다음이라도 늦지 않아."

"……알겠어요."

지팡이를 든 채로 유이는 기다렸다. 저쪽에서 한 발짝이라도 내디딘다면 그 자리에서 눈을 멀게 할 빛을 꺼낼 생각이었다.

계속 노려보며 한동안 시간이 흘렀다.

"이건, 대체……?" 유이는 고개를 갸웃거렸다.

일그녀는 도망치지도 공격하지도 않고 눈을 연신 끔뻑이며 그저 두 사람을 관찰했다. 가끔씩 귀를 파닥파닥 위아래로 움직일 뿐이었다.

움직이는 것은 배경의 수풀과 일그녀에게 무리지은 벌레뿐이었다.

"그렇군."

익스는 무언가 납득한 분위기로 가방을 지면에 내려놓았다.

"저, 저기, 뭘 느긋하게……."

"괜찮아. 자, 등을 돌려도 습격하지 않지."

"확실히 그렇지만요."

그가 시선을 돌린 탓에 네 마리의 시선은 일제히 유이에게 향했다. "히익" 하고 목소리가 새어나올 뻔했지만 어떻게든 혼자서 계속 노려봤다.

익스는 무언가 가늘고 긴 물체를 가방에서 꺼냈다. 종이와 끈으로 전체가 뒤덮여 있었다. 매듭을 풀자 가공된 나무막대가 나타났다.

"좋아, 유이. 여기에 불을 붙여 줘."

"어, 예?"

"횃불이야. 그 정도 마법은 쓸 수 있잖아?"

"그건, 그렇지만……."

일그너와 횃불을 번갈아서 보고 유이는 눈썹을 찡그렸다. 이제 와서 횃불을 들어봐야 일그너를 쫓아낼 수 있을 것 같지는 않았다. 오히려 쓸데없는 자극을 줄 뿐이리라.

그녀의 불안 따윈 안중에도 없는 것처럼 익스는 한쪽 눈썹을 들었다.

"빨리 해."

"아, 아아 정말, 알겠어요!"

지팡이를 가볍게 휘둘러서 작은 열량을 만들어 냈다. 횃불 끝에 유지하자 이윽고 소리를 내며 타기 시작했다.

불이 붙은 순간, 일그너들은 동요한 것처럼 고개를 돌렸지만 금세 또다시 조금 전의 자세로 두 사람을 바라봤다.

익스는 횃불을 들고 몸 앞으로 작게 휘둘렀다.

"여, 역시 안 되네요, 이걸로는······."

"그런가?"

"빨리 도망치는 편이······ 어?"

눈앞의 광경을 믿을 수가 없어서 유이는 눈을 깜박였다.

코를 벌름거리던 일그녀들이 문득 고개를 들더니 숲속으로 달려간 것이었다.

불을 두려워했다, 그런 느낌은 아니었다. 갑자기 흥미를 잃은 것처럼 일제히 사라져 버렸다.

"이걸 부탁해. 숲은 태우지 말고."

횃불을 건네고 익스가 말했다.

그 후의 여정은 놀랄 만큼 순조로웠다.

고도가 높아지며 수풀이 줄어들기도 했지만, 두려워했던 마수와 제대로 조우하지 않게 된 것이었다. 그 일그녀가 처음이자 마지막이었다.

한 손에 든 횃불을 보며 유이는 물었다.

"이 횃불은 뭔가요?"

"에스네로 만든 횃불이야."

"에스네라면 마수가 싫어한다는──?"

"그래. 횃불로 태우면 연기가 퍼지니까. 보다 광범위하게 마수를 물리치지. 이 도시의 가게에서 사뒀어."

"그렇다면 처음부터 쓰면 되잖아요."

"아니, 별로 의미는 없거든."

"예?"

"마수를 물리친다고는 했지만, 솔직히 에스네 횃불은 그런 수준의 효과는 없단 말이지. 거의 주술 정도고, 좀 더 말하면 그만큼 접근한 마수를 쫓아낼 수는 없어."

"하지만 좀 전의 일그녀는──."

"그래. 이 산의 마수가 특별히 싫어하는 건지, 아니면 다른 이유가 있는지⋯⋯. 어쨌든 화톳불과 횃불의 의미는 이런 거겠지."

무슨 소리를 하는지 이해하는 데 조금 걸렸다.

"설마── 용 기념제를 재현하는 건가요?"

바보 같은 그 발상을 익스는 시원스럽게 긍정했다.

"그래."

"그래, 라니⋯⋯."

"어떤 축제에도 발상이 있어. 풀메니니아가 처음부터 모래산이었다고 여겨지진 않아." 익스는 돌아보지 않고 말했다. "고작해야 흙더미에 그런 거창한 이름을 붙이겠어, 보통?"

"당신의 보통은 몰라요."

"축제의 기원──의식에는 『진짜』가 있었을 테지. 이곳에서 산이라면 누구라도 떠올리는 장소는 똑같아. 그렇게 생각하면 산으로 향하는 것이 아무도 도울 수 없는 『깨끗한 사람』, 그리고 횃불로 인형을 불태우는 『산의 눈동자 빛』── 각각이 무엇을 의미하는가, 알 것 같지 않나?"

"산의 눈동자는 아그나스 산, 깨끗한 사람은 등산가, 산의 눈동자 빛이란 횃불을 들고 등산하는 것──이라고?"

"틀림없다——고 단언할 수는 없겠지만 그럴 듯한 추측이겠지. 용 기념제는 아그나스 산에 오르는 걸 본뜬 제례야."

"잘도 그런 생각을 떠올렸군요."

"아마도 처음에는 정말로 산에 올랐어. 그것이 언제부터인가 간략화 되고 도시의 축제로 대신하게 되었을 테지. 그렇다면 우리는 의식을 재현해 보면 돼."

"재현해서—— 어떻게 하는 건가요?"

"그래, 문제는 그 부분이야." 익스는 고개를 끄덕였다. "중요한 건 용 기념제를 통해서 손에 들어오는 보물……."

"금덩어리에도 『진짜』가 있었다고?"

"아그나스 산에 금은 없어. 올라가서 얻을 수 있는 보물로서는 부자연스럽지. 어쩌면 그것이야말로 정말로——."

"그렇다고 해서, 어째서 축제나 의식으로 진행할 필요가? 그런 이익이 생긴다면 일 년에 한 번, 한 사람만 얻으러 가야만 하는 이유라니…… 아." 이야기를 하며 유이는 떠올렸다. "사제가 독점하기 위한 거군요. 희소한 자원을 가능한 한 오래. 그를 위해서 산의 출입을 제한하고 축제를 빙자해서 비밀을 감추었다."

"꿈이라고는 없는 이야기지만 말이야."

"하지만 재현한다고 해도 저희는 어린아이가 아니고 지금은 밤도 아닌데요?"

"그건 뒤에 덧붙인 요소겠지."

"어째서 그렇게 생각하나요."

"아무리 높이가 낮다고 해도 어린애 혼자서 이 산을 올라가는 건 불가능해. 어른도 밤중에 올라가는 건 무리가 있지. 그러니까 뒤에 덧붙였을 거야."

"……확실히 그 말이 맞기는 하지만요."

"『깨끗한 사람』은 어린아이라기보다 그렇게 의식을 진행해도 진상을 깨닫지 못할 법한—— 혹은 그것을 퍼뜨릴 능력이 없는 인간이라는 의미가 아니었을까. 사제나 그의 가족이 갔을 가능성도 있지만……."

"탐탁지 않은 이야기네요, 그건."

익스는 대답하지 않고 "횃불을" 하며 손을 내밀었다.

정상이 가까워져서 검은 바위가 포개어진 영역으로 들어섰다.

경사도 급격해져서 손발을 사용하여 기어 올라갈 수밖에 없었다. 가방이 어깨로 파고들어서, 유이는 이를 악물고 바위에 매달렸다.

익스는 어떤지 봤더니 한 손에 횃불을 든 채로 재주도 좋게 경사면을 올라가고 있었다. 보통은 지팡이를 만들려고 틀어박혀 있기만 하는 주제에, 어디에 그런 체력이 있었을까. 반대로 체중이 가볍기 때문일지도 모르겠다.

공기가 희박해지고, 또 화산의 연기도 있어서 호흡이 힘들어졌다. 눈에는 눈물이 글썽였다. 몇 번이고 기침을 하며 유이는 팔다리를 움직였다. 등산가가 없는 것도 당연하다고 생각했다. 누가 좋다고 이런 장소로 오겠는가?

눈앞의 바위를 넘어가는 것만을 생각하며 마음을 비우고서 계속 올라갔다. 붙잡은 바위가 빠질 것 같다면 다른 길을 찾아야만 한다. 실수로 떨어진다면 몸은 바위 밭으로 내동댕이쳐지고, 최악의 경우에는 그대로 죽을 것이다. 일그녀와 대치하던 때보다도 그녀는 훨씬 더 긴장했다.

"자."

"……예?"

고개를 들자 익스가 그녀에게 손을 뻗고 있었다.

그보다 위로는 하늘밖에 없었다.

아래를 보자 길게 이어지는 바위가 보였다.

"도와줄게." 익스가 말했다.

"아뇨…… 혼자서, 올라갈 수 있으니……까요!"

그의 손을 붙잡지 않고 유이는 산 정상에 다다랐다.

정상은 넓은 원형으로 되어 있고 시야가 닿는 곳에는 온통 바위가 굴러다녔다. 지금 있는 외곽 부분이 가장 높고 중앙을 향하여 낮아진다. 그쪽에 분화구가 있을 것이다.

짐을 내던지고 익스의 발밑에 주저앉았다. 더워서 어쩔 수 없이 외투를 벗어던졌다.

거친 호흡을 거듭했다. 가볍게 팔을 흔들어 저린 것이 가시기를 기다렸다.

"경치가 좋네요."

"그래."

산 정상에서는 멀리 기슭의 풍경이 희미하게 보였다. 아그나스루즈의 수수하고 조용한 거리. 도시에서 이어지는 길은 갈색이고 보리밭이 바람에 흔들렸다. 시선을 집중하자 도시 옆으로 붉은 점이 보였다. 하르니 꽃밭이 여기서도 보이는 것이었다.

휴식을 마친 두 사람은 넘어지지 않도록 조심스럽게 정상을 걸었다. 북동쪽을 보자 저 멀리까지 능선이 이어져 있었다. 높이는 여기보다도 높았다.

한 바퀴를 돈 뒤, 분화구로 걸음을 옮겼다.

중앙으로 걸어가자 금세 지면이 사라지고 낭떠러지처럼 깊은 구멍이 뚫려 있었다.

구멍에서는 끊임없이 하얀 연기가 뿜어 나오고 기묘한 냄새가 감돌았다. 들이마셔도 괜찮을까, 그런 생각에 입가의 천을 확인했다.

태양의 각도 탓에 구멍 바닥까지 빛이 닿지 않아서, 캄캄해서 잘 안 보였다. 상당히 깊다는 것만큼은 알 수 있었다.

"용암호는 없나요."

유이는 그리 중얼거렸다. 분화구라는 것은 부글부글 끓어오르는 용암이 담겨 있는 곳이 아니었나. 화산에 올라온 것은 처음이라 알 수 없었다.

옆의 익스를 올려다보고 유이는 물었다.

"……그래서, 이다음에는 어떻게 하는 건가요?"

"글쎄……. 축제에는 이것 말고는 의식이 없었으니까 말이야." 그는 미간에 주름을 지었다. "이렇게 산 정상까지 오면 보물이 굴러다닌다고만."

"그 밖에도 절차가 있었던 걸까요? 용 기념제에 비유한다면 ──인형을 태운다든지."

"태운다…… 뭔가 태울 수 있는 건?"

금덩어리나 보물 대신에 검은 바위가 굴러다닐 뿐이고 초목 따윈 그림자도 없었다.

"아니면——"하고 유이는 산 정상의 풍경을 둘러봤다. "실제로 산에 올라오던 시기에는 무언가 있었을지도 몰라요. 용의 심장이 분화 등의 방식으로 튀어나와서 바위 밭에 떨어진다. 그것을 줍고는 용한테서 빼앗았다. 그렇게 선전했던 게 아닐까요."

그녀는 고개를 숙이고 생각에 잠겼다.

"하지만 시간이 지나면서 용의 심장은 더 이상 보이지 않았다. 대규모 분화가 줄어든 탓일지도 몰라요. 하지만 그래서 아무것도 얻지 못했다고 해서는 사제의 체면이 서질 않겠죠. 그러니까 보물을 금덩어리라는 것으로 하고, 축제도 도시 안에서 완결시키도록 해서 어떻게든 신앙을 지켰다……. 신파에게 도시가 넘어갈 때까지."

"그럼 우리는 이미 늦었다는 건가?"

"그냥 제 생각일 뿐이지만요." 유이는 어깨를 으쓱였다.

"……그런가."

익스의 표정 변화는 빈약하지만 결코 감정이 없는 것은 아니었다. 그것은 이제까지 함께 지내면서 깨달은 사실이었다. 하지만 그렇다고 해도 이렇게까지 침울해하는 모습을 보는 것은 처음이었다. 마치 꾸중을 들은 어린아이처럼, 몸이 한 아름 줄어든 것처럼 보였다.

"처음부터 무모한 이야기였던 거예요, 익스. 전혀 단서가 없는 상태부터 추측에 추측을 거듭하는 형태였음에도 여기까지 다다랐다── 그것은 충분한 성과겠죠. 당신의 노력에 감사를 표할게요."

"위로는 됐어."

"그런 건──."

"괜찮아. 결국에 나는 반편이었다, 그것뿐이야." 익스는 고개를 숙였다. "아아……. 누님한테 맡겨 뒀다면, 어쩌면……."

유이는 기침을 했다.

"뭐, 이것으로 끝난 건 아니니까요."

"……무슨 뜻이지?"

진지한 표정으로 고개를 갸웃거리는 그를 보고 입가가 풀어졌다.

"용의 심장은 무리더라도 지팡이는 수리해 주지 않으면 곤란해요. 부탁할게요, 익스."

"아아…… 또 누님의 가게를 빌리도록 할까."

"세 사람을 구하러 가야만 해요. 게다가 이제 곧 여름도 끝나요. 학교가 재개될 때까지는 맞춰야겠죠."

"그렇군……. 빨리 돌아가야겠어."

"예, 그래요."

하지만 말과는 달리 익스는 전혀 돌아가려고 하지 않았다. 그 자리에서 계속 고개를 숙이고 있었다.

"저기, 익스?" 유이는 그의 옆얼굴을 올려다봤다. "괜찮나요? 침울하다는 건 알겠지만 슬슬──."

"마지막으로 시험해 봐도 될까?"

익스는 고개를 숙이며── 아니, 구멍 바닥을 바라보며 말했다.

"어, 뭘 말인가요?"

"그냥 떠오른 생각을."

"예?" 유이는 고개를 갸웃거렸다. "잘 모르겠지만, 뭐 마음대로 하세요."

"알겠어."

고개를 들고 익스는 횃불을 분화구로 던져 넣었다.

횃불은 경사면에서 튕기며 구멍 바닥으로 굴러가서 어둠 속으로 사라졌다.

산 정상에 부는 바람 외에는 아무 소리도 들리지 않았다.

잠시 후, 유이는 애써 온화하게 물었다.

"그래서, 대체 무슨 생각인가요?"

"안 되는 모양이네." 익스는 한숨을 내쉬었다. "내 나름대로 『인형을 태운다』를 해봤는데. 이건 아니었나?"

"분화구에 횃불을 던져 넣으면 용의 심장이 튀어나온다, 그렇게 생각했군요? 과연, 유쾌한 상상이에요."

"…………."

"그 발상의 시시비비는 제쳐놓고, 저기 말이죠. 횃불을 던져버렸는데 돌아갈 때는 어떻게 하나요?"

"갈 때는 옷에 냄새가 배어 있을 테고, 여기 마수는 얌전해. 뭐, 괜찮겠지." 익스는 태연하게 대답했다.

"하아……. 알겠어요, 마지막 정도는 당신의 추측이 맞기를 기도하죠." 유이는 외투를 걸쳤다. "돌아갈까요."

"그래."

마지막으로 두 사람은 구멍 바닥을 들여다봤다.

평온한 어둠에서 하얀 연기가 새어나오고 있었다.

그것뿐이었다.

마주보며 작게 고개를 끄덕이고 등을 돌렸다.

그렇게 몇 걸음 나아갔을 때였다.

"──이건?"

유이는 깜짝 놀라 멈춰 섰다.

옆을 보니 익스도 비슷한 표정을 띠고 있었다.

"유이, 조심해!"

"조심하라니, 어떻게 하라고요!"

"아니, 그건 알지만──!"

그들의 목소리는 금세 지워졌다.

목소리 따윈 상대가 안 되는 큰 음량.

인간은 그런 소리를 낼 수 없다.

마수도 낼 수 없다.

생물로서는 불가능하다.

아그나스 산이──.

산이, 신음하고 있었다.

5

지하 깊은 곳에서 밀려 올라오는 것 같은 폭음이 익스의 고막을 흔들었다.

대기가 충격파가 되어 몸을 때리고 돌멩이나 바위마저 흔들었다.

"젠장."

순간적으로 유이에게 팔을 뻗었다. 서로의 몸을 지탱하여 어떻게든 안정을 확보했다.

"분화의 전조일까요?!" 유이가 외쳤다.

"내가 횃불을 넣어서 그런가?!" 익스 역시도 외쳤다.

"그렇다면 평생 미워할 거예요!"

"얼마 안 남은 인생이라고, 좀 더 유의미하게 써!"

대화를 나누는 사이, 조금씩 소리가 그쳤다. 진동도 줄어들었다.

이윽고 소리는 완전히 멎었다. 주위가 적막해졌다. 음량 차이 때문에 익스는 날카로운 이명을 느꼈다.

팔을 내리며 유이가 중얼거렸다.

"그쳤어……?"

"모르겠어. 제2파가 오기 전에 산을 내려가자."

"예, 그러네요…….'

그러면서 분화구에서 떨어지려던 그때, 또다시 소리가 들렸다.

"어……?"

걸음을 멈추고 두 사람은 돌아봤다.

조금 전과 같은 큰 음량은 아니었다. 온화하고 깊은 울림이 그

Illustrations © Enji

들의 귓전을 때렸다.

아니—— 그냥 소리가 아니었다.

그것은, 목소리.

——오랜만이군, 불의 존재.

"이, 이건……?"

유이는 주위를 둘러보고 목소리의 주인을 찾았지만 물론 이 자리에는 그들밖에 없었다.

"아니야, 유이. 거기에는 없어."

"하, 하지만 그렇다면 어디서……."

"저기야." 분화구를 가리키고 익스는 말했다. "목소리는 저기서 울리고 있어."

"그럼 분화구 아래에서——?"

"아니……. 그게 아니라고."

익스는 입가에 손을 대고 고개를 가로저었다. 자신의 손이 떨리는 것을 그는 깨달았다. 그 의뢰를 받은 뒤로 몇 번이나 생각했던 추측. 그중에서도 가장 비현실적인 공상——너무도 황당무계해서 유이에게조차 이야기하지 않았던 그것——이, 현실이 되려 하고 있었다.

"무슨 뜻인가요, 익스……!"

"——용이야."

"예?"

"지금 우리가 서 있는 여긴 산이 아니라── 용이야. 아그나스라는 것은 화산이 아니라 **용 그 자체**의 이름이었어……."

휘청휘청 다리를 움직이며 익스는 소리쳤다.

"그런 거겠지?!"

"──그렇다마다."

이번에야말로 확실하게 들렸다. 깊고 느긋한 목소리가 두 사람에게 이야기를 건넸다.

"우리는 너희가 용이라 부르고, 아그나스라 부르고, 풀메니니아라 부르고, 혹은 산이라 부르는 자다."

"산이…… 용……?"

믿을 수 없다는 표정으로 유이는 몇 번이고 고개를 내저었다.

"……전에 말하려던 게 있었지?" 익스는 스스로에게 이야기하듯이 말했다. "용이 지금도 살아있고, 목격되지 않는 것은 작아졌다든지 투명해졌다든지── 그래서라고. 그 마지막 이유야. 너무 작아서 보이지 않는 것과 마찬가지로, 너무 큰 것은 보이지 않아."

아그나스석의 광맥은 끝이 없고, 폐광의 균열에서 파편이 흘러내리고 있다.

그것은 미지의 보석, 용의 심장이 살아있는 것이라고 생각했지만── 돌이 돌을 만들어 낸다는 추측보다 훨씬 자연스러운 해석이 있다.

다시 말해서.

용의 심장은 심장이고.

산── 몸에서 무언가를 내보내고.

아그나스석이란 체내에서 순환하는 그것이 스며 나와서 결정화된 것이라면.

"신이 알레츠와 아그나스석의 혼성 심재가 용의 심장과 비슷했던 건 우연이 아니었어. 양쪽 모두 광물과 생물의 중간체니까 비슷한 게 당연해. 그때 느낀 강한 고동은 착각이 아니라……."

그렇게 이야기하고는 있지만 믿지 못하는 것은 익스도 마찬가지였다. 산 그 자체가 용이라니, 옛날이야기에도 그런 내용은 없다. 대체 누가 믿을까? 이런 어린아이의 망상…….

아그나스는 느긋하게 말을 자아냈다.

"──너희가 오는 것을 기다리고 있었다. 이전에 온 것은 언제였던가……."

"처, 천 년 전부터 용의 기록은 남아 있지 않아." 익스의 목소리는 떨리고 있었다.

"천 년…… 불의 존재의 달력은 모르겠지만, 그런가……. 그것은 옛날, 이겠지."

"우, 우리의 말을 알아듣는 건가요?" 무척 겁먹은 모습으로 유이가 물었다.

"그래, 알다마다." 아그나스가 이야기할 때마다 대기가 부드럽게 흔들렸다. "우리의 눈은 땅 끝을 내다보고, 우리의 귀는 수면에 닿는 깃털조차 놓치지 않는다. 너희가 이야기를 건네려고만 한다면 아무리 멀리 있을지라도 마음속마저도 알 수 있다."

"용의 마법……." 익스는 중얼거렸다.

용의 마법── 무한한 마력을 지닌 용은 상상이 미치는 모든 것을 실현시킨다고 한다. 무슨 일이 가능하더라도 신기할 것은 없다.

주저앉으려던 참에 어떻게든 버티고 익스는 계속 이야기했다.

"우리가 이전에도 왔다──고 했지. 어떤 녀석이 왔는지 기억하나?"

"불의 존재는 구별하지 못한다. 하지만…… 그렇지, 오는 것은 매번 하나뿐이었군. 그 무렵에는, 우리는 지금보다 작았다……."

"기, 기다려 주세요." 유이가 끼어들었다. "작았다? 아그나스 산이 작았다는 기록은 본 적이 없어요. 어째서 커진 건가요. 대체, 얼마나 먼 옛날의 이야기인가요!"

그 외침이 산 정상에 메아리쳤다.

그러자 잠시 틈을 두고 산이 가늘게 떨리기 시작했다. 기묘한 울림과 함께 가는 진동이 덮쳐들었다.

아그나스가 웃고 있었다.

"……그런가, 너희는 우리를 모르는 거로군." 어쩐지 즐거워하는 목소리가 말했다.

"몇몇 이야기가 전설로 남아 있지만……." 익스는 대답했다. "일단 나는 용과 만난 인간 따윈 본 적이 없어."

"그렇군, 그렇군."

"저기, 아그나스 씨, 부디 가르쳐 주시지 않겠어요? 당신은 어째서 이곳에 있는지, 커졌다는 건 어떤 의미인지──."

"괜찮겠지."

그녀의 부탁을 아그나스는 간단히 받아들였다. 용의 입장에서 보면 인간 따윈 피부 위를 기어 다니는 벌레 같은 존재일 터인데 어째서 이다지도 다정한 것일까. 온화하게 죽음으로 다가가는 늙은 짐승을, 익스는 문득 연상했다.

"하지만 괜찮겠나? 내게는 시간이 있지만 불의 존재에게 허락된 시간은 짧아."

"뭐, 가능한 한 간추려서 부탁하지."

그러자 또다시 아그나스는 웃었다.

"재미있군…… 이곳으로 찾아온 불의 존재는 너희처럼 이야기하지 않았다."

"죄, 죄송해요, 기분이 상하셨나요……?"

"아니아니, 그걸로 됐다. 그를 위해서 내가 여기 있는 것이다."

그리고 아그나스는 이야기를 시작했다.

"우리의 시작이 무엇이었는지, 그것을 나는 모른다. 나는 우리 가운데서도 최후의 세대였다. 내가 눈을 떴을 때에는, 우리는 천공을 내달리고 숲에, 산에 살고 있었다. 먼 곳의 숲에, 어두운 숲에, 커다란 산에, 늘어선 산에, 그리고 지금 있는 이 산에도."

"숲이나 산에……?" 유이가 중얼거렸다.

"그래──. 당시의 우리는 지금처럼 커다랗지 않았던 것이야. 우리는 너희와 인연을 갖고 바라는 것을 주었다. 바라는 것은 때에 따라 달랐다. 금덩어리, 지혜, 생명, 때로는 검 따위도 주었지."

그것은 마치 용을 살해한 영웅이나 용과 교류한 무녀가 손에 넣었다는 보물 같은──.

"잠깐만 기다려 줘." 익스는 손을 펼쳤다. "바라는 것을 주었다? 그런 일을 한다고 해서 무슨 이득이 있지? 인간 따위를 돕더라도──."

"불의 존재만이 아니다. 다른 존재에게도 바라는 것을 주고 있다."

"다, 다른 존재?"

"검은 날개의 존재, 푸른 비늘의 존재, 비틀린 뿔의 존재──이것은 너희도 만났더군. 그 밖에도 많은 사람이 우리 곁에 있다. 그리고 우리는 그 사람들이 밖으로 방출하는 힘을 마시고 있다. 바라는 것을 주는 행위는 그에 대한 답례에 불과하다. 다만 식사 이외의 것을 바란 것도, 우리에게 언어로 이야기를 건넨 것도 불의 존재, 니희가 처음이었다만……."

"힘을 마시고 있다…… 그것이 용의 힘의 원천인가."

이전에 유이와 이야기를 나눈 적이 있었다. 무한한 마력, 거대한 체구를 유지할 수 있는 연료를 용은 어떻게 얻고 있는가. 생물이 발하는 마력을 모을 수 있는 능력이 있다면, 과연 틀림없이 그것은 무한하다고 할 수 있다. 게다가 상한이 없는 이상──.

"불의 존재는 흥미 깊었다. 우리와 적극적으로 엮이려는 존재도, 반대로 엮이기를 거절하려는 존재도 있었다. 특히 언어의 그릇으로 대화하는 것이 재미있었다. 너희는 다양한 이야기를 하더군. 그것은 처음으로 안 기쁨이었다. 하지만……."

아그나스가 말을 끊자 분화구에서 하얀 연기가 뿜어 나왔다.

"……우리가 시작된 뒤로 기나긴 시간이 지났다. 우리들 다수는 지쳐 있었다. 어떤 순간, 우리 중 하나가 대지와 함께 잠들 것을 결단했다. 그러자 그 밖의 존재도 마찬가지로 잠을 바랐다. 하지만 우연히 그 사실을 안 불의 존재가 바란 것이었다. 『그건 곤란하다. 부디 자신들과 계속 교류해 주지 않겠나』──라고. 그래서 우리 중에 젊은 자를 골라서 그 이후의 교제를 모두 맡기기로 했다."

"그것이── 당신인가, 아그나스."

그래, 라며 아그나스는 신음했다.

"그 불의 존재는 바뀌었다. 찾아올 때의 신호를 정하고, 그 이외의 순간에는 결코 대화를 하지 않도록 우리에게 약속을 받고, 항상 하나씩 찾아왔다. 불의 존재의 바람에 응하여 내가 교류의 모든 것을 맡았다. 다른 우리는 안심하고, 내 몸 위에서 차례차례 잠들었다. 몸들이 서로 뒤섞이고 나는 우리가 되었다. 나와 같은 세대의 우리도 이윽고 삶에 지쳐 마찬가지로 잠에 들었다. 우리는 더욱 커지고, 길어졌다."

그러니까…….

아그나스 산만이 아니라 북동쪽으로 계속 이어지는 능선도 아그나스의 일부──라는 의미인가?

"너희의 달력으로 그것이 얼마나 과거의 일이었는지, 나로서는 알 수 없다. 이것이, 질문의 대답이다."

"당신은──." 유이는 물었다.

"당신은, 지치지 않았던 건가요?"

"불의 존재가 오는 한, 나는 지치지 않는다. 그 교제를 특별히 즐겼기에 내가 선택된 것이다. 하지만……." 또다시 연기가 뿜어 나왔다.

"언제부터인가 너희는 찾아오지 않게 되었다. 대화를 나누지 않게 되고, 기슭에서 바라보기만 하게 되었다. 그것조차도 어느샌가 사라졌다. 이따금 들어오는 존재, 몸 안을 파내는 존재는 다수 있지만 신호를 보내지 않고 아무것도 바라지 않는다. 단 몇 번은 여기까지 온 존재도 있었지만 그들은 멀리 떠났다. 나는 그저 계속 기다렸다. 몸 안에서 벗겨진 것을 모아 입으로 뱉어냈다. 가끔씩 겉잠이 들었다. 그렇다, 그렇게 된 뒤로는—— 지쳤을지도 모르겠군."

천 년 이상 전에 용은 멸종되었다—— 그런 기록이 남아 있다.

교류를 위한 의식은 어느샌가 마을의 축제로 모습을 바꾸었고, 이제는 그 축제마저도 사라져 버렸다.

그렇게 계속 기다렸을 시간은 얼마나 길었을까?

산이 되어 움직이지도, 이야기를 건네지도 않고 그저 계속 기다린 세월은——.

"어째서냐." 저도 모르게 그런 혼잣말이 새어 나왔다.

"무엇이 말이냐?"

"어째서—— 그런 사명을 계속 따랐지? 다른 용이 맡겼다는 건 알겠어. 하지만 이미 충분히 다했을 테지. 지쳐도 잠들지 못하고, 인간도 찾아오지 않는다. 약속을 어기더라도 아무도 몰

라. 그런데도 이렇게 고독하게 계속 기다리는 이유가 있나? 사라진 녀석을 따르다니…….”

“그건 말이다.” 아그나스는 온화하게 대답했다. “맡은 것이 있는 한, 나는 우리니까 말이다, 불의 존재. 진정한 고독은 아닌 게야.”

“……그래. 그런 의미인가.”

익스는 깊이 숨을 내쉬었다.

몇 번인가 고개를 끄덕이고 천천히 입을 열었다.

“아그나스……. 용과 교류하는 수단, 그 신호는 이미 실전되었어. 용이 존재한다는 것도, 여기에 살아있다는 것도 이제 누구도 몰라.”

“그런가…… 그렇지 않을까 생각했다.”

강한 바람이 불어 연기를 휩쓸어 갔다.

“하지만 너희는 떠올린 것이겠지? 불의 존재, 너희는 나를 잊지 않았다. 이렇게 내게 신호를 보내고, 대화를 나누러 왔다. 그렇다면 다른 사람들도 떠올리게 되겠지? 또 옛날처럼 내 곁을 찾아오겠지? 그렇지 않은가?”

“──그건 무리야, 아그나스.”

“익스!” 유이가 이쪽을 노려봤다.

“사실을 이야기하는 거야. 우리가 이곳까지 다다른 것은 정말로 우연이나 마찬가지야. 다른 녀석들이 같은 일을 할 수 있다고 여겨지진 않아.”

“우리가 퍼뜨리면 될 일이에요!”

"그런 힘, 우리한테는 없어." 익스는 결연하게 말했다. "가까운 몇몇에게는 전할 수 있겠지. 하지만 누가 믿겠어? 설령 믿는 사람이 나타나더라도, 그런 지식은 무르기 짝이 없어. 우리는 금세 죽고, 전해들은 누군가도 금세 죽어. 그것을 알고 있었으니까 과거의 사람들은 『축제』를 만들었지. 잊어도 잊히지 않도록, 계속 후세로 전해지도록……. 하지만 확고한 전달 수단인 축제는 사라졌어. 어렴풋이 기억하는 사람도 사라지려 하고 있지. 그러니까──."

익스는 입을 다물었다.

"……그런가." 아그나스는 중얼거렸다. "너희는 이제, 오지 않는가."

"아그나스 씨, 저는──."

"아니…… 괜찮다, 불의 존재."

또다시 산 정성에 연기가 끼었다.

안개가 끼듯이 풍경이 점점 하얗게 물들었다.

"그래, 그렇다면 내 사명은 다했다는 것이다. 불의 존재의 바람은 이루었다는 것이다……. 그렇다면── 그것으로 충분하겠지. 내가 잠에 들어, 우리는 보잘것없는 역사를 닫기로 하겠다."

"하지만, 그건──." 그리 말하려다가 유이는 어깨를 떨어뜨렸다. "아무도 읽지 않고, 아무도 모르고, 그저 썩어간다는…… 건가요."

"무슨 이야기지?"

"아뇨…… 아무 이야기도 아니에요."

그녀는 조용히 미소를 띠었다.

"당신 말고, 깨어 있는 용은 없나요?"

"없다. 내가, 마지막이다."

"…………."

하얀 풍경 너머에서 아그나스의 다정한 목소리가 울렸다.

"바람을 말하도록 해라, 불의 존재여. 그것이 무엇이든 나는 그것을 주겠다."

익스와 유이는 시선을 마주했다.

함께 고개를 끄덕이고 익스가 양손을 들었다.

"당신의—— 용의 심장을 바란다. 내가 들 수 있는 정도면 충분해."

"알겠다…… 주마."

"괘, 괜찮은 건가요?"

유이는 무심코 물었다. "심장이라니……."

"내 몸에는 심장이 몇 개나 있다." 아그나스가 대답했다. "그렇지 않다면 온몸으로 열기를 옮길 수는 없다. 하나나 둘 사라진다고 해서, 하물며 조각으로 찢기더라도, 아무런 지장도 없다. ——받아라."

연기 안에서 한 아름이나 되는 보석이 나타났다.

붉은—— 김을 피워 올리는, 광물과 생물의 중간체.

용의 심장.

"이전에는 내게 심장을 바란 다른 사람이 있었다……."

심장은 떠오르더니 익스의 품으로 들어오고 무게를 더했다.

"무거워, 뜨거워!"

내동댕이칠 뻔했지만 어떻게든 떨어뜨리지 않고 품에 안았다.

품으로 들어온 붉은 빛을 바라봤다. 아직 두근두근 맥이 뛰는 것 같은 느낌이었다.

마침내 손에 넣은 것이다──.

품으로 들어온 붉은 빛을 바라보자 참지 못하고 얼굴이 싱글거렸다. 이만큼 있다면 연구도 마음대로, 지팡이 제작도 마음대로.

"그럼 하나 더 바람을 말하도록 해라."

"……예?" 유이가 입을 열었다. "바, 바람은, 하나뿐……인 게 아닌가요?"

"그런 약정은 없다. 너희는 둘. 그러니까 바랄 수 있는 것도 둘이다. 말하도록 해라, 불의 존재."

"이, 익스……." 유이가 불안한 표정으로 이쪽을 바라봤다.

"유이가 바라는 걸 부탁해."

"하지만 용의 심장은 저의……!"

"아니야. 유이가 바란 건 지팡이 수리야. 용의 심장을 필요로 한 것은 내 사정에 불과해."

두 사람은 서로의 모습을 눈동자에 비추었다.

이윽고 유이는 끄덕였다.

"……알겠어요."

그녀는 메마른 입술을 적셨다.

"아그나스 씨── 당신의 몸 안에, 사람이 있나요?"

"그래, 몇이나 있다."

"저기, 그게 아니라 몸 안으로 들어가서 나올 수가 없게 된 사람들이에요. 아마도 세 명 있을 거예요."

"흠…… 나갈 수 없는지는 모르겠지만, 한동안 움직이지 않는 자들이라면 있다. 셋 정도 있군. 관 중간에 걸려 있다."

"그들은, 사, 살아있나요……?"

"그래. 가냘프지만 생명의 불꽃은 아직 붙어 있다. 셋, 모두 말이다."

"아아, 다행이야……." 유이는 안도의 한숨을 흘렸다. "아그나스 씨, 부탁할게요. 그 세 사람을, 구해 주세요."

"그것이 너의 바람인가?"

"……예."

"알았다, 주마."

"아── 감사합니다!" 그녀는 머리를 숙였다.

"뭐…… 감사할 것은 내 쪽이다."

연기가 천천히 걷혔다.

화산의 연기가 사라진, 푸른 하늘이 보였다.

"나를 떠올린 것, 이곳에 찾아온 것, 그 모두에 감사하마, 불의 존재여."

"저, 저야말로, 정말 감사합니다. 당신의 잠이 편안하기를──진심으로 기도할게요."

"잠이란 편안한 것이다. 하지만 그 호의를 기뻐하마."

"……이, 익스도, 뭔가 말하는 건 어떤가요."

"응? 아, 그러네."

유이가 쿡 찌르자 무슨 말을 할지 망설인 끝에 그는 문득 물었다.

"저기, 아그나스."

"무엇이냐?"

"용의 경우에도, 잠들면 먼지가 되는 건가?"

한순간 유쾌하다는 듯 산이 떨렸다.

그것을 끝으로 최후의 용, 아그나스의 목소리는 돌아오지 않았다.

왔을 때와 똑같은 산 정상의 풍경을 앞에 두고 두 사람은 가만히 서 있었다.

6

유이와 익스는 산을 내려왔다.

바위 밭을 내려가고, 오면서 개척한 수풀을 빠져나가 임도를 걸어갔다.

돌아가는 길에는, 마수는 한 마리도 나타나지 않았다.

"그러고 보니⋯⋯." 내려가는 도중, 유이가 이야기를 건넸다. "아그나스 씨의 대답은 참고가 되었나요?"

"뭐 말이야?"

"물어봤잖아요. 사라진 자를 따르는 건 어째서냐고."

"아⋯⋯. 아니, 딱히 그런 의미로 말한 게 아니야."

익스는 비스듬히 위로 시선을 향했다.

알아차리고 있었나…….

확실히 그것은 자신에게 던진 물음이었다.

그리고 아그나스의 대답을 듣고서 깨닫고 말았다.

그때, 가게를 나설 때에 느낀 쓸쓸함은…….

자란 집을 떠나는 것에 대한 감상이 아니라…….

들키지 않도록 한숨.

그러니까 이유도 아그나스와 똑같이.

맡은 것이 있는 한, 죽은 자는 아직 죽은 자가 아니다.

스승이 사라진 구멍을 그 약정서가 메웠기에——.

하지만 그 대답은 누구에게도 이야기하지 않으리라.

가슴속에 가두어 두고 두 번 다시 떠올리지 않는다.

그것을 인정하는 것은—— 너무도 아니꼽다.

마치 어린애 같지 않은가, 그리 생각한다.

"그런데 어째서 이곳의 사람들은 용과 약정을 맺었을까요?" 그런 생각을 하는 사이에 유이가 화제를 바꾸었다. "바란다면 용은 주겠죠. 그런데도 교류를 제한하고 일 년에 한 번, 하나의 바람만 건넸다는 건……."

"사제가 이익을 독점하기 위해서. 자기 입으로 그러지 않았던가?"

"그러네요. 하지만——." 유이는 입가에 손을 댔다. "이렇게 생각할 수는 없을까요? 혹시 온갖 바람을 다 이루어 준다면, 그렇게 편리한 존재를 사람은 끝까지 이용하겠죠. 인간의 욕심으로부터 용을 지키기 위해서, 의식으로 가장하여 숨겼다……."

"그렇다고 한다면, 숨긴 탓에 처음의 의지가 잊히고 사람은 산을 올라가지 않게 되었으니까 참으로 얄궂은 이야기겠네."

"아그나스 씨가 너무 다정했던 거예요. 산에 올라오지 않은 사람의 바람까지 이루고 말았으니까⋯⋯." 유이는 한숨을 내쉬었다. "이만큼 이래저래 조사를 했는데도, 남은 수수께끼가 너무도 많아요. 어째서 신파는 그렇게까지 철저하게 과거의 신앙을 지워 버렸는가, 라든지."

"전에도 이야기했지." 익스는 가볍게 고개를 끄덕였다. "축제에서 얻은 보물을 독점해서 주민의 원한을 샀기 때문이라고 생각했는데."

"하지만 반대일 가능성도 있어요. 축제로 얻은 보물을 제대로 환원했다면 주민은 다들 부유했을 터. 모두가 기꺼이 믿었기 때문에 신파는 가혹해질 수밖에 없었다──고."

격렬한 날갯짓 소리를 내며 검은 새가 두 사람의 머리 위를 날아갔다. 나무에 가려서 금세 보이지 않게 되었다.

"기록──. 뒤져보면 그 기록도 찾을 수 있었을까요?"

"시간이 없잖아. 우리는 못 찾았어."

"하아⋯⋯ 모르는 것들뿐이네요."

"그게 보통이야."

과거를 이야기할 수 있는 것은 기록뿐이다.

그러니까, 더는 알 수 없다.

사라진 제례가 얼마나 활기찼는지.

떠난 용이 얼마나 다정했는지.

──그런 기록은, 어디에도 없다.

7

눈을 떴을 때, 방에는 아침햇살이 비쳐들고 있었다. 익스는
눈을 비비며 상반신을 일으켰다. 위를 뒤덮고서 자고 있는 모르
나의 몸을 치웠다. 바닥에 떨어졌을 때, "으극" 하고 신음한 듯
했다.

하품을 하며 그는 가게 앞으로 향했다.

용의 심장을 다룰 수 있다는 흥분 탓에 그만 열중하고 말았다.
최근 며칠 동안 두 사람은 체력의 한계까지 일하다가 기절하듯
이 잠드는 생활을 보내고 있었다.

가게로 나오자 유이가 이쪽을 돌아봤다. 허리에 손을 대고서
말했다.

"잘 잤나요, 벌써 낮이 다 됐어요."

"그래, 잘 잤어."

"제대로 안 쉬면 몸에 해로워요. 알고는 있나요?"

"몸의 한계는 몸이 가르쳐 줘."

"정말이지……."

오토는 이쪽으로 눈길도 주지 않고 열심히 가게를 청소했다.
평소 그대로의 미소로, 어질러진 소재나 도구를 정확하게 원래
위치로 돌려놓았다.

적당한 의자에 앉아서 익스는 빵을 씹었다.

모르나의 도움도 있어서 지팡이 수리는 순조롭게 진행되고 있었다. 어떻게든 학교가 재개될 때까지는 맞출 수 있을 듯했다.

"어쨌든 제발 무리하지는 말아요." 후드를 깊이 뒤집어쓰고 유이가 말했다.

"외출?"

"예, 약속이 좀 있어서——."

그러면서 그녀가 현관을 나가려던 순간, 맞은편에서 문이 열렸다.

"안녕하세요!"

새된 목소리가 울렸다.

어린 소녀가 서 있었다. 금색 머리카락을 길게 길렀고, 조금 크지만 온몸을 뒤덮는 고급스러운 옷을 입고 있었다. 귀족 소녀일까, 더러운 가게에서는 붕 떠 있었다.

그녀는 태양처럼 밝은 미소를 띠고서 가게 안의 세 사람을 순서대로 바라봤다.

"시강 아이마."

가장 먼저 오토가 그리 말했다.

아는 사람이냐—— 익스가 그리 물으려던 그때.

"이런 모습인데도 간파당했나—— 그렇군." 소녀는 턱에 손을 댔다. "용모가 아니라 거동이나 말의 발음으로 판단했다, 그리 생각해야 하나……."

갑자기 바뀐 말투에 놀란 것도 잠시, 소녀가 부풀어 오르기 시작했다.

보글보글, 기묘한 소리를 내며 몸이 골격까지 통째로 변화했다.

그곳에는 노인이 하나 서 있었다.

상당한 장신이었다. 여윈 체형이지만 등줄기는 곧게 펴져서 가느다란 막대기처럼 보였다. 얼굴에 새겨진 주름은 깊고 눈빛은 맹금류처럼 날카로웠다. 백발을 짧게 가다듬은 모습이었다.

바로 옆에서 올려다보는 자세가 된 유이가 중얼거렸다.

"어…… 시, 시강 교장 선생님……?"

"음, 자네는 학교 학생인가?" 시강은 한쪽 눈썹을 들어올렸다.

"아, 어, 예……. 유이 라이카예요."

"유이—— 루크타에서 온 유학생인가. 자네도 지팡이를 주문하러?"

"아뇨, 저는 수리를 부탁해서요……."

"그런가. 모르나 씨의 기술은 일류야. 마법을 갈고닦기 위해서는 우선 일류 지팡이 장인을 찾아내야만 하지. 자네에게는 소질이 있어."

"가, 감사합니다."

"자네도 학생인가?" 그의 시선이 익스를 향했다.

"어, 아니야." 퉁명스럽게 대답했다.

"아, 그, 그 사람도 지팡이 장인이에요." 유이가 당황해서는 끼어들었다. "익스라고 해요. 제가 수리를 부탁한 건 그 사람 쪽이라서."

"아…… 문지르의 마지막 제자로군?"

"……그래."

"익스, 실례예요!"

"아니, 상관없어. 지팡이 장인은 사람보다 지팡이를 위에 두지. 그래야만 해." 그러더니 시강은 유이를 내려다봤다. "그런데, 외출하려던 참이 아니었나?"

"아, 그랬는데요……."

"나는 신경 쓰지 말고 가도록 해. 유이 양, 학교에서 또 만나도록 하지."

"아, 예." 시강과 익스를 번갈아서 보고 유이는 애매하게 머리를 숙였다. "그, 그럼, 실례하겠습니다……."

그러는 동안에 오토가 가게 선반에서 지팡이 하나를 가져왔다. 전체를 하얗게 칠하고 위쪽에 푸른 보석을 박은 긴 지팡이였다.

"이거야." 오토가 지팡이를 건넸다.

"음, 고마워. 오토 군."

시강은 지팡이를 받아들더니 품에 넣었다. 어찌 봐도 들어갈 리가 없는 공간으로 지팡이가 사라졌다.

그는 노려보듯이 가게 안을 둘러보더니 또다시 익스를 응시했다.

"익스 군, 조금 걸을까?"

"허?"

"할 이야기가 있어. 같이 가자고."

상대가 따르는 것은 당연하다는 느낌으로 시강은 가게 문을 열었다.

"오토 군, 모르나 씨한테 인사를 전해줘."

"알았어." 오토가 고개를 끄덕였다.

가볍게 턱을 당기고 시강은 밖으로 나갔다.

어쩔 수 없이 익스도 가게를 나왔다. 상당히 걸음이 빠른 모양이라 시강은 이미 길 저쪽을 걷고 있었다.

종종걸음으로 따라가서 그의 옆에 나란히 섰다.

큰길이 어쩐지 시끄러워서 여기서도 소란이 들렸다.

"문지르한테는 신세를 졌지."

아무런 서두도 없이 시강은 이야기를 시작했다.

"내가 가진 지팡이 중 대대수는 그가 만들어 준 물건이야. 사상 최고의 장인이었지. 그가 죽은 건 마법계에 큰 손실이야."

"그런가."

"하지만 그는 지팡이 대신에 우수한 제자를 남겼다. 모르나씨는 그중 으뜸이야. 이미 몇 번이나 이용하고 있어. 이번 지팡이도 훌륭한 완성도였지."

"누님이 들으면 기뻐할 거야."

"자네한테도 곧 주문하게 되겠지."

"그만둬. 나는 반편이야."

"그런가?"

문득 시강의 몸에 무언가가 부딪쳤다.

그의 옷에 커다란 갈색 얼룩이 배어 있었다. 길을 보니 빈민아이들이 흙 경단을 던진 모양이었다. 이쪽의 시선을 깨닫자 그들은 순식간에 도망쳤다.

하지만 시강은 눈썹 하나 움직이지 않았다. 전방을 노려보는 모습 그대로, 변함없는 보조로 걸어갔다. 흙 경단을 알아차리지 못했는가 싶을 만큼 아무런 반응도 보이지 않았다.

또다시 익스가 따라잡자 그는 말했다.

"나는 자네를 만난 적이 있어. 기억하나?"

"아니."

"그런가? 나는 자네한테서 지팡이를 받았는데."

"지팡이를?"

잠시 미간에 주름을 지은 뒤, 익스는 작게 중얼거렸다.

"……각인 번호 9889 전(傳)?"

"그래, 역시 대단한 기억력이군. 그래, 그때도 그랬지. 내가 주문한 물건을 가지러 갔더니, 문지르는 아직 정말 어리던 자네를 불러서는『그 지팡이를 가져와라』라고 명령했어. 실로 적당한 지시였지. 하지만 자네는 순식간에 그 지팡이를 찾아냈어. 지독히도 어질러진 그 가게에서 말이야."

"딱히 대단한 일은 아니야." 익스는 미간을 찌푸렸다. "어질러진 것처럼 보여도 제대로 정돈되어 있었어. 지팡이 제작년도나 심재, 목재, 성질, 각인 번호, 스승님의 취향에 따라서. 그것만 알면 간단한 이야기야."

"말도 제대로 못 하는 나이인 아이가 그걸 기억했다고?"

"나는 버려진 아이야. 살기 위해서라면 누구라도 할 수 있어."

그럴까, 시강은 고개를 끄덕였다.

"이건 문지르가 살아있는 동안에는 못 했던 이야기인데……

그는 자주 이야기했지. 제자 중에서 가장 재능이 있는 건 최후의 제자—— 그러니까 익스 군, 자네라고."

"……말도 안 돼."

"아니, 정말이야."

"그럴 리가 없어. 나한테는 마력이 없다고? 시험 마법조차 못 써. 기껏 지팡이를 만들어도 성능을 스스로 시험할 수가 없다고. 재능 이전의 문제, 선천적인 반편이야."

"그러니까—— 말이야. 마법을 쓸 수 없다는 게 자네의 가장 큰 재능이야."

"무슨 소리야?"

"알겠나, 마법 지팡이를 깨우치고 싶다면 외부에서 봐야만 해. 내부로 들어가서는 안 된다는 거지. 예를 들면, 자신이 거대한 짐승의 배 속에 있다고 생각해봐. 거기서 보이는 건 그저 뱃속뿐이야. 알 수 있는 건 일부분이고 짐승의 모습은 알 수 없겠지? 그것과 마찬가지야. 내부에서 보이는 건 지극히 일부. 외부로 나가서야 간신히 본질을 파악할 수 있다. 마법을 다룬다는 건, 마법에 들어간다는 것. 그렇게 되면 끝내, 아무리 실력을 갈고닦아도 어느 한 점은 결코 돌파할 수 없어. 그런 점에서 자네는 아주 순수해. 마법을 못 쓰는 덕분에 자네만큼은 마법을 외부에서 관측할 수 있지. 아무도 가지지 못한 재능을 자네는 가지고 있는 것이야."

"누가 그런 소리를——."

"물론 문지르의 말이지."

"스승님이……?"

큰길에서 멀어지는 방향으로 두 사람은 나아가고 있었다.

소음이 줄어들고, 이윽고 적막한 골목으로 나왔다.

"믿을 수 없어. 그런 재능, 나한테는 없다고."

"흠, 그렇게 생각하나?"

"당연하지. 내가 뭘 할 수 있다는 거야?" 덤벼들 것 같은 눈빛으로 노려봤다. "재능이 없기 때문에, 나는——."

"유이 양의 지팡이를 고쳤을 테지? 그 지팡이를."

시강은 눈을 한 번 깜박였다.

"자네 이외에 다른 장인에게 그것이 가능했을까?"

무심코 멈춰 섰다.

신경 쓰는 기색도 없이 발소리가 떠나갔다.

"시강, 너는 그 지팡이를 알고서——?"

대답은 없었다.

시선을 길 앞쪽으로 향했더니 이미 시강은 모습은 사라진 뒤였다.

그대로 익스는 홀로 걸었다.

머릿속에서 그의 말이 맴돌았다.

스승님이?

정말로?

그런 이야기를?

내부로 들어가지 않고 외부에서 보라고?

"아아…… 정말이지…… 이러니까."

이마에 손을 대고 그는 신음했다.

"아무리 그래도, 조언이 너무 늦잖아……."

8

큰길에 모인 사람들의 얼굴에는 한결같이 호기심 어린 표정이 들러붙어 있었다.

그들이 바라보는 곳, 길 중앙을 루크타의 사절단──갈색 피부와 검은 머리카락, 익숙하지 않은 복장을 입은 사람들──이 걷고 있었다.

수도로 갈 때에도 잔뜩 구경했을 텐데도 무척 인기를 모으는구나, 유이는 한숨을 내쉬었다.

누군가가 야유를 날리고, 누군가가 떠들어 대고, 큰 소동이 벌어졌다. 우롱당하는지 환영받는지도 알아들을 수 없었다. 알 수 있는 것은, 후드를 들면 그녀도 완전히 똑같은 꼴을 당하리라는 것뿐.

그런 군중으로부터 떨어진 곳에서 유이는 한 사람과 마주하고 있었다.

"……그 후로 몸 상태는 어떤가요?" 그녀는 물었다.

"어, 문제없어. 단도 로자리아도 건강해. 그런 일이 있었는데도 신기하지만……." 토마는 쓴웃음 지었다. "아니, 그런 일이라고는 해도 무슨 일이 있었는지는 모르지만. 폐광의 벽을 부수고, 강에 빠지고, 그 이후로는 기억이 안 나."

"무사해서 다행이에요."

"……정말로 그건 뭐였을까."

깨어났을 때, 그들 세 사람은 어째선지 예의 모래산 위에 쓰러져 있었다. 폐광에서 조난을 당했을 터인 그들이 어째서, 그런 의문은 물론이거니와 그 밖에도 이래저래 소란이 벌어졌다.

여하튼 그만큼 통행량이 많은 장소임에도 불구하고 그들이 나타난 순간을 목격한 사람이 전혀 없었던 것이다. 하늘에서 떨어진 것도, 땅에서 솟아난 것도 아니었다. 처음부터 그곳에 있었던 것처럼 한순간에 나타났다고 한다.

게다가 기묘하게도 셋 다 온몸이 피투성이인 상태였다. 온몸이 새빨갛게 물들어서, 끔찍하게 살해당한 시체라도 그러지는 않을 지경이었다. 그런데도 그들의 몸에서는 상처 하나 발견되지 않았다. 대체 누구의 피인지도 알 수가 없어서 그들은 엄하게 심문을 받았다.

──토마의 집안에서 힘을 쓴 덕에──결국 아무 일도 없이 이렇게 돌아올 수 있었지만, 세 사람의 의문은 점점 더 깊어질 뿐인 듯했다. 유이로서도 그들이 멀쩡했던 이유는 모른다. 어지간히도 운이 좋았는지, 아니면── 누군가가 그렇게 바랐기에 주어졌는지.

"──어쨌든, 유이. 대화할 시간을 만들어 줘서 고마워."

"약속이니까요."

"그럼 바로, 이야기할게." 토마는 진지한 표정을 띠었다. "그때는 무신경한 소리를 해서 미안해. 내가 잘못했어. 그러니──

또 같이 모험가로 활동하자. 내 존재가 불쾌하다는 건 알아. 혹시 고칠 수 있는 게 있다면 반드시 고칠게. 내가 멋대로 하는 소리라는 건 알아. 하지만, 부탁이야. 우리한테는 네가 필요해."

"그건 너무 비굴하지 않나요?" 유이는 온화하게 말했다. "저를 생각해서 하는 제안이겠죠?"

"응, 그런── 그리고 너를 돕고 싶다는 오만한 마음이 있다는 건 부정하지 않을게. 하지만 이것도 틀림없는 본심이야. 너는 학업도 마법도 우수해. 이제까지 얼마나 도움을 받았는지 몰라. 그러니까 부디…… 부탁할 수 없을까?"

"……고마워요, 토마."

"그럼──." 그의 표정이 밝아졌다.

"하지만 그 제안은 받아들일 수 없어요." 유이는 한 손을 펼쳤다. "학교에 온 뒤로 당신들이 해준 것, 그것들 모두에 저는 감사하고 있어요. 원래는 적국의, 말도 만족스럽게 못하던 제게 무척 다정하게 대해 줬어요. 정말로── 평생을 다해도 갚을 수 없는 은혜예요."

하지만, 그러면서 그녀는 고개를 가로저었다.

"저는 당신과는 함께 있을 수 없어요. 서로의 행복을 위해서."

"역시 내가──."

"착각하지 마세요. 저는 토마, 당신을 미워하지 않아요. 당신의 아버님도 미워하지 않아요. 저희가 앞으로도 학우라는 사실은 변함이 없어요. 제가 미워했던 건──."

고개를 숙이고 귀고리를 만졌다.

"……사실은." 목소리를 낮추었다. "복수할 생각이었지만요."

"어? 누, 누구한테?"

당황한 모습으로 토마는 시선을 좌우로 향했다.

"그건——" 하고 말을 꺼내려다가, 유이는 쓴웃음 지었다.

이 지팡이가 부서지기 전.

학교에서 토마와 대화하고, 실망했다.

자신의 얼빠진 모습에 깊이 실망했다.

정말로 우스꽝스럽다고 생각했던 것은 바로 자신이었다.

그 사절단이—— 이야기를 나누면 서로 이해할 수 있다고 태평하게 믿던 과거의 자신 같아서.

그들에게도 그것이 어리석은 짓임을 가르쳐 주고 싶었다. 그래서 자신이 복수하는 모습을 보여주자고 생각했다.

복수한다.

누구한테?

거짓말쟁이한테.

죽을 생각이 없다고 그러고는 두 번 다시 돌아오지 않았던, 그 거짓말쟁이한테.

그가 두고 간 지팡이로, 복수한다.

살아남으라고 말했으니까, 복수한다.

떠올리고서 바로 실행했다.

자신의 목에.

지팡이를 대고.

눈을 감았다.

으득, 소리가 났다.

하지만 거짓말쟁이가 거짓말쟁이가 아니었다는 사실을, 그녀는 알게 됐다. 어느 수습 지팡이 장인의 얼굴을 보고 깨달았다.

"그건—— 나쁜 짓이었던 모양이니까요. 나쁜 짓은 이제 못 해요."

"잘은 모르겠지만……." 토마는 팔짱을 꼈다. "유이, 너는 나쁜 짓을 할 수 있는 사람이 아니라고 생각해."

"그런 모양이에요."

바람에 벗겨지지 않도록 유이는 후드를 고쳐 썼다.

그리고 올곧은 시선으로 상대를 응시했다.

"토마, 저희는 서로를 이해할 수 없어요. 아무리 조사해도 알 수 없는 것이 있듯이, 당신과 저는 아무리 말을 다해도 서로 이해할 수 없는 인간이겠죠. 그러니까 함께 있을 수는 없어요. 학교에서 대화를 나누거나 함께 공부할 수는 있어요. 하지만—— 같이 있는 건, 지금은 아직 무리예요. 누가 나쁜 것도 아니고 그저 사실로서, 서로를 이해할 수 없는 두 사람이에요."

"그렇다면, 유이!" 토마가 외쳤다. "지금은, 이라고 그랬지? 그렇다면 언젠가 서로 이해할 수 있다고, 그렇게 믿어도 되는 거지?"

소란이 한층 더 커졌다.

어쩌면—— 그녀는 생각했다.

어쩌면, 훨씬 미래.

처음의 의미를 잊고 그저 축제만이 남을지도 모른다.

명목뿐인 우호국이 아니라 진짜 교류가 이어질지도 모른다.

동쪽에서 온 사절단이 정말로 화려한 환대와 함께 이 길을 걷는 날이——.

그 정도는 기대해도 되리라.

약정 때문에 누구와의 대화도 금지당한 자의 바람조차, 긴 세월이 이루었으니까.

"예, 그래요."

유이는 진심에서 우러난 미소를 띠었다.

"백 년이나, 천 년이나 지나면, 틀림없이."

Illustrations © Enji

유이는 다음에 출발하는 역마차를 기다리고 있었다. 똥이나 짐승 냄새로 역에는 상당히 악취가 감돌았다. 메마른 바람이 불어들어 흙먼지를 일으켰다.

옆에는 익스의 모습이 있었다. 배웅하러 왔다고 한다. 만났을 때와 비교하면 무척 귀한 손님으로 대접받는구나, 그녀는 생각했다.

그는 한동안 모르나의 가게에서 수습으로 일한다고 한다. 에네드의 엄니로 얻은 돈 대부분은 용의 심장 연구비로 사라져 버렸다. 그렇지만 그녀의 가게 경영에도 그다지 여유는 없어서 언젠가 한계가 올 것이다. 그렇게 되면 이번에는 문지르 제자의 연줄을 이용해서 어떻게든 각지의 가게로 파고들 생각이라나. 일하는 가게의 규모에 따라서는 장인 등록이 가능한 경우도 있다. 가게를 가지는 것은 과연 언제가 될지, 그리 투덜거렸다.

한동안 잠자코 앉아 있었지만 문득 유이는 말했다.

"신경 쓰이는 게 있어요."

"뭔데?" 익스는 고개를 갸웃거렸다.

"당신이 조합 창고에서 발견한 의뢰서 말이에요. 검은 석판으로 되어 있었다는── 그건 뭐였을까요?"

"그건가…… 글쎄." 익스는 손바닥을 위로 향했다. "옛날 일이었으니까 축제 소문을 착각한 누군가의 의뢰였던 게 아닐까?"

"제 생각을 말해도 될까요?"

"생각?"

유이는 자세를 바로하고 헛기침을 했다.

"그건 문지르 씨가 낸 의뢰가 아니었을까요."

"……허?"

"이 지팡이를 만들 때, 그는 용의 심장과 아그나스석의 관련성을 깨달은 거예요. 아그나스 산에 용의 단서가 있다—— 그리 생각해서 조합에 의뢰했죠. 물론 달성되리라 생각하진 않았어요. 의뢰를 낸 이유는 따로 있어요. 알겠나요?"

익스는 어리둥절한 표정으로 이쪽을 바라봤다.

"그건 제자에게 단서를 남기기 위해서예요. 제자가 용의 심장을 필요로 할 때에 대비해서 그는 석판 의뢰서를 만들었다. 튼튼하고, 열화에 견디고, 그러면서 눈에 띄죠. 규정대로 조합이 창고에 보관한다면 자신이 죽은 뒤에도 계속 남겠죠."

"그, 그저 추측이야——."

"좀 더 말하면" 하며 유이는 계속했다. "산 그 자체가 용—— 당신의 스승님은 그것도 알아차렸을 가능성이 있어요."

"어, 어떻게 그리 말할 수 있지?" 그의 목소리는 떨리고 있었다.

"의뢰서 문맥을 기억하나요? 단락이 없는 옛 문법으로 적혀 있다, 당신은 그렇게 생각했지만 정말로 단락 없이 적은 것이었다면? 그러니까 『아그나스 산, 용의 조사』가 아니라 『아그나스 산 용의 조사』였다고 생각할 수는 없을까요?"

익스는 잠시 침묵했지만 이윽고 천천히 고개를 가로저었다.

"아니…… 그럴 수는 없어. 스승님이 낸 의뢰서였다고 하면 그래도 이해가 돼. 용의 심장과 아그나스석의 관계에 대해서도, 백 보 양보해서 인정하기로 하자. 하지만── 고작 그것뿐인 단서로 용의 정체까지 알아냈다면, 그건 이미 인간이 아니야. 그 사람은 인간이야. 인간이었을 텐데…….."

"뭐, 그러네요." 일찍이 본 적 없을 정도로 식겁하는 익스를 볼 수 있어서 유이는 만족했다. "잊어요. 그냥 억측이에요."

품속에 지팡이의 감촉이 있었다. 심재는 새로운 것으로 교체되어 그녀가 처음으로 손에 들었을 때보다도 더욱 성능이 올라간 것 같았다. 힘 조절을 그르쳐서, 시험 중에 작게 화재가 발생했던 것은 기억에 새로웠다.

대합실 앞에 마부가 서서 크게 손뼉을 쳤다. 다음 마차가 이제 곧 출발한다, 라고 외쳤다. 유이가 탈 마차였다.

별 생각 없이 그녀는 입을 열었다.

"죽지 말아요."

"뭐라고?" 익스가 미간을 찌푸렸다.

"지팡이를 잘못 취급해서 죽는다든지 그러지 말라고요."

"죽을 생각은 털끝만큼도 없어."

"예, 고마워요."

"무슨 소릴 하는 거야?"

"개인적인 이야기에요."

그렇다── 어디까지나 개인적인 이야기였다.

그의 얼굴을 보고서 착각을 깨달았다. 그것뿐인 개인적인 감사.

가방을 들고 그녀는 일어섰다.

마차로 향하는 도중, 익스가 말했다.

"이제 부수지 말라고."

"대체할 심재가 있는데도?"

"이봐, 그걸 바란 건 나야. 다음번에는 정규 수리비를 청구할 테니까 말이지? 세계에 둘도 없는 재료야. 한 나라의 재정으로도 과연 충분할지……."

"쩨쩨하네요."

"아직 수습 신분이니까."

"알겠어요, 명심할게요."

마부가 짐을 받으러 왔다. 그것을 건네고, 다른 손님이 먼저 탑승하는 것을 그녀는 기다렸다.

그때 익스가 작은 목소리로 무언가 말했다.

"하지만 뭐, 그걸 손에 넣은 건 유이 덕분이기도 하니까."

"뭐라고요?" 그녀는 돌아보고 물었다.

"정비야."

"예……?"

익스는 입가를 손으로 가리고 말했다.

"그러니까, 지팡이 정비라면 하겠다는 거야. 어차피 학교에서는 계속 쓸 거잖아? 내가 이 도시에 있는 동안, 가게에 올 수 있다면 싸게 맡아주지."

그가 무슨 말을 하고 싶은 것인지 유이로서는 한순간 이해할 수 없었다.

그러니까……?

Illustrations © Enji

그녀는 성대한 한숨을 흘렸다.

그런 섬세한 작업을 하는 주제에…….

장인이라는 존재는 어째서 이렇게나…….

"어이없을 만큼 서투르네요, 당신은."

"무슨 말을 하고 싶은데?"

익스가 진지한 표정으로 고개를 갸웃거렸다.

무시하고 유이는 마차에 탑승했다. 우두커니 서 있는 그를 향해 말했다.

"학교에서 이 도시까지 얼마나 드는지, 아나요?"

"……비싼가."

"반대예요."

"어?"

"학교의 학생은, 저렴하게 이용할 수 있거든요."

대답을 기다리지 않고 유이는 마차 문을 닫았다.

후드로 웃음을 가리느라 필사적이었다.

○

──돌을 주웠다.

붉게 빛나는 돌에, 만지면 어렴풋한 온기.

소년은 거리의 광장에서 그것을 발견했다. 광장 중앙에 있는 모래산에 떨어져 있던── 아니, 그것은 옳은 표현이 아니다. 그가 모래산 앞을 지나갈 때, 갑자기 그곳에 나타난 것이다.

하늘을 봐도 새 따윈 날아다니지 않고, 누군가 던진 것도 아니다. 애당초 이런 예쁜 돌을 버리는 인간 따윈 없으리라.

그래서 소년은 그 돌을 주웠다.

누구에게도 말하지 않고, 부적 대신에 들고 다니기로 했다.

그에게는 부모가 없다. 아버지는 어디 사는 누구인지도 모르고, 어머니는 그를 낳을 때에 죽었다. 그 후로 계속 할머니와 둘이서 살고 있다.

할머니는 소년을 매도하고, 몇 번이고 때렸다.

할머니만이 아니라. 어른도 아이들도 그를 욕하고, 때렸다. 저항할 방법 따윈 모르고, 그는 그저 아픔을 견디고 도망치며 살아왔다.

그때마다 산을 본다.

그의 방 창문에서는 도시 밖에 우뚝 솟은 산이 잘 보인다.

신성하다, 항상 그리 생각한다.

어째서 이곳에 사는 사람들은 산을 안 보는 것일까?

산을 보는 것보다 즐거운 일이 있는 것일까.

바람이 부는 밤에도, 비가 내리는 밤에도, 달이 밝은 밤에도, 초승달이 뜬 밤에도 소년은 산을 계속 봤다.

그리고 마음속으로 말을 걸었다.

오늘 있었던 일.

좋아하는 것.

싫어하는 것.

힘을 원한다며 눈물을 흘리고.

그 녀석들이 밉다고 저주했다.

산은 그저 그곳에 우뚝 서서 그의 말을 받아 주었다.

매일 밤, 매일 밤, 매일 밤…….

그것만으로 소년은 구원받았다.

그래서 어쩌면, 그리 생각했다.

이 돌은 저 산이 준 것이 아닐까.

스스로도 시답잖은 상상임은 알고 있었다.

하지만 신기하게도 돌을 들고 있으면 어째선지 용기가 샘솟았다.

그것이 기분 탓일지라도──.

소년은 조금 변했다.

맞으면 자신도 때리고, 욕하면 자신도 욕했다.

그럼에도 괴롭힘은 끝이 없었지만 그의 긍지는, 분명히 생겨난 것이었다.

그러니까.

그날 밤에도 소년은 산을 올려다보고 있었다.

오늘 밤은 달이 뜨지 않는다.

두꺼운 구름이 하늘을 뒤덮어서 밖은 캄캄한 어둠이었다.

그럼에도 소년은 지그시 바라본다.

손에 쥔 돌의 온기를 느꼈다.

"……어라."

소년은 고개를 갸웃거렸다.

그 산이 한순간 빛난 것 같았다.

눈을 슥슥 비비고 다시 한번 본다.

잘못 본 것이 아니었다.

산 정상에서 금색으로 빛나는 입자가 뿜어 나오고 있다.

입자는 하늘로 떠오르고 검은 구름을 아래쪽에서 비추었다.

──밤하늘의 별이다.

호흡조차 잊고 소년은 별들을 올려다봤다.

눈 부실 정도의 빛이 하늘 가득 퍼지고 있다.

예쁘다고 생각한다.

이제까지 본 어떤 풍경보다, 아름답다.

도시는 잠들어 있다.

소수의 깨어 있는 이들도 산으로 시선을 향하지는 않는다.

그저 한 사람만.

그저 소년만이 별이 빛나는 그 하늘을 목격했다.

이윽고 입자는 빛을 잃고.

금색 빛은 점차 사라진다.

또다시 어둠에 잠긴 밤하늘을 소년은 계속 봤다.

눈물이 나올 것만 같다는 것이 신기했다.

어째서일까…….

슬프지도, 아프지도 않은데…….

자신은 이다지도 기쁜데…….

한 줄기 눈물을 보수로, 기적의 밤은 끝을 고한다.

이후로 아그나스 산이 움직이는 일은 두 번 다시 없었다.

후기

　책을 어디부터 읽는가──혹은 읽지 않는가──를 결정하는
것은, 모든 독자가 가진 자유 중 하나입니다. 하지만 마지막부
터 읽으시는 것을 상정하여 구성되는 이야기가 통상적으로 없
듯이, 지금 이 후기도 마지막으로 읽으시는 것을 상정하여 적고
있습니다. (핵심적인 내용이 있다. 그런 의미는 아니지만 사람에 따라서는 그렇
게 느끼겠죠.) 양해해 주시길.

　본 작품은 제11회 GA문고대상 〈장려상〉을 수상한 소설 『용과
제례 ─마법 지팡이 장인의 관점에서─』에 가필, 수정을 더한
작품입니다. 응모 원고와의 가장 큰 차이는 물론 Enji 씨의 멋진
일러스트 유무겠죠.

　이것을 적은 것은 2018년 11월로, 아마도 2, 3주 정도 걸렸다
고 기억합니다. 그렇게 적고서 깨달았는데, 벌써 일 년 전의 이
야기군요. 이만큼 예전의 일이라면 이제는 무엇을 적었는지 그
다지 기억이 나지 않아서, 다시 읽을 때마다 "이걸 내가 적었나"
라며 남 일처럼 느끼는 것이었습니다. 수상 연락을 받았을 때
는 천수각에서 아시나 겐이치로(게임 『세키로: 섀도우 다이 트와이스』의
등장인물)와 사투를 벌였고 현재는 미국 재건(게임 『데스 스트랜딩』)을
위해서 동분서주하고 있으니까, 그런 의미에서도 세월의 흐름
을 느끼는 바입니다.

　집필은 거의 제 방에서 진행되었는데, 어떻게든 내용을 완성

시킨 밤에 갑자기 정전이 벌어져서 놀랐습니다. 하지만 이윽고 커튼 너머에서 눈부신 빛이 새어들었습니다. 신기하게 생각해서 열어봤더니 세상에나, 창밖에서 몸길이 5미터 정도는 될 것 같은 초롱아귀가 이쪽을 들여다보고 있었습니다.

"이걸로 어둡지는 않죠?"라고 아귀 씨가 말했기에,

"그건 미끼 아닌가요?"라고 물었더니,

"케이스 바이 케이스입니다. 상황에 따라서 구분하여 사용합니다"라는 든든한 말씀. "수면을 올려다보세요."

그 말대로 했더니 놀랍게도 수면이 마치 불타는 것처럼 새빨갛게 빛나는 것이 아닙니까. 이런 심해까지 빛이 닿고 있으니까 상당히 강한 빛이겠죠.

"저건 대체 뭔가요?"

"지나치게 늘어난 빛을 처분하고 있습니다." 아귀 씨는 대답했습니다. "지난해는 빛이 그늘보다 2퍼센트 많아지도록 조정했는데, 담당자의 전달이 충분하지 않아서 올해도 똑같이 조정하게 되어버린 겁니다."

"그렇군요, 반반이 되도록 하는 거네요."

"아뇨, 올해는 그늘이 1퍼센트 우월할 예정입니다."

아귀 씨의 업무는 해저의 빛 조정이니까 본래는 지상의 빛과는 관계가 없을 터입니다만, 인원이 부족해서 어쩔 수 없이 부탁을 받은 모양입니다. 그런 일도 있겠죠.

처분이 끝날 때까지 저는 그 자리에서 대기하게 되었습니다.

다행히도 방은 완전히 밀봉되어 있어서 바닷물은 들어오지 않

있습니다만 수압으로 언제 으스러질지 몰라서 조마조마했습니다. 나중에 들은 이야기입니다만, 그때는 우무문어 분들이 외벽을 지탱해 주셨다고 합니다. 직접 이야기를 나누지는 못해서 무척 아쉽습니다.

잠시 후, 예의 해저 유람정 《용궁의 사자》(산갈치의 일본 명칭)가 찾아와서 제 방을 픽업. 전체 길이 1킬로미터의 거구와 수소 제너레이터가 울리는 중저음은 압도적인 박력이 있었습니다. 물론 승객은 저 하나였으니까 건져진 뒤, 일단 알류샨 열도를 경유하여 귀가하게 되었습니다. 선내는 소문과 다르지 않게 호화로워서 노송나무로 만든 반전 천 명 욕조, 스무 평의 백개먼 보드. 퍼플 알바트로스의 특별 라이브 등등, 잔뜩 만끽했습니다.

그러는 사이에 우연히 옆자리에 앉은 무라세 씨와 의기투합. 돌아올 때에는 레몬맛 라무네를 주셨습니다. 하지만 모처럼 생긴 추억을 잃어버릴 것만 같아서 좀처럼 마시지를 못 하겠습니다.

돌아왔더니 방이 있던 장소에 나무 한 그루가 자라고 있어서 조금 곤란했습니다. 베어버리는 것도 가여워서 바닥에 구멍을 뚫어 기르기로 하고, 그 나무에서 딴 카카오 열매를 받침대로 삼아서 지금 이 후기를 적고 있습니다.

이처럼 많은 일이 벌어지는 현실(예를 들면 적을 것도 없는데 후기 4페이지를 요구받는다든지)에, 이야기로는 이런저런 것들을 딱 잘라서 구별하는 형태로 표현해야만 합니다. 등장인물이나 설정이나 스토리 일부를 강조하여 그것들 사이를 매끄럽게 이어가는 것입니다.

하지만 이 소설에 있어서는 '강조할 범위'가 조금 좁게 설정되어 있습니다. 다루는 테마의 특성상 그러는 편이 충실하고, 물론 그러는 편이 나아진다고 판단했기 때문입니다. 모두 읽고서 석연치 않다고 느끼신 분이 계시겠죠. 그것도 이미 반영하여 적고 있습니다.

주인공과 히로인으로 분류되는 등장인물이 있고, 주로 그들의 시점에서 이야기가 진행됩니다. 장르는 (나누는 것에 큰 의미는 없습니다만) 아마도 판타지가 되겠죠. 작중에는 독자적인 용어, 설정이 여럿. 소설 전체를 수단으로 진행되는 이야기가 누구를, 무엇을 중심으로 돌아가는가. 그것 자체는 테마이기는 합니다만, 테마를 직접 에두르는 윤곽선이 되어 있습니다.

이 후기를 적고 있는 시점에서 2권도 준비하고 있습니다만, 과연 어떻게 될까요. 아직은 확실하게 결론을 지을 수는 없는 상황입니다.

2019년 12월 츠쿠시 이치메이

RYU TO SAIREI

Copyright © 2020 Ichimei Tsukushi
Illustrations copyright © 2020 Enji
Original Japanese edition published in 2020 by SB Creative Corp.
Korean translation rights arranged with SB Creative Corp.
through Japan UNI Agency, Inc., Tokyo

용과 제례 1

2023년 6월 1일 1판 1쇄 발행

저 자	츠쿠시 이치메이
일 러 스 트	Enji
옮 긴 이	손종근
발 행 인	유재옥
본 부 장	조병권
담 당 편 집	정지원
편 집 1 팀	김준균 김혜연
편 집 2 팀	정영길 조찬희 박치우 정지원
편 집 3 팀	오준영 이해빈
편 집 4 팀	전태영 박소연
디 자 인	김보라 박민솔
라 이 츠	김정미 맹미영 이윤서
디 지 털	박상섭 김지연
발 행 처	(주)소미미디어
등 록	제2015-000008호
주 소	서울시 마포구 토정로 222, 403호(신수동, 한국출판콘텐츠센터)
판 매	㈜소미미디어
제 작 처	코리아피앤피
영 업	박종욱
마 케 팅	한민지 최원석 박수진 최정연
물 류	허석용
전 화	편집부 (070)4164-3962, 3963 기획실 (02)567-3388
	판매 및 마케팅 (070)4165-6888 Fax (02)322-7665

ISBN 979-11-384-7816-8 (04830)
ISBN 979-11-384-7815-1 (세트)